新潮文庫

ざんねんなスパイ

一條次郎著

新潮社版

11484

ざんねんなスパイ

1

市長を暗殺しにこの街へやってきたのに、そのかれと友だちになってしまった……。

それはわたしにとって初めての任務だった。長年わたしは太平洋西岸の多島海国、ニホーン政府当局で内勤の清掃作業員として働いていたのだが、七十三歳にしてついに出番がまわってきたのだ。スパイが任務を帯びるにしてはおそい年齢だとおもわれるかもしれない。だがわたしは特別だ。幼少のころからスパイ養成施設〈オーファン〉で暗殺者になるべく英才教育のもと育てられたのだから。エリート中のエリート。それがこのわたしだ。頭脳明晰(めいせき)成績優秀。最終兵器とっておき。リーサルウェポンワイルドカード。つまりこの年齢になるまで〝温存〟されてきたのだ。今回の市長暗殺計画はそれだけ重大な任務であるということを意味する。

わたしはいわばサラブレッド。両親ともに諜報(ちょうほう)部員だった。ふたりとも駐在スパイとして長年潜伏していたアラスカで殉職した。わたしはまだ幼かったから親の仕事はおぼえていない。アラスカの大地があたまのかたすみにのこっているだけだ。だがその光景は脳裏に深く刻みこまれていた。街なかをゆうゆうと歩くヘラジカ。雪原をかける犬ぞり。海岸沿いに干されたたくさんのサケ。青く冷たく透きとおった空——。いつかアラスカに帰りたい。アラスカはわたしにとってもうひとつの故郷のようなものだった。

両親は腕利(うでき)きのスパイだったにちがいない。わたしはその血を受け継いでいた。こうして重大な任務を命じられたのも、もってうまれた才能とたゆまぬ訓練のたまものだろう。もちろん日々の清掃作業をおろそかにしたことはない。どこもかしこも念入りにごみをはらい、隅々までぴかぴか。清潔な空間というのはそれだけで気持ちがいい。だれもいない静かな廊下を水拭(ぶ)きするときなど、なめらかなモップさばきでアステアのように軽やかなタップをふんでいることさえあった。

清掃員というのはその気になればあらゆる内部情報に接触可能、これほどまでに当局の最深部に潜りこめる人間はいない。とてもじゃないがだれにでもまかせられるような仕事ではない。忠誠心がなによりも大切だ。その点わたしは全幅の信頼をおかれていた。

そうしたことに理解のない連中も少なくなかった。その筆頭がわたしの上官だ。顔を見せれば「うすのろ」「まぬけ」「ぼんくら」「実写版ゴムあたまポンたろう」――。わたしを名前で呼んだことはなかった。呼ばれたときは例外なく小言か罵倒か嘲笑だ。かれは人好きのするさわやかな見てくれで、いつもおおぜいの取り巻きに囲まれていた。わたしとたいして歳もちがわないのに派手な活躍ぶり。ひっきりなしに世界を飛びまわり、局内でもとびきり有能と評判だった。わたしにいわせれば、かれほど嘘とペテンにまみれたいたち野郎はいないのだが。

ある日、清掃予定の入っていた映写室がざわついていたことがあった。不審におもいながらドアをあけると、モップ相手にくるくる踊っている男の姿が大きなスクリーンに映し出されていた。わたしだ。いつのまにか上官が撮影していたらしい。連写可能なドイツ製小型カメラ。当時、ごく一部の上級諜報部員にのみ支給されていた機材だ。連続写真によるフレーム数の少ない映像は、昔のサイレント映画みたいに滑稽なうごきをしていて、アステアのはずがまるでキートンになっていた。わたしはみんなのわらいもの。あれにはさすがにあたまにきた。

わたしはいつも中庭でスズメにパンくずをあげながら昼食をとっていた。人の集まるランチルームはあまり好きではなかった。どうにかして上官をだしぬいてやる方法はないだろうか。あれこれ思案したあげく、嘘つきには嘘で対抗しようという結論にいきついた。あっといわせてやるのだ。わたしはその日から嘘の特訓を開始した。日々の清掃作業のおり、トイレの鏡に向かって練習をした。あたりにだれもいないのを見はからい、鏡にうつる自分の顔色をチェックしながら、頭に叩（たた）きこんだ嘘をつぎつぎとくりだした。ごくたわいのない嘘から、およそありえないだいそれた法螺（ほら）まで。

あぁでもないこうでもないとやっているうちに、つい夢中になりすぎていたようだ。その日、いつものように鏡のまえに立ち、作業着姿の男を見すえて咳（せき）ばらいをした。それから少し体をななめにかまえ、前日の夜から考えていた台詞（せりふ）を口にした。

「ボンジュール。わたしの名前はノーバディ。アラスカのシロクマです。好物は――」

そこまでいってわたしは声をうしなった。トイレの水の流れる音がしたのだ。個室から上官が出てきた。なんてこった。いつからそこにいたのだろう。またみんなにいふらされるぞ。わたしの顔がキラウェアの溶岩のように真っ赤になった。上官は無言で手を洗い、鏡ごしにこちらをのぞきこんだ。

「ノーバディだって？」

わたしはのどがかわき、体が硬直していた。が、そのとき気づいた。いままさに日頃の特訓の成果を試すときがおとずれたのだと。わたしはかれに向き直った。

「ええ、そう。そうなんです。上官だから正直にうちあけますが、じつは当局長官からごくごく内密の重大な任務を命じられていまして——」

回転花火のように目が泳ぎ、ひどく早口になっていた。いまとなってはその詳しい内容はおぼえていない。とにかくわたしはおもいつくかぎりの嘘をならべていた。ひとしきり説明らしきものを終え、ちらりと上官の顔をうかがった。かれはあっけにとられたような目でわたしを見つめていた。それからゆっくりと口をひらいた。

「そうか……そいつはすごいな……」

いつものうすらわらいが浮かんでおらず、死人のように青ざめた顔をしていた。どこかうわの空のようにも見えたが、すぐにその理由がわかった。騙(だま)せたのだ。とうとうかれの鼻をあかしてやることができた。わたしは胸のうちでそっと小躍り欣喜雀躍(きんきじゃくやく)アクロバチックにジターバグなステップをふんでいた。自分もちょうど指令を受けたところだと、上官は力なくつぶやいた。激しい内戦の長引くソマリアへの派遣が決まったらしい。なるほどそうきたか。そんな嘘には騙されないぞ。そっちがソマリアならこっちはアフガニスタンだ、とわたしが調子よく応酬すると、

「やめてくれ。いまはそういう気分じゃないんだ……」

と上官は話をさえぎりふらつく足どりで去っていってしまった。

かれの訃報を耳にしたのは、その数日後のことだった。潜伏先のホテルで大規模な爆発にまきこまれて死んだのだ。突然のことだった。いつものようにあたりまえみたいな顔をして帰ってくるものとばかりおもっていたのに……。

あれから何年になるだろう。あのとき上官についた嘘がほんとうになった。いまこうして重大な任務を命じられたのだ。暗殺の標的となっている市長は街の独立をもくろんでいた。わたしが送りこまれたこの街は、敵の脅威からわが国を守るのに欠かすことのできない軍事的な要所だった。もし街が独立すればニホーン国は危機におちいるだろう。首尾よく市長をなきものにできたら、報酬として引退後のアラスカ暮らしを約束されていた。最初にして最後の大仕事。わたしはぜひとも政府の期待にこたえたかった。

しかし、どこでなにをまちがえたのだろう——。

街に潜伏してひと月がたつ。幸か不幸か暗殺の実行指令はまだくだっていない。わたしはもう指令されたほうがいいのか、されないほうがいいのかわからなくなっていた。

これまでの経緯をふりかえってみると、街に着任したその日にイエス・キリストを名のる男とうっかりダンスをしてしまったのがまずかったのではないかとおもう。あれがそもそものまちがいの発端だったのではないだろうか。わたしはどうもダンスに目がない。子どものころから踊ったり歌ったりするのが大好きだった。それでつい調子にのりすぎてしまうことがあるのだ……。

郊外だけでできている街――というのが、わたしがここへ来たときの印象だ。どこへ行ってもさびれている。どこまで行っても虚無的な光景がひろがっている。とっくの昔に閉店した店の看板に、錆（さ）びつきかたむいた道路標識。うつむきかげんに歩くホームレスに、廃墟（はいきょ）と化した工場地帯。見るものすべてがくたびれて見えた。まるでアメリカあたりの名もない地方都市をおもわせたがここはニホーンだ。こうした街は世界じゅうどこもにたりよったりのたたずまいになるものなのかもしれない。
そんな活気のない街のひっそりとした住宅街にわたしの住む家が用意されていた。周囲にならぶ家々となにも変わらない小さな一軒家。暗殺実行の指令がくだるまで、ごくふつうの市民として目立たぬように生活しなければならなかった。ほそぼそとし

た年金暮らしの老人という表向き。とはいえ実際のスパイには年金もなければ定年もない。たいていはそれまでに死んでしまうか（あるいはその数はきわめて少ないが）多額の報酬を得てとっくに引退しているものだから。

キリストはその家の玄関にあらわれた。

その日、呼び鈴にこたえて玄関のドアをあけると、ひとりの男が立っていた。髪もひげものび放題だったが三十代ぐらいに見えた。ぼろぼろになった使い古しの白いローブ。椰子の葉で編んだような手作りのサンダル。あしもとには落ち葉が吹きだまりになっていた。寒さに耐えかねたホームレスがたずねてきたようなおもむきだ。かわいそうにおもったものの、われわれスパイは可能なかぎりやっかいごとを避けるように教えられている。さもないと任務遂行に支障をきたしてしまう。

なんといって追いはらったものか迷っていると、男は目をぱちくりとさせていった。

「イエス・キリストです。福音を届けにまいりました」

わたしも負けずに目をぱちくりとさせてしまった。二十秒ほどそのまま見つめあいいったん目をそらす。どうやらあたまのいかれた男らしい。スパイでなくてもかかわるべきではない。わたしはかすれる声でこたえた。

「あー、福音ならまにあってます」

「ということはつまり、なかへ入ってもよろしいということですね？」

「いえ、ちょっといまいそがしいのですが」

「しかしこれはきわめて大事な話なのです」

「でもそういうのは正直よくわからないんですよね」

「ならば是が非でもわかっていただかなくてはなりません」

いくら断っても男は一ミリも目をそらそうとしなかった。おかしなやつが来てしまったものだ。わたしは小さくため息をついた。

「どうかお引き取り願えませんかね……」

「いいえ、なかへ入らせていただきます。では――」

「おい、ちょっと待ってくれ」

男が強引に家に足をふみいれようとするので、わたしはあわてて腕をひろげて通せんぼうをした。

どうも失礼しますよ。なにしろ福音ですから。とてもたいせつなのです。これだけはなにをおいてもお伝えしなければいけません。いや、わたしはそういうのにはまるで興味がないんだ。帰ってくれ。かってに家にあがられてはこまるよ。などといって、たがいにゆずらず押し問答になった。肩と肩がこすれあい、胸や腹をぶつけあい、前後左右に体をゆらして双子のようによりそって――。

まるでふたりして玄関先でダンスを踊っているみたいになってしまった。自分でもなぜだかわからないのだが、あたまのなかでマカレナのリズムが鳴りはじめた。「恋のマカレナ」だ。べつに好きな曲でもないのに。なのにだんだんと気分が盛りあがり、おもわずステップをふんでしまった。なんだか楽しい。こまったものだ。マカレナはやがてランバダになり、ランバダはズークに、ズークはメレンゲへと変化していった。そのメレンゲもしだいにテンポの速い「恋はメレンゲ」になっていた。なぜこんなことになったのかわからなかった。メレンゲのリズムはぐいぐいと加速。激しい熱を帯びていく。七十三歳の体にはきついものがあった。少しでも気をぬいたら足がもつれて転んでしまいそうだった。だがわたしはがんばった。いつか汗だくになっていた。自分はいったいなにをしているのだろう。とはいえ、わたしとキリストのダンスはなかなか息があっていた。ペアを組んで大会に出たら優勝まちがいなしだ。すごく楽しい。ずいぶん調子が出てきたぞとおもっていたところ、ふいにキリストが目をまるくして短くシャウトした。なるほど気がきくじゃないか。なんてリズミカルなあいの手なんだとわたしはこころのなかで感嘆の声をもらした。男はくるりと華麗に体をひねる。そしてすぐに身をもたせかけるようにして、こちらに体をあずけてきた。負けてはいられない。相手の挑発的でおもいきったターンにこたえるべく、わたしはアドリブで大きく胸をそらし、さっとキリストを抱きかかえた。古びたローブが優雅にひるがえる。太陽と雨のにおいがした。

「なんだこれは⁉」

わたしはキリストの背中に目を落としがく然とした。かれの背中にナイフが突きたてられていたのだ。白いローブに赤い血が染みだしている。

「おい、だいじょうぶか！」

あおむけにして男の顔を見おろした。ちょうどダンスのフィニッシュが決まったようなかっこうになったが、実際に決まったのはべつのフィニッシュだ。顔は青く、目は力なく閉じられていた。からだがぐったりとしている。手足をだらりとさげ、かたむけられた首。わたしはゆっくりと男を床に横たえた。息をしていない。顔に耳を近づけてみたが呼吸の音がきこえない。死んでいるのだ。なんてこった。キリストが殺されてしまった。「このひとでなし！」とおもわず口走りそうになった。

おそるおそる背中に刺さったナイフをたしかめた。ニッケル製の鋭いペーパーナイフ。水かきとくちばしをもつ四肢の短い扁平の生きものを象っている。カモノハシだ。分類不能でおちつきの悪い生物。まぬけな形のナイフもあったものだ。こんなもので人を殺せるとは。熟練のペーパーナイフ使いのしわざだろうか。そのときふと、これは敵のスパイが仕掛けた罠ではないかという疑念があたまをかすめた。まだ敵はこの近くにいるのかもしれない――。

わたしは玄関から顔を出し、通りに視線を走らせた。手入れされた芝生。低い生け垣。レンガの歩道に落ち葉を散らしはじめた街路樹。車どおりのないがらんとした道路。白く縁取りされたカラフルな家々が立ちならぶが、その半分以上は空き家だ。どこかでしきりにヒヨドリが鳴いていた。あやしい人影はどこにも見あたらない。玄関先で腕組みをしてしばらく考えた。しばらく考えて気づいた。わたしはなんてまぬけなのだ。こんな不用心に顔を出していたらかっこうの標的じゃないか。ぼうっと立っているあいだにカモノハシを二十本ぐらい胸に突きたてられていてもおかしくないぞ。だがわたしは無傷。ということはつまり敵はとっくに姿をくらましているのだ。

家のなかへ引き返そうとしたとき、玄関脇に馬がつながれているのに気づきびっくりした。毛並みのきれいな白い馬だ。老眼のせいにするにもほどがあるが、あまりに近くてうっかり見落としていたようだ。馬はやさしい顔をこちらへ向けていた。なぜこんなところに馬がいるのだ。男がつれてきたのだろうか。馬をつれたホームレスなどきいたこともない。

「いい子だね……」

首のあたりをそっとなでてやると馬はうれしそうに目をほそめた。

ペーパーナイフはそう遠くない距離から投げられたようにおもえた。あるいはこちらがダンスに夢中になっているのをいいことに直接突きたてたという可能性もなくはないが。わたしははっとして馬を見つめた。まさかこの馬が……？　いや、それは無理だ。逆U字形の蹄(ひづめ)ではナイフを握れるはずがない。馬はまるい目でわたしを見つめかえしていた。白い馬に自称キリストの死体。どちらも住宅街には場違いな存在だ。わたしはあたまをかかえた。着任そうそうなんてことだ。決して目立ってはいけないというのに。国家の命運を左右する重大な任務をおびているのだ。どうしたってへまをするわけにはいかない……。

わたしは夜更(よふ)けのラファイエット第三墓地でキリストの墓を掘りながら、なぜだか遠い昔の〈オーファン〉の旧友、ハロルド・ホイのことをおもいだしていた。ひさしぶりに全力でダンスを踊ったせいかもしれない。あんなにわれを忘れて踊ったのは

〈オーファン〉以来だ。わたしにとってハロルド・ホイは最高の親友であり、最高の好敵手だった。わたしとホイは、ひまさえあればダンスの技を競いあったものだ。

あのころは楽しかった……。

そのかれを、わたしはクリスマスの夜にうしなった。永遠に。

わたしとホイは同級生だった。ふたりとも類まれなるダンスの才能をもっていた。おさないころは席がとなりだったり、おなじ色の靴をはいていたりなどといった、ほんのささやかな共通点だけで親友になれたものだ。それが大人になると親友を作るのはとたんにむずかしくなる。共通点よりも相違点に目がいってしまうのだ。なまじっか広い世界というのを知るせいで、自分にぴったりの相手ならほかにいくらでもいると考えるようになるからかもしれない。わたしとホイは生まれながらのダンサーという偶然の共通点もあり、おかげでいっそう強い絆で結びつけられた。わたしたちはとってもチャールストンでリンディー・ホップな仲だった。

ハロルド・ホイは台湾人。〈オーファン〉育ちというからには、もちろんその将来は筋金入りのスパイということになる。なのにニホーン人ではないことに疑問をかんじる人もいるかもしれない。だがスパイの世界において、国籍や人種のちがいなどじつに瑣末な問題だ。問題はただひとつ。忠誠心があるかどうか。それだけだ。異国籍であることを活かせば、敵対国を油断させるのに有利に働くことだってある。したがって外国人はおおいに歓迎された。

その夜は〈オーファン〉でクリスマスパーティーがひらかれていた。わたしもホイもともに十歳だった。もう六十年以上もまえの話だ。パーティーのしめくくりに、みんななかよく聖歌を歌いながらダンスを踊るのが恒例になっていた。そのときにわたしがフリースタイルのオクラホマミキサーをホイに仕掛けたせいで、かれを死なせることになってしまったのだ。〈オーファン〉では規則が第一。フリースタイルのオクラホマミキサーは厳重に禁止されていた。にもかかわらず、わたしは羽目をはずしてしまった。

途中まではみんなで練習していたとおりに歌いながら規則正しいスクエアダンスを踊っていた。だがわたしはだんだんと飽きたらなくなってきた。あまりにレベルが低くて退屈だった。横目で見るとホイもおなじ気持ちなのがわかった。ホイもわたしのほうを何度も見ながら、目があうたびにほほえみ、すぐに視線をそらすのだった。まるでわたしがＦＳＯＭＳ（フリースタイルオクラホマミキサースペシャル）を仕掛けてくるのを待っているようだった。それでもわたしはがまんしていた。だが最終的には生まれもったダンサブルな血が騒ぎ、とうとうホイの期待にこたえたのだった。

わたしはやにわに攻撃的なステップを見せ、スクエアを崩しにかかった。するとホイも待ってましたとばかりに、ほいと足をふみだす。ミツバチや妖精(ようせい)、キリンやオオカミなど、おもいおもいに着飾ったわれわれ孤児たちのスクエアはきれいに崩れラウンドになった。それからあとは星形やムーンシェイプに変幻自在。均整のとれた賛美歌はいつしか躍動感あふれるゴスペルへと変化していた。そうしてわたしとホイとのダンスバトルへとなだれこんでいった。

ダンスは互角だった。いや、それ以上だ。つまり完璧(かんぺき)に息があっていた。わたしたちは笑顔になっていた。過去にも未来にも、あれ以上の笑顔はなかったのではないか。オクラホマ・スウィングにオクラホマ・チャールストン、オクラホマ・シャッグにオクラホマ・ジャイブ、それからタンゴにルンバにサンバといったラテン舞踏へさかのぼり、おまけにポルカやジェンカやフラメンコ、フラやケチャやコサックといった世界各地の民族要素をちりばめ、さらには当時の流行最先端だったマンボやロックンロールまでいちはやくとりいれ、級友たちからは感嘆の声がわきあがった。

次から次へとくりだすわざに息つくひまもなかった。

それが命取りになった。ホイは酸欠になってしまった。

それでもホイは酸素ボンベを抱きしめてみごとなターンを決めた。それはちょうどふたりが即興で考案したネブラスカ・ツイスターの最中だった。あまりにみごとで図鑑で見たオセアニアの美しい鳥のように見えたぐらいだ。わたしは自分が完敗したとかんじた。

だが、ホイは肺に病気を抱えていたのだ。その晩、かれはクリスマスツリーのてっぺんに飾られたおおきなお星さまに見守られながら〝ロッキンニューモーニア・ン・ブギウギフルー（ロッキン肺炎ブギウギ流感）〟という、当時はまだ知られていなかった病気で息を引き取った。そこまでしてわたしのダンスにこたえようとしていたなんて。かれは肺の病気をわたしに隠していた。病気のことを知っていたら、わたしが手心を加えて遠慮がちになり、たがいにぎこちないステップになるとおもっていたのだ。そんなことでわたしたちの友情は壊れやしなかったのに……。

まるで自分の体の半分がもぎとられたような心地がした。わたしが規則をやぶった罰にちがいない。だからこんなことになったのだ。規則はなにがあろうとぜったい守らねばならない。それはわたしたちを危険から守るためのものなのだ——。わたしは十歳にしてそれを学んだ。学びの代償はとてつもなく大きかった。

それにしてもはるか遠い昔のことなのに、ついこないだのようにかんじられた。歳をとると時間の遠近感をいとも簡単にみうしなう。そのことに気づくとさらに打ちのめされて感傷的になってしまうからやっかいだ。わたしはシャベルにもたれて息をついた。すっかり腕がしびれて背中も痛くなっていた。

　墓地はとりとめもなく広かった。昼間に来ても全体を把握するのに手間取りそうなくらいだ。あしもとのランタンがぼんやりと夜に光をにじませている。だいぶ掘ったつもりだがまだ浅い。古い墓だけではなく新しい墓もけっこう目立った。数年前、この地域一帯に非合法の成分が混じったあやしい密造酒が蔓延(まんえん)し、多くの市民が命を落としたのだ。犠牲者のなかには身元のわからないホームレスや外国人労働者もおおぜいいたらしい。かなしい歴史だ。だが正体不明のキリストを埋めるには好都合だった。死体を隠すのに墓地ほど安全な場所はない。

　警察に通報することは選択肢になかった。自宅で見知らぬ男が殺されたとあっては、なにからなにまで調べあげられてしまう。そうなったら一巻の終わり。わたしがスパイであることが露見し、計画はだいなしだ。それだけはなんとしてでも避けなければならなかった。痛いところを探られないよう、信号無視さえするべからずというのがスパイの世界の常識だ。任務の完璧な遂行こそがわれわれの最優先事項なのだから。それにこの殺害はわたしへの警告のようにおもわれた。あの手際(てぎわ)のよさ。何者かが市長暗殺の計画を知り、それを妨害しようとしているのではないか。用心しなければならない。

空には雲がかかり星は見えなかった。シャベルを握る手が痛い。わたしは穴を見おろした。なんだかとても疲れていた。ひさしぶりに踊ったせいもあるだろう。ちょっと浅いがとりあえず死体が地面に隠れるくらいの深さにはなったとおもう。これ以上掘るのは体力的に無理だ。わたしもいっしょに墓に入ることになってしまいそうだ。

「灰は灰に、塵(ちり)は塵に……」

キリストを穴に横たえ、ポケットに用意していたクルミやアーモンドといったナッツ類をいっしょに埋葬してあげた。天国への旅路でおなかがすいてこまることがないように。しかしなぜかれが死ななければならなかったのだろう――。ふいに涙がこみあげてきた。わたしは鼻をすすりながらかれのために賛美歌「イエスの血は決して私を見捨てたことはない」を歌った。気持ちをこめて何度もフレーズをくりかえしていたら、歌いおわるのに三十分近くかかってしまった。おおきな声で歌ったらだいぶ気分がすっきりした。ついでだから用意していたバグパイプで「アメイジング・グレイス」を演奏した。あまり楽器は得意ではないのだが、この曲だけは〈オーファン〉で必修科目だったのだ。それからきゅうに不安になった。だれかに気づかれたのではないか。暗い墓地の前後を見わたした。人の気配はない。わたしはときどき用心するのを忘れてしまう。用心するのを忘れないように用心しよう。

シャベルですっかり土をかぶせると、家のガレージで作ってきた十字架を立ててあげた。木材を縦横が黄金比になるよう組みあわせたのだが、地面に刺すぶんの長さを考慮していなかった。そのせいでずいぶんと重心の低い十字架になってしまった。

これだけではやはりものたりない。アクセントになるものを持ってきていてよかった！　わたしはクリスマスのリースやオーナメントを段ボール箱から取り出して飾りつけをした。リンゴや松ぼっくり、天使やトナカイ、雪だるまや金の星といった装飾の数々。LEDの電飾をからめてバッテリーにつなげると、ブルー、グリーン、イエロー、レッドのイルミネーションがじゅんぐりに点滅した。きれいだった。どれもガレージでほこりをかぶっていたのだ。見ているだけで胸があたたかくなる。その光がよけいに〈オーファン〉での生活をおもいださせた。ラジオやレコードから流れる音楽だけが世界との接点だったあのころ。それでもわたしはしあわせだった。それだけでしあわせをかんじられたあのころがなつかしくおもえた。

しあげにカタカナで〝イエス・キリスト〟と書いた手製のネームプレートを墓にさげた。とても本名とはおもえなかった。だが身元を確認できるものがなにひとつ見つからなかったのだからしかたがない。それから道ばたで摘んできたススキやネコジャラシ、そしてハキダメギクもたむけてあげた。人に知られずひっそりと死んでいく。孤児のわたしには他人ごととはおもえなかった。できるかぎり手厚く葬(ほうむ)ってやりたかった。これでかれもさびしくなればいいのだが。どうか天国へ行ってしあわせになってほしい。今日はとても疲れた。老体にはひどくこたえる一日だった。

翌日、昼ごろになってようやくベッドからおきあがることができた。空はやたらとすみわたっていたが、わたしのあたまははっきりとしない。外の空気を吸いに庭へ出て、郵便受けに手紙が投げこまれているのに気づいた。手紙というか折りたたまれたチラシのようなものだ。取り出してひろげてみると、そこには手書きでこう記されてあった。

〝このへんじゃおめえみてえな余所者(よそもの)は歓迎しねえんだ。この街から出ていけ！〟

わたしは郵便受けのまえに立ち、しばらくぼんやりとしてしまった。昨日の疲れがたまっていて、どうも考えがまとまらない。なにをどう受けとめていいのかわからなかった。殴り書きのわりには〝歓迎しねえ〟のまわりがぎざぎざの破裂模様で丁寧に装飾されていて、これを書いた人物の気分が楽しいのか楽しくないのかよくわからない。受け取ったわたしもおなじ気分だ。なにかのいやがらせだろうか。ガレージのまえで馬がふしぎそうな顔をしてわたしを見つめていた。そうだ。干し草をあげなければ。

キッチンでコーヒーをすすりながら、テーブルにひろげた殴り書きにふたたび目を落とした。よく見ると右下に〝盆栽〟のような形をしたスタンプが押されてある。ニホーン国の代表的シンボルのひとつだ。そこでわたしはぴんときた。これはいやがらせなどではなく、当局からの〝メッセージ〟なのだと。わたし宛の指令というわけだ。〝この街から出ていけ——〟ええと、つまり撤退しろということか？　昨日の今日で中止命令とは。なにか計画に深刻な不都合でも生じたのだろうか……。それにしてもずいぶんずさんな伝えかただ。郵便受けなどにいれて、だれかほかの人間の手に渡ったらたいへんじゃないか。んだから人にはわからないようにこんな文面にしたのか？　だがうっかり敵の目にふれたらどうする。暗号や符牒になれた諜報部員なら、すぐに意味するところを勘づいてしまうぞ——。

とそこまで考え、はっとした。やはりわたしはまだあたまがぼんやりしていたらしい。いまごろになってようやく目がさめ、スパイとしての勘を取りもどしたようだ。

なんといっても昨日キリストを殺したペーパーナイフの刺客の存在を忘れるわけにはいかない。つまりこれは敵のスパイがしかけた罠なのだ。当局からの指令をよそおい、計画が中止になったとわたしにかんちがいさせるのが狙いだ。盆栽のスタンプを入れたのも信憑性を増すための巧妙な偽装工作だろう。あるいはもっと直接的に、計画をあきらめて街から出ていけという脅しだと受け取ることもできる。いずれにしてもその意味するところはあきらかだ。街から出ていけということだ。まあ、そう書いてあるからそうなのだが。

わたしはぼうっと窓の外をながめ目をしばたたかせた。とにかく敵はなかなかあたまの切れるやつらしい。やっかいなことになってしまった。わたしが市長を暗殺しに来たということが、すっかりばれているのだ。今後もあの手この手で妨害してくるにちがいない。相手は熟練したペーパーナイフの達人だ。ことによってはこちらの命が危険にさらされるだろう。慎重に行動しなければならない。厳重に。そして綿密に。なおかつ迅速に対処していく必要がある。それにしても眠い。どう対処するかはもうひと眠りしてから考えるとしよう……。

　わたしは銃を手配した。この街に潜伏している駐在スパイに頼むと翌日にはもう調達してくれた。かれの名前は〝チェロキー〟。もちろんコードネームだ。わたしが任務を完了するまで街での生活などをサポートしてくれることになっている。わたしとチェロキーはショッピングモールのフードコートでおちあった。

　チェロキーは三十代後半。わたしの半分ほどの年齢だ。くたびれた帽子にごてごてとしたベストを着ていて、いかにも服装に無頓着（むとんちゃく）な田舎のアウトドアマンといった雰囲気だ。どこへ行くにもスーツ姿のわたしとは対照的。かれにコードネームの由来をきくと、響きがかっこいいだろと笑みを浮かべた。なかなか気のいい太っちょといったかんじで、わたしはすぐにかれを好きになった。

　ひとりで三段重ねのアイスクリームを食べているチェロキーをよそに、わたしはアタッシェケースを薄めにあけ、なかを確認した。きれいにくりぬかれたくぼみに小型の拳銃（けんじゅう）が一式おさまっている。

「そんな小ぶりのやつでよかったのかい？」

チェロキーが声を潜めてたずねた。ニホーンでは許可なしに銃を所持することは禁じられている。そうでなくてもこんな物騒なものを受け渡しするのに、ショッピングモールはふさわしい場所ではなかったかもしれない。

「おおきいと目立つからね」

とわたしはこたえた。嘘ではなかった。だがそれ以上に、おおきい銃をあつかう自信がなかった。年寄りには重すぎる。撃ったときの反動で自分がひっくり返ってしまうだろう。

「てことは至近距離からやるわけだ？」

チェロキーがアイスを食べながらきいた。

「まあ、そういうことになるかな」

「そのあとどうやって逃げるんだい？」

「逃げる？」

「だって市長のまわりはいつも護衛やなんかがついてるんじゃないかな。いくらターゲットをしとめても、その場で捕まったらまずいだろ」

「そうだな……」

そういわれてみればそうだ。わたしはずっとペーパーナイフの刺客のことばかり考えていた。とりあえず護身のために小さな拳銃があったほうがいいとおもったのだ。ひとつ問題ごとがおこると、そればかりが気になって大事なことを忘れてしまう。歳のせいだろうか。むかしからそんなかんじだった気もしなくもないが。わたしはごまかすように、ひとりになったときを狙うよとつぶやき咳払いした。おもいつきでいったのだが、なかなか妥当な線だとおもった。市長にだってプライベートな時間はあるだろう。

「なるほど。さすが殺しのプロだな」

プロというか、はじめてだけどねという返事をわたしはのどの奥にしまった。それはともかくひとつ問題があった。わたしはチェロキーにいった。

「市長の写真がほしいのだがね」

「写真？」

「じつは顔を知らないんだ」

「え、当局からなにももらってないのかい？」

わたしはかれに事情を説明した。市長に関する資料はなにも渡されていない。〝ごく平凡な市民〟であるはずのわたしが、そんな書類を所持していたら不自然だ。もしだれかにそんなものを見られたら、へんにあやしまれるだけ。したがって資料はいっさい持たせることはできない——。そう当局にいわれたのだ。たしかにわかるといえばわかる理屈だった。

「だけど写真もないのでは、だれを殺していいのかわからなくてね……」

プライベートを狙うとなればなおさらだ。どんな顔、姿形をしているか、はっきりと把握しておく必要がある。チェロキーは少し考えるようにしてからこたえた。

「そうだな。今度、市が発行してる広報誌を持ってきてやるよ。それならあやしまれないだろ。どこかに市長の顔写真が載ってたはずだ」

「助かるよ。ありがとう」

わたしがほっと息をつくとチェロキーは、

「それがおれの役目だからな」

と笑顔を向けた。ことのついでに郵便受けに投げこまれていた〝メッセージ〟のことを話してみると、そんな連絡方法はきいたことがないと首をかしげた。

「たしかに盆栽スタンプってのが、あやしいといえばあやしいかもな。そんなあからさまな印を当局がわざわざ入れるとはおもえないし」

とかれはいった。

「となると、やはり敵のスパイがしかけた罠か——」

わたしは腕組みをして考えこんだ。チェロキーのアイスクリームはいつのまにかコーンだけになっていた。

「のどがかわいたな。ちょっと飲みもの買ってくるよ」

といってチェロキーは席を立った。わたしは銃の入ったアタッシェケースを見つめたまま、これからおこるであろう事態におもいをめぐらせていた。

☘

となりのマダム・ステルスに夕食に招待されたのは、その数日後のことだ。

日射（ひざ）しの穏やかな晴天の日だった。庭で馬に干し草をあげていたら、彼女がいつのまにか背後に立っていた。それにはわたしもおどろいた。ぬかりなく用心していたつもりだったのに、手の届く距離に接近してくるまで気配をかんじなかったのだ。

マダム・ステルスは年齢不詳。髪を団子状に盛りあげ、両耳に大きなイヤリングをぶらさげていた。太ったボウリングのピンをおもわせるシルエットをしている。〝ステルス〟というのはコードネームなのではないかとおもったが本名らしい。外国人みたいな顔をしているわけでもない。だがここはニホーン国でもとりわけ移民の多い街だから、もしかしたら海外から来た人なのかもしれない。

「あなた、ロバを飼ってるの？」

あいさつぬきで彼女はそう話しかけてきた。

「ロバ？　いいえ、これは馬です」

「ロバよ」

「ロバ……ですかね？」

「ロバね」

断言するマダム。わたしはあらためてかたわらの白い馬を見つめた。おいしそうに草を食(は)んでいる。小柄。尾もあまりふさふさではない。なにより耳が大きい。そういわれてみればロバっぽい。子どもの馬かとおもっていたのだが、年寄りのロバらしかった。マダム・ステルスはいった。

「お名前は？」

「つけてないんです」

「あなたの名前だけど」

なんだ、ロバの名前かとおもった。

「ルーキーです」

といってすぐに冷や汗をかいた。うっかり〝コードネーム〟をいってしまった。

「変わった名前ね」

ステルスだってかなり変わっているとおもう。うまくごまかさなければとあせったが、それ以上は追及されなかった。彼女はガレージの車に気を取られているようだった。マダムは横目でわたしを一瞥し、かすかに眉毛をあげた。

「あなたの車？」

「引っ越してきてすぐに買ったんです」

「高かったでしょう」

「いえ、三千円でしたよ」

街へ来てすぐに自動車がないと不便だとわかった。歩いていける商店街もないし、運行するバスも二時間に一本あるかないかだ。しかし当局から車の支給はなく経費にもならないらしかった。予算もずいぶんと厳しくわたしの貯金も限られていた。しかたなく、まにあわせに安いものを探した。そしたらちょうどスーパーマーケットの店長をやっているユダヤ人の男がゆずってくれたのだ。なぜそんなに安いのかきいたが、言葉をあいまいににごすばかりだった。

車はクラシックカーといっていいほど古く、そのうえやたらと派手だ。左ハンドルの外国産。流線形の水色のボディにおおいかぶさるような白いルーフ。まるみをおびたグリルやバンパー、モールやフェンダーなどといった部品はシルバーに光り、ホイールも銀、ルーフとおなじ白で縁取りされている。キーを回すとエンジンが怪獣みたいな音をたてた。このあたりでは見かけない車だ。はっきりいって目立つ。目立つのはまずいが安かったのだからしかたない。とはいえ交通ルールとマナーさえ守っていれば問題はない。なによりわたしは安全運転。その点について心配はなかった。

「そんなに安いはずないとおもうけど？」

「古い車だからじゃないですかね。売ってくれた人もあまり説明したがらなかったし。わたしは車のことはよくわからないのですが、半世紀以上もまえのものらしいですよ」

「ええ。一九五五年式のキャレキシコね。メキシコ製のアメリカ車。ビュイックの模造品よ。カセットデッキがついてるから八〇年代あたりに内装をいじった持ち主がいたようね」

「キャレキシコ？」

「カリフォルニアとメキシコの境にある街の名前からとられたの」

「ずいぶん詳しいんですね。有名な車なんですか」

「数えるぐらいしか生産されなかった人気のない車ね」

「あまりいい車ではないんですね」

「でもエンジンのＶ２シュナイダーは最高ね。もともと飛行機のエンジンを製造していた会社のやつだから」

「じゃあ翼をつければ飛びますね」

冗談でいったのだがマダムは真剣な顔で、つけかたによるでしょうねとこたえた。

「この車、わたしに四千円で売ってくれないかしら？」

「それはちょっと。移動手段がなくて購入したものですから」

「なら五千円？」

「だめです……」

「ロバに乗ればいいじゃない」

やはりまじめな顔でマダムはいった。わたしはとなりの庭に目をやった。

「車はお持ちではないんですか？」

「ええ、免許を持ってないから」

「免許も？」

「ないの」

「ええと……では旦那さんが？」

「あの人は失踪した。エンジンだけならいくらで売ってくれるの」

「それじゃただのがらくたじゃないですか。そんなものどうするんです？」

というか失踪ってなんだ。

「集めるのが趣味なの」

「もうしわけないのですが売るわけにはいかないんですよ……」

わたしは声が小さくなっていた。マダム・ステルスは軽く息をついた。だがすぐに笑顔になり、

「なら今夜、うちへ夕食にいらっしゃい」

といってこちらの返事も待たずに帰っていった。なんだかいまひとつよくわからない隣人だ。できればあまりかかわりたくない気がした。だが近所づきあいを断って閉じこもっていたら、かえってあやしまれてしまうだろう。


マダム・ステルスの家はたくさんのものであふれていた。

装飾過多とか華美華麗とかいうのではない。雑多なのだ。色とりどりのバケツ、自転車のタイヤ、バッファローの頭蓋骨、世界各地のスノードーム、ペルシアのタペストリー、バンドネオン、片腕のない西洋の甲冑、テニスボール多数、中国風のしゃれた鳥籠、弦のないバイオリン、ポンチョ、フラスコ、ソンブレロ……なんの脈絡もないものたちでどの部屋も埋めつくされていた。まるで外国の市場にでも迷いこんだみたいなかんじだ。

外は日が暮れていた。夜の青さが濃さを増し、黄色い街灯の光が目立ちはじめていた。灯りのともった家の窓はまばら。この街はどこへいっても人の住んでいる家が少なかった。わたしはマダムに案内されてダイニングに入った。狭いテーブルでスープが湯気を立てていた。まんなかに置かれたほうろうの鍋。食欲をそそるにおいがしていた。ボルシチだ。骨付き肉にたくさんの野菜。わたしは料理をするのが苦手で、街へ来てからろくなものを食べていなかった。夢中になってフォークとスプーンを口に運んだ。会話は自然と家族の話になっていた。

「家族はいないんです」

わたしはこたえた。事実だ。この手のことは無理にでっちあげても不自然になるだけだ。

「そうは見えないけど」

「妻も子どももいませんし、親の顔も知らないんです」

少ししゃべりすぎたかなともおもった。

「なにかわけがあるのね。おかわりいかが？」

「いただきます。孤児だったんですよ。というかこれほんとうにおいしいですね！」

「どうしてこの街へ来たの？」

「市長を暗殺しに来たんですよ」

なんてこった。食べるのに夢中でうっかり正直にいってしまった。

「変わった冗談ね」

マダムはぽかんとした顔でこちらを見つめる。

「あー、はい。そうです。いまのはアラスカンジョークというやつです。ほんとうをいうと、ここがとてもいい街だときいたもので」

アラスカンジョークなんて知らないが。

「この街が？」

「ええ。軍事的な要所だときいています」

しまった。また正直にこたえてしまった。

「そんな話きいたことないけど。人が越してくるなんてめったにないことよ。ずいぶん人が減って、いまじゃ人口四千三百八十八人なの」

「それってもしかして密造酒の影響ですか？」

わたしは声を落としてたずねた。

「いいえ、順序が逆。むかしはもっとにぎわってたんだけど、みんな出ていってしまったの。いたるところ空き家だらけでしょ。ゴーストタウンみたいな街ね」

「なぜ出ていったんです？」

「工場がつぎつぎ閉鎖してね。失業率八〇パーセント。浮浪者があふれ治安も悪化した。市は赤字で財政破綻（はたん）。立て直すのは無理でしょうね」

軍の施設があるなら補助金が出るのではないかとききかえしたが、そんなものはきいたことがないと彼女はこたえた。もしかしたら軍のことは政府の機密事項だったのかもしれない。それにしてもそんな状況で、彼女はどうやって生計を立てているのか。わたしに比べれば彼女はまだまだ若い。年金暮らしというわけにはいかないだろう。

「お仕事はなにをしているんです？」

「泥棒」

彼女はあたりまえみたいな顔でこたえた。

「ううむ、そうですか……」

アラスカンジョークのつもりだろうか。どう反応していいのかわからなかった。

「なにくわぬ顔で盗めば、どんなものでも盗めるの」

「どんなものでも？」

「ええ、なんでも」

「なんでもってことはないかとおもいますが」

というかそれ以前の問題だ。

「そうね。地面に釘付けされているものでなければなんでも。たしかに条件付きね」

それは仕事といえるのだろうか。とたんに雑多なものであふれた部屋が気になった。

わたしの視線は意図せずそちらを向いていたらしい。

「ぜんぶ盗んできたの。テーブルもいすも食器も鍋も」

「ボルシチもですか？」

おもわずきいてしまった。だが彼女は表情を変えることもなくいった。

「こういうと自慢にきこえるかもしれないけど、わたしほどの泥棒はほかにいないでしょうね」

いや、まったく自慢にならないだろう。すぐに素朴な疑問がわいた。

「おかしいですね。もしそんなに実力があるのでしたら、大泥棒として世界じゅうに名を知られているのではないですか。だけどあなたのことはまるで耳にしたことがありませんよ？」

つまり泥棒というのは冗談なのだ。だが彼女は眉をあげてわたしをにらんだ。

「ほんとうに腕のいい泥棒は完全に無名よ。世間に名の知れた泥棒なんて、わたしからいわせれば三流もいいとこね」

「なるほど……」

そういわれてみればそうだ。スパイだってその点ではおなじだ。歴史に名を残した〝有名スパイ〟よりも、だれにもその存在を知られずに任務をまっとうして引退したスパイのほうが、はるかに有能なスパイにちがいないのだ。わたしはといえば、すでに敵のスパイに存在をかぎつけられていた。マダム・ステルスのことではない。さっきはうっかり口が滑ってしまっただけ。なんとかごまかすことができた。それより問題はキリストを殺した刺客だ。それにあの巧妙な偽装メッセージ。このまま野放しにしておけば市長暗殺計画のさまたげになる。実行指令がくだるまえになにか手を打っておかなければならないのではないだろうか——。わたしはスープをすすりながらそんなことを考えていた。

ボルシチでおなかがいっぱいになるとマダム・ステルスは、見てもらいたいものがあるのといってわたしを裏庭へ案内した。外はすっかり暗くなっていて肌寒かった。どこか遠くで犬が鳴いているのがきこえていた。彼女が外灯をつけると、庭のまんなかに消防自動車ほどの巨大なモグラが地面から顔を出してにっこり笑っているのが照らしだされた。わたしはおもわずよろめき戸口にしがみついた。だがそれはほんもののモグラではない。モグラの形をした巨大なオブジェだ。つぎはぎされた鉄板がなめらかに湾曲し、どこか愛嬌(あいきょう)のある顔のモグラを形作っていた。手足が短いながらもメカニカルな機能美めいたものがかんじられた。

「すごいですね……」

それくらいしか言葉が出てこない。

「まだ未完成なの。材料も道具も盗んできたものだけど」

溶接機や溶接マスク、旋盤や金槌(かなづち)などといった工具がモグラのまわりに散乱している。

「モグラが好きなんですか？」

「これで地下を掘りすすむの。運転席もあるのよ」

「うごくんですか？」

「いいエンジンさえあればね」

マダム・ステルスの目が光った。車のエンジンのことを考えているのがすぐにわかった。こんなものがほんとうにうごくのだろうか。あいまいに視線をそらすと、裏庭の塀ぎわにドラム缶がいくつもならべられてあるのに気づいた。缶の側面には燃えさかる炎を背後に羽ばたくハトのピクトグラムが描かれてある。だがその意味するところはわからない。

「なんです、あのドラム缶は？」

「ラ・パローマよ。工場からいただいてきたの」

「ラ……パローマ？」

わたしのあたまのなかで軽快にはねるハバネラのリズムと郷愁の漂うラテンなメロディが鳴りだした。

「変幻自在の化学物質。この街でゆいいつ価値のあるものね。モグラの燃料にぴったりなの。とてつもない爆発力があってね。うっかり引火したらあたりが一瞬で灰になるでしょうね」

　そんなものがとなりの裏庭にあるとは。

「でも地下に潜ってどこへ行くんです。モグラでモールにショッピングでも？　はっはっは……」

　moleとmallを掛けあわせた、きわめて高度で知的なグローバル駄洒落(だじゃれ)をかましたつもりだったが、よほどつまらなかったのか彼女の顔に少しかげりが見えた気がした。わたしの額に汗がにじみ出てくる。沈黙のあと、彼女は塀の向こうを見つめたままこたえた。

「どこか遠いところね。うちの家族はみんな存在感が希薄でね。それで家族そろって泥棒で生計を立ててきたの。だってレジにならんでも気づかれないくらいだから。それがだんだん家族同士でもたがいにたがいがどこにいるのかわからなくなってきて。そうしてるうちにいつのまにか全員どこかへ消えてしまったのね――。でもきっといまもどこかでひっそりと暮らしてるんじゃないかっていう気もするの。だからみんなを探しに行ってみるのもいいかもね」彼女の口調は次第に明るくなっていき、「それに、地面の下には銀行の金庫があるでしょ？」

　といって目をくるりと回転させた。わたしは困惑気味にこたえた。

「銀行ですか？」

「この話、興味ない？　年金だけでは足りないんじゃないかしら」

「そういうのはちょっと……」

「エンジンをゆずってくれるだけでいいの。お金は後払い。四千のあとにかなりの数の丸がつくことになるはずよ。もちろんあなたはこの計画についてはなにも知らない。いい取り引きだとおもわない？」

マダム・ステルスが顔をじっとのぞきこんでくる。わたしは意識的に視線をゆっくりとはずした。べつにモグラの形をしている必要はないですよねとてきとうに話をそらすと、バイオミメティックスね。空を飛ぶなら鳥、泳ぐなら魚、地中を掘りすすむならモグラ——それぞれ得意とする生物をそっくり模倣するのが手っとり早いの。それにはいいエンジンが必要になるけどとあっけなく話をもどされた。

「どうしてわざわざわたしに断りをいれるんです。その気になれば車のエンジンだって簡単に盗めるのではないですか？」

そうたずねると、彼女はわたしを観察するようにしてからいった。

「あなたからはたいしたものは盗めそうにないみたい」

「ええ、たいしたものを持ってませんからね」

「そういう意味じゃないの。あなたは他の人とはなにかがちがうみたい。じゃなきゃわたしも最初から話さなかったでしょうね」

それに隣人には親切にしなければいけないものでしょ、なにかの本にそう書いてあったしと彼女はつけくわえた。なんだかよくわからなかった。だがいずれにせよ売るわけにはいかない。ほんとうに地下の金庫に忍びこめるなら、けっこうなお金が入るだろう。アラスカ暮らしなど簡単に実現できるほど。だがそれはわたしのやりかたではない。わたしは国に忠誠を誓っているのだ。泥棒に加担するようなまねをするわけにはいかない。微動だにせずこちらを見つめているマダムにわたしはこたえた。

「残念ですが協力できそうにありません」それからすっと背筋をのばしてつけくわえた。「でもご安心ください。秘密は守りますよ。なにせわたしはシークレットエージエントですからね」

かっこよく決まったなとおもった。そしてすぐに自分の秘密すら守れていないことに気づき落ち込んだ。マダム・ステルスは口もとに笑みを浮かべた。

「アラスカンジョークね。もちろん信じてる。いずれ取り引きに応じてくれるとね。はい、あなたのお財布。もっと用心しないと」

いつのまに取られたのか。わたしは気弱なライオンみたいな声を出してしまった。

やはり彼女はほんとうに腕利(うでき)きの泥棒なのかもしれない。イエス・キリスト殺害事件にあやしいマダム……あれこれ不安な要素ばかりではやくも先がおもいやられた。わたしは夕食のお礼をいって、逃げるように彼女の家をあとにした。

2

街での生活にもじょじょになれていった。しばらくはなにごともなく過ぎた。郵便受けにメッセージを投げこまれてからペーパーナイフの刺客(しかく)があらわれたようすもなかったし、となりのマダム・ステルスにもこれといったうごきは見られなかった。もちろん彼女がその刺客なのではないかという可能性も考えた。だがそれなら、わたしがあれだけぼろを出したのだからなにかうごきがあってもいいはずだ。それに彼女のほうからわざわざあんなわけのわからない話をする必要だってないだろう。敵はほかにいるのだ。

その日、わたしはどこかの店でおいしいものでも食べてこようとおもった。マダム・ステルスにボルシチをごちそうになってから、コーンフレークや缶詰という食事がなんだか少しものたりなくかんじられるようになっていた。毎日というわけにはいかないが、たまにはちゃんとしたものが食べたかった。

キャレキシコで街なかへ出てみたものの、飲食店が見つからない。見つけたとおもえばどれもひとけがなく、看板が落下していたり窓ガラスがわれて洞穴みたいな暗闇(くらやみ)

をのぞかせていたりなどして閉ざされている店ばかり。秋晴れの空とは対照的な空気が街の底に沈殿していた。

ゆっくり車を走らせていると、がらんとした歩道を怒り肩で歩いている男の姿が目に入った。人通りが少ないうえ、赤紫の派手なシャツを着ていてひどく目立った。とにかくこのあたりに営業している店がないかたずねてみるとしよう。わたしは男の歩調にあわせて車の速度を落とした。窓をあけて男を呼びとめる。こういうとき左ハンドルというのは便利だ。運転席から声をかけると男は一瞬ぎょっとしたようすを見せたが、すぐに険しい顔でわたしをにらみつけた。そして歯が数本抜けているような声で、

「おい、まだ街にいたのか。おめえみてえなやつは、歓迎しねえんだよ！」

と握りこぶしを作って怒鳴り声をあげた。〝歓迎しねえ〟。そのとげとげしく破裂した耳障り（みみざわ）りな口調にわたしは胸がはっとなった。あいつだ。郵便受けにあったあの殴り書きのメッセージ。きっとあれを投げこんだ男にちがいない。わたしはかれを見た。年齢は四十歳ぐらい。シャツは派手だがありふれた顔つきの中年男。険しい表情に変化はない。こいつがキリストを殺したペーパーナイフの刺客であり、わたしの任務を妨害せんと画策している敵方のスパイというわけか――。

かれを見つけたのはまったくの偶然だった。だがスパイの能力においてもっとも重要なもののひとつは〝運〟だと〈オーファン〉で教わった。大切なのは過程ではなく結果。偶然めぐりあわせた幸運を最大限に利用できるか否(いな)かがスパイとしての命運を左右するのだ。

おもわぬ偶然にしばしぼうぜんと男を見つめていたら、

「おめえ、あの手紙見たんだろ。それとも字が読めねえのか？」

とかれは挑発的な言葉を投げつけてきた。そうして二言三言わけのわからぬ罵声(ばせい)をあびせると、肩を怒らせ歩き去っていった。自分があのメッセージを投げ入れた張本人であることを隠そうともしない態度もさることながら、敵であるわたしに背中を見せて去っていくとは。なんて大胆なやつだ。よほどナイフの腕に自信があるのか。それともわたしが年寄りだからあまくみているのか。なにをしでかすかわからないやつだとわたしはかんじた。

どこの国のスパイかはわからない。だがニホーン国の平和に暗雲をもたらす存在であることにまちがいはない。わたしはかれを尾行することにした。やつの素性だけでも調べておく必要がある。

男は角を曲がり、うす暗い路地に入っていった。車は一方通行でこちらからは進入禁止。交通規則は守っておいたほうがいい。わたしはキャレキシコを路肩に停め、歩いて男を追跡した。

路地をぬけると商店街に出た。商店街とわかるのは、閉ざされたシャッターや破壊されたショーウィンドウなどがのこっているからだ。ひとけのない廃墟がゆるやかなカーブを描いてつらなっている。赤紫のシャツが向こうの角に入っていくのが見えた。おもいのほか歩みが速い。それともわたしが遅いのだろうか……。わたしは男を追って生ごみのにおいがしみついた路地に足をふみいれた。

空気のひんやりとしたほそながい道を潜りぬけると、明るくひらけた通りに出た。こちらも商店街のようだが、さっきのように荒れはててはいない。人通りもちらほらあった。わたしはすっかり息が切れていた。足がもつれてふらついた。歳のせいばかりではない。おなかもすいているのだ。男を見失ったかとあせったが、やつは電柱のまえで立ち止まり携帯電話をいじっていた。こちらに気づいたようすはない。

こういうときはいっしょに歩みを止めてはいけない。そんなことをすれば尾行しているのを勘づかれてしまう。わたしはなにげないふうをよそおい男のわきを通りすぎ、少し先のほうで足をとめた。目の前の店のウィンドウがわれていなくてよかった。窓ガラスの反射を利用して、ふりかえらずに男のうごきをうかがうことができる。太陽に照らされた街のようすがガラスにくっきりと浮かびあがって見えた。なんだかあちらこちらからおいしいにおいがしているとおもったら、どうも飲食店の立ちならぶ通りらしかった。ちょうど昼時。赤紫の男も食事をとりに来たところだったのかもしれない。

スパイシーなカレーのかおりにわたしのおなかが大きな音を立てた。窓ガラスには水平線に浮かぶにこにこ笑顔の太陽が描かれてある。店の名前は〈ライジングサン〉。おもわずのどがごくりと鳴り、わたしは自然と店のメニューを探していた。そのときはじめてガラスごしに小柄でまるっこい男が目をまるくしてこちらを見あげているのに気づいた。ショーウィンドウではなく、店のテーブル席に面した窓だったのだ。まるい男と目があった。男は額に汗をにじませながらカレーを食べていた。かれはずっとわたしを見ていたのかもしれない。わたしもずっとかれを見ていたように見えたかもしれないが。気まずかった。かれからすれば疲れきった顔の飢えた老人が窓に張りつき、もの欲しそうにじっとのぞきこんでいたわけだから。すぐさま視線をそらすのも不自然におもえた。わたしがとりつくろったような笑みを浮かべてぎこちなくあたまをさげると、かれもあいまいな会釈（えしゃく）を返してくれてほっとした。というか、しまった。赤紫のシャツの男の姿がガラスから消えていた。あわててふりかえり、通りの前後を見まわした。まばらに人が行きかう明るい飲食街。やつの姿はどこにもなかった。なんてこった。わたしはため息をつき、がっくりと肩を落とした。

てきとうな店に入って知ったことだが、この通りはティンパン横町といって、おもだった飲食店が集中している場所なのだという。移民の多い街らしく、世界各国の料理店が軒をつらねていた。〈ラマダーン〉というイスラム料理店でごちそうになったケバブとはちみつケーキがとてもおいしくて気持ちが明るくなった。それから帰るときに車をどこに停めたのか忘れ、見つけるのにひと苦労した。そもそも車で来たことすら忘れるところだった。

街で敵の存在を確認してからというもの、相手がいつどこでなにを仕掛けてくるか予測がつかず、気がかりでしかたなかった。だが男の正体についてなんの手がかりもつかめていない以上、こちらとしては用心おこたりなく目を光らせているほかなかった。暗殺実行指令はまだくだされていない。敵がどのような妨害工作に出てこようと、指令を受けるまではできるかぎり目立たぬようしずかに潜伏していなければならない。

そんななか、新たな問題が発生した。その日はショッピングモールに買い出しにいく日だった。それにチェロキーと会う約束もあった。かれとは定期的にショッピングモールのフードコートでおちあうことになっていた。

そうした予定もあり少々時間がかかりそうなので、出かけるまえにロバにたくさん干し草をあげた。すっかりなついていて首をなでてあげるとうれしそうに目をほそめる。せまい庭につなぎっぱなしというのもかわいそうなので、自由に歩けるよう放しているのだが、ひとりで近所を散歩してきてもちゃんと帰ってくる。ロバはかしこい動物なのだ。このあたりは人も車もほとんど見かけないからちょうどいい。たまに見かけたとおもえば葬儀屋の黒塗りの車だ。どこかでだれかが音も立てずに死んでゆく。黒い車を見かけるたびに、さびしい街がいっそうさびしくかんじられた。

キャレキシコでショッピングモール〈ワリダカ〉の駐車場に乗り入れると、スーパーマーケット〈ワリダカマート〉の店先でカートを整理しているエプロン姿のやせた男が見えた。男はわたしに気づくと小さく右手をあげた。かれがこの車を三千円でゆずってくれた店長だ。かれの名前はジュード。ユダヤ人だ。外国人労働者の多いこの街ではべつにめずらしいことではない。あたまにぴたりとかぶった帽子。それとあごからもみあげまで、ぐるりとつながった繊細なスチールウールのようなひげが特徴的だった。店に入るときに声をかけると、かれはいつものように笑みを浮かべた。

「いらっしゃいルーキーさん。今日もスーツが決まってますね」

「なんだって?」

わたしは一瞬にして自分の表情がかたくなるのをかんじた。

「スーツが素敵ですよ」

ジュードはそうくりかえした。たとえ行き先がコンビニエンスストアであろうと、出かけるときはいつもスーツと決めていた。だがそんなことが問題なのではない。

「そうじゃなくて、そのまえだよ」

「いらっしゃい……ルーキーさん?」

カートの車輪の音が止まり、ジュードがいぶかしげにわたしの顔をのぞきこんだ。

「それ、なんだか変わった呼び方じゃないかい?」

どうしてわたしのコードネームを知っているのだろうか。かれのとぼけたような目がとたんに疑わしくかんじられた。

「ルーキーさんはルーキーさんなんだから、しかたがないじゃありませんか」

まるで軽い冗談でもきかされたかのようにジュードはわらった。

マダム・ステルスが買い物に来て世間話でもしていったのだろうか。だが車もなしにここまで来るのはたいへんだ。彼女が停留所に立っていてもバスが素通りするというのだから歩いてくるほかない。ならばこのいかにも無害そうなスーパーの店長がスパイだったというわけか。まんまと騙(だま)されるところだった。とすると問題はどこの組織に所属するスパイかということだ。どうにかしてつきとめなければいけない。わたしはそれとなく探りをいれた。

「ええと、それはだれかからその名前をきいたりなどしたのかな?」

ジュードはきょとんとした顔でまばたきをした。

「ええ。ルーキーさんです。はじめて会ったとき自分でそういってましたよ」

そんなはずはないと反射的にいいかえしそうになった。だがわたしのあたまの隅にそのときの光景がぼんやりと像を結びはじめてきていた。ひっそりとした夜の駐車場でジュードから車の取引を持ちかけられたときに、その秘密めいた雰囲気についコードネームを名のってしまったのだ。なにしろスパイにとってコードネームはきわめて重要だ。コードネームで呼ばれて、「はて、だれのことだったかな?」とぼやぼやしてしまうようでは、とっさの判断が要求される状況において命取りにもなりかねない。そう考え、わたしは懸命にコードネームを老いた頭に叩(たた)きこんだのだった。どうもそれが裏目に出たらしい。すっかり体に染(し)みついて自然と出てくるようになっていたようだ。となりのマダムばかりかスーパーの店長にまで知られていたとは。これ以上、口外しないように気をつけなければ――。

「いらっしゃいルーキーさん」

荷物を抱えた店員がわたしに声をかけて店のなかへ入っていった。わたしはかすれるようなうめき声をもらした。そんなわたしをよそにジュードはふたたびカートを転がしはじめた。かれの左手に包帯が巻かれているのに気づいた。

「どうしたんだい、その手は？」

ああ、これですかとかれは声を曇らせた。

「社長にふまれたんですよ。先の尖(とが)った悪趣味なブーツでね」

「なんでまたそんな……」

「いまにはじまったことじゃないですから。店長なのに時給ですし。それもバイトの半額。管理職だから残業代はなし。一週間に八日、一日二十五時間こき使われて。あげくのはてに『名誉店長に任命してやるから、これからはただで働け』なんていって、わたしの顔に葉巻の煙を吹きつけてひとりで大笑いするんです。そういうあつかいを受けてるのはわたしだけじゃないですけどね。移民を不当に安く長時間労働させる方針なんです。まったくでたらめでいいかげんな理屈をつけてね」

まくしたてるようにいいながらジュードはカートを足で蹴飛ばすようにして押しこめた。騒々しい音に行きかう客がふりむくくらいだった。ずいぶんひどい目にあわされているらしい。

「ねえ、ジュード。わたしになにかできることはないかい？」

スパイにとってよけいな同情は禁物だということは知っていた。だがいわずにはいられなかった。任務に支障が出ない範囲でなら手を貸してあげてもいいとおもった。ジュードはカートをかたづける手を休め、いいえ、心配には及びませんとにやりと笑みを浮かべた。

「あたまにきたので社長室から車のキーを盗んであなたに売ったんです。ははははは！」

ものすごく任務に支障が出そうな事実だった……。

車のことが心配だったが、とにかくいそいで用を済ませることにした。コーンフレークや牛乳、洗剤、トイレットペーパーなどをかごに入れてカートを押していたら、クマみたいな大男とぶつかってしまった。男のカートにはアルコール飲料が山のように積まれ、瓶と瓶とが激しい音をたてた。

元工場長だ。オリーブ色のよれよれのコートを着て、ティンパン横町で昼間から酒を飲んでいるのをよく見かけた。飲むとおしゃべりになるようで何度か言葉を交わしたこともあった。数年前の冬に工場の経営が破綻して閉鎖になったらしい。それ以来、朝から晩まで酒びたり。家族はどこかよその土地へ逃げていってしまったのだという。その話をきいたとき、なにが街の独立だとわたしはおもった。さっきみたいな移民への差別もそうだが、財政破綻にありえないほどの失業率、治安の悪化に危険な密造酒の蔓延――。問題が山積みじゃないか。そうした問題に手を打たず（あるいはもう手のほどこしようがないのかもしれないが……）〝独立のため〟という名目で市長はごまかしているのではないか。めざすはさしずめ独裁だろう。街の人びとが苦しみにあえいでいるというのに、それを逆に利用しているのだ。じつに汚いやり口だ。なんとしてでも市長をなきものにせねばなるまい。わたしはそのとき市長暗殺の決意を新たにしたのだった。

元工場長はすでに酔っぱらって足どりがおぼつかないようすだった。だいじょうぶ

ですかとたずねると、

「もちろん、だいじょうぶさ」

というなりかれはカートをひっくり返してあおむけになった。ウィスキーやワインのボトルが床に散乱した。わたしは瓶をどかして、かれに肩を貸した。だがかれの体はとても重く、わたしの力ではとうてい立たせてあげられなかった。わたしたちはその場に座りこんだまま話をした。

「少し飲みすぎたようですね」

「どうってことないさ。あたまもさえわたってるしな」

「あまりよくないとおもいますよ」

目の前にせまる荒くれ者っぽいひげづらが酒臭かった。元工場長の視線がわたしの鼻先をあいまいにただよう。

「なんのことだい？」

「ええと、お酒……のことですけど」

「酒が悪いわけがないだろ。なにしろ人類が進化したのは酒のおかげなんだからな」

「ううん、ちょっときいたことがない話ですね」

「おれたちの祖先は天然自然にできた酒をもとめて木から降りる決心をしたんだよ。

地面に落ちた果物が発酵してアルコールになっててな。食べてみたらすごくうまくて夢中になったんだ。つまり人類はアルコールを求めて地上に降り立ち、そのおかげで二本足で歩く能力を身につけたってわけさ。じゃなきゃきっとおれたちはいまでも木の上に寝そべってビールでも飲んでたんだろうな」

理屈がよくわからないが、どっちにしろ飲んでいるらしい。

「まあでも、限度というものはありますからね」

元工場長は疲れた顔をしてうなだれ、つぶやくようにいった。

「密造酒に手を出すよりはましさ。とくにあぶないのは〈フライングスノーマン〉だ。あの酒はだめだ。ひとくち飲んだらとまらない。翌日には雪の上で大の字になって死体で発見される。腕を上下にばたつかせ、天使の羽みたいな跡をつけてな。空を飛ぶ幻覚を見るらしい。冬になるとそれで何人も死んだもんさ。ラ・パローマがあんなふうに悪用されるなんておもってもみなかったよ……」

わたしは元工場長の顔をのぞきこんだ。

「ラ・パローマを知ってるんですか？」

無論、曲のほうではなくてマダム・ステルスの裏庭にあったドラム缶のほうだ。

「うちの工場で作ってたからな」

と元工場長はいった。

「あれってガソリンみたいな燃料かとおもってましたけど」

「もちろん燃料にも使えるよ。ものすごく強力だ。でも用途はいろいろ。〝未来の万能化学物質〟って売り込みだったからな。開発は途中で終わっちまったが、植物や動物の成長をうながす作用もあった。だけどアオクソモクソアっていう物質と合成して蒸留すると〈フライングスノーマン〉ができちまうんだよ。ラ・パローマの最低最悪のつかいかたさ。おれは知らず知らずに人殺しに手を貸しちまったんだな……」

「それで作るのをやめたんですね」

「原材料の価格も高騰（こうとう）してな。値段もあがってだんだん人気もなくなってきてさ。最後はただ同然で売ったよ。経営を立てなおそうといろいろ考えてはみたんだ。あまったドラム缶をスティールパンに加工してトリニダードのカリプソ演奏楽団を作るとかな。けど、けっきょく破産。この街じゃめずらしくもないことさ」

きっとマダム・ステルスはかれの工場から売れ残りのラ・パローマを盗んできたのだ。元工場長はゆっくりと立ちあがった。だがすぐによろめき店の柱を抱きしめる。広告のチラシが剝（は）がれて、かれのあたまにたれさがった。元工場長は柱に向かってなにかつぶやいていた。店員がこちらに気づいた。わたしはかれの背中に手をそえた。

「車で送りましょうか？」

「ひとりでだいじょうぶさ。ホームレスみたいにカートを押して気長に帰ることにするよ。近道だって知ってる。車じゃほそくて通れないんだ。それに時間ならいくらでもあるしな」

元工場長は力ない笑みを浮かべ、酒のつまったカートにしがみつくようにしてレジのほうへ歩いていった。たどたどしい足どりで心配だったが、チェロキーと会う約束の時間が迫っていた。時間を変更するわけにはいかない。時間厳守はスパイの基本。遅れても早くてもだめだ。それに変更を連絡する手段もなかった。われわれスパイはデジタル機器をいっさい持たないアナログ主義者だ。携帯電話などもってのほか。そんなものを持ち歩いていたら知らないうちにあらゆる情報が漏れてしまう。テクノロジーのおかげで通信の傍受や端末への侵入は容易になり、しかも気づかれにくくなった。情報の収集も容易なら、そのぶん漏洩（ろうえい）も簡単というわけだ。世界のどこに隠れていようとも、なにもかもがエシュロンに吸いあげられてNSAにつつぬけだ。したがって電話は自宅の時代遅れのダイヤル式黒電話のみ。それだってノイズで盗聴に気づきやすいというだけのこと。より被害の少ない次善の策でしかない。わたしはしずかに元工場長の後ろ姿を見送るほかなかった。

「なあルーキー。スーツはやめたほうがいいといってるだろ」

「これだけはゆずれないよ。身だしなみは大事だからね」

ロンドンのサヴィル・ロウで特別にあつらえてもらった自慢のスーツだ。チェロキーにいくらいわれてもこのスーツを欠かすことはできない。長年こつこつはたいて貯めたお金でようやく手に入れたのだ。清掃作業中に着用することはなかったが、いつかこうした任務をまかされたときのためにとおもって用意していたとっておきだ。それに身なりのだらしない老いぼれだとはおもわれたくなかったし、なによりわれわれスパイはいついかなるときもすきを見せてはいけないものなのだ。

「この街は失業者であふれてるんだ。そのかっこうじゃ目立ってしかたないぞ？」

わたしとチェロキーはフードコートでおちあい、車で街を流していた。キャレキシコを入手してからはショッピングモールの人ごみで話しあうのをやめ、いつも走行中の車のなかで情報のやりとりをするようになっていた。こうすれば会話を盗み聞きされる心配もない。ハンドルを握りながらチェロキーは「まあ、この車も目立つけどな」とつけたした。だがその目はうれしそうに輝いていた。かれは車をもっておらず、なにより外国の車がめずらしいらしかった。わたしは疲れていたせいもあって、その日はじめてかれに運転席をゆずった。とにかく社長に見つからずにモールを出られてほっとしていた。できればめんどうがおこるまえに車を買いかえたかったが、三千円で買える車など見つかりそうもない。

車はとくに行くあてもなく街の大通りを周遊していた。どこへ行っても空き家、廃ビルが多かった。ショーウィンドウにむきだしのマネキンが積みあげられた無人の洋品店。ペンキで店の名前が塗りつぶされたガソリンスタンド。看板がはずされ薄汚れた外装だけが残るレストラン跡。通りには野良犬(のらいぬ)が自由にうろうろしている。昼間から玄関先に腰かけて酒を飲んでいる男たちの姿も目についた。

チェロキーに例の赤紫のシャツを着た男についてたずねたが、知らないとのこたえだった。どこかの国にそんな特徴のスパイがいるという話もきいたことがないと。だが知らないからといって油断はできないとわたしはおもった。まったくだれにも知られていない〝きわめて有能なスパイ〟なのかもしれないのだから。そんな男がなかば公然とわたしのまえに姿をあらわしたのだから事態は深刻だ。

わたしは助手席で車の小刻みな震動をかんじながら、チェロキーがもってきてくれた市の広報誌をひらいた。これに市長の顔写真が載っているのだ。それにしても粗雑な作りの広報誌だ。全部白黒。隔月発行らしいが新聞よりも紙質が悪い。ともあれページをめくると市長の写真があった。あったはあったがはっきりとしない顔のアップ。はっきりいって目鼻がどこにあるのかもよくわからない。

老眼鏡をかけて写真を見なおした。それでも市長の顔はぼんやりとしていた。めがねの度数があわなくなったのかとあせったが文字を読むのに支障はない。めがねをはずしたり誌面を遠近させたりしてようやくわかった。写真がびっくりするほどあらいのだ。どの写真もおなじ。まるで前衛画家の抽象画だ。これで人の顔を識別しろというほうが無理な話だ。

「なぜだろうね、どうしてだろうね、なぜこんなにまで写真がぼやけているのだろうね……？」

わたしはちょっと泣きそうになっていた。

「まともな印刷をする予算がないんじゃないかな」

とチェロキーはいった。

「これではどんな顔だかわからないよ」

「しかたないだろ。雰囲気だけでもつかめないか？」

「なんだかべつの人を殺してしまいそうで心配になってきたよ……」

写真はあきらめチェロキーに市長の特徴をきいてみたものの、こたえはじつに頼りないものだった。

「ううん、どんなだったかな。自分が住んでる街の市長なんか興味なかったからな。たしか……やせてた気がするよ。うん、おれよりやせてたとおもう。街の人から嫌われてるような印象はとくにないかな。ていうか、いてもいなくてもおんなじ。田舎の市長なんてどこもそんなもんだろ？」

なんの参考にもならなかった。わたしはため息をつき、広報誌を後部座席に投げすてた。あとで時間があるときにもっとちゃんとした写真を探すとしよう。

車は円形交差点をぬけて幹線道路に入った。座席が大きくバウンドしてタイヤが軋み声をあげる。車体が路面にこすれて火花を散らすのがドアの外に見えた。チェロキーは道路を一気に横切り、追いこし車線に車をよせる。タイヤがきゅるきゅる鳴りっぱなしだ。

「チェロキー、なにか急いでいるのかい？」

わたしはいった。いや、いいエンジンだなとおもってさとチェロキーはまえを向いたまこたえ、アクセルをふみこんだ。エンジンがうなり、数台の車をごぼうぬきにして先頭に躍りでる。

「それよりさ、いつになったら話をきかせてくれるんだい？」

チェロキーはいった。話――わたしのこれまでの経歴のことだ。暗殺歴とか冒険譚のようなものをかれは期待しているのだ。ＪＦＫやジョン・レノンを殺したのはわたしじゃないよ。サム・クックの死にはなんらかの陰謀が絡んでいるとはおもうがわたしは無関係だ。プリンスやマイケル・ジャクソンの死因についてはなにも知らない。キング牧師を殺したのは貧乏な白人だ。黒人の地位が向上して自分たちの仕事が奪われると恐れたんだな――。そんなことをいちいち説明させられた。というかこれ全部アメリカの話じゃないか。ここはニホーンだ。わたしを何者だとおもっているのだろう。これまで会った人間は全員殺してきたんだろといわれたこともあった。

「何度もいったが、わたしは本部で清掃係をしていただけだよ……」

「そこが腑に落ちないんだよな。だって掃除なんて業者に委託するもんだろ？」

「しないよ。そんなことをしたら素性の知れない人間を内部に潜りこませるかっこうの機会をあたえてしまうからね。セキュリティがあますぎる。はじめから信頼できる内部の人間に任せたほうが安全だ」

なるほど、たしかにいわれてみればそうだなとチェロキーはうなずいた。どうしてこの仕事を選んだのか、かれにきいてみたことがあった。アクション映画みたいに活躍してヒーローになりたかったからだとかれはこたえた。どうもスパイという仕事について誤解があるようだった。実際のスパイは地道で地味。それでいて死ととなりあわせなのだ。

「じゃあ〈オーファン〉で育ったっていうのも事実なのかい？」

とチェロキーはいった。

「もちろんさ。わたしは十五人いたクラスで十四番目にかしこい生徒だったよ。よくおぼえてないが十五番目はアラムとかいうやつだったな――」

それから両親がスパイとしてアラスカに送りこまれていたことを話してやった。そしてトラブルにまきこまれて死に、孤児になったわたしが当局に引き取られたことも。その後〈オーファン〉の全課程を修了し、わたしは海外勤務を希望した。若かったころはチェロキーとおなじように派手な活躍をしたい気持ちが強かった。だがなかなか自分に適した配属先が見つけられず消沈した日々をすごしていた。そんなわたしを清掃員として受け入れてくれたのが当局本部だった。以来わたしは五十年以上、清掃作業員として第一線で活躍してきた。その機会を与えてくれた当局には感謝の気持ちでいっぱいだ。わたしはどんな犠牲を払ってでも、今回の任務を成功させて恩返しをしたいと考えているのだ――。

チェロキーが運転席で小首をかしげていった。

「第一線？」

「そう、第一線さ」

わたしは誇らしげにうなずいた。チェロキーは少し考えこむようにして、わたしがアラスカ人なのかとおかしなことをたずねるので、そうじゃないとこたえた。こたえておいてなんだかちょっと自信がなくなった。そんなことはこれまで考えてみたことがなかった。なにしろ親の顔もおぼえていない。わたしの両親はふたりともニホーン人のはずだが、わたしはどこで生まれたのだろう。ニホーンだったか、それともアラスカだったか――。

「ううん、待ってくれよ……。ニホーン生まれのアラスカン・マラミュートとか、アラスカ生まれのシベリアン・ハスキーとかいるよね。そういう場合はどの国の犬ということになるんだろうね……？」

薄曇りの空の下に広がるくすんだ街をながめながらひとりごとをいっていたら、

「なんだい、アラスカン・マラミュートって？」

とチェロキーは車のハンドルをきり、いきおいよく幹線道路を降りた。

「犬種だよ。シベリアン・ハスキーに似ているけどね、アラスカン・マラミュートのほうが全体的にまるっこくておおきい。オオカミみたいな顔をしているが性格は温厚だ。アラスカに行ったらぜひいっしょに暮らしてみたいね」

車はふたたび市街地を走る。

「つまり、ルーキーはアラスカ生まれのアルプスマーモットみたいなものってことかい？」

なんだかよけいにわからなくなるたとえだ。

「マーモットは山に住んでる大きいリスだろ」

「あーそうか。あれって人間よりもでかいんだっけ？」

「そんなリスいるわけがないじゃないか」

「いるよ。キョリスなら、この近くの森にも出没してるし」

「キョリス？」

「巨大リスのこと」

「大しか省略してないんだね……」

といったがそういう問題でもない。

「そう呼ばれてるんだからしかたないだろ。今年は木の実が不作でおなかをすかせてさ。目撃情報も多いらしいんだ」

「さすがに人間より大きいリスというのはおおげさなんじゃないかな」

わたしがいうとチェロキーはそれを否定した。

「ありえない話じゃないさ。ベルクマンの法則とかいうらしい。おなじ種類の動物なら北へ行くほど大きくなるんだってさ。それとアレンの法則ってのもある。それによると寒い地域へ行くほど体つきがまるっこくなる。つまりかわいさが倍増するんだ。だからって油断はできないけどな」

「なぜだい？」

「人間を襲うからに決まってるだろ。リスは雑食だからな」

わたしは背筋がぞっとなった。

「それって何匹もいるのかな？」

「群れで見かけたっていう話はきかないな。たぶん一頭しかいないんじゃないか。突然変異なのか、北のほうからやってきたのかはわからないけどさ」

「ひとりぼっちでは気の毒なかんじもするね」

生け捕りにしようとたくらんでる人もいるらしいんだとチェロキーはいった。車が中央分離帯をかすめ、わたしはひやりとした。もう少し速度を落としてもよいのではないだろうか。だがチェロキーは車の運転を心底楽しんでいるようすだった。

「ルーキーの話をきいてると、とても人を殺せそうな人間にはおもえないよ」

「そうかい。きみもだよ」

運転はべつだがねとこころのなかでつけたした。

「まあ、人は見かけで判断しちゃいけないよな」

とかれはいった。車のラジオからはゆったりとしたテンポのアメリカーナな曲が流れていた。〝荷物をおろして楽になれよ。全部おれが背負ってやるから……〟と歌っている。わたしはラジオに目を落とした。

「なんだったかなこれ。きいたことがあるな」

「バンドだよ」

「バンドだろうけど、なんていうバンドかおもいだせないんだ」

「だからザ・バンドってバンドさ」

「ああ、そういえばそんなバンドがいたね。いかにも古き良きアメリカって雰囲気の曲だな」

「メンバーのほとんどはカナダ人だけどな。つまりほんものじゃないんだよ。まがいもの」

チェロキーによるとザ・バンドのメンバー五人のうち四人はカナダ人なのだという。アメリカでは〝異邦人〟であるかれらが、アメリカ音楽のルーツを探求していたのだ。ザ・バンドはきらいなのかとわたしがたずねると、チェロキーはふりむき、おもいのほか熱心な口調で話しはじめた。

「いや、好きだよ。この曲もいいけど『アイ・シャル・ビー・リリースト』はもっといい。今度テープをもってきてやるよ。かれらはほんと、とにかく最高。なかでも最高なのはロビー・ロバートソンだ。かれ抜きで再結成したザ・バンドはありふれた懐古趣味の〝リサイクルバンド〟になっちまったけどな。当時はそんなんじゃなかった。流行に背を向けてだれもやらなかったことをやったのさ。ザ・バンドって名前も六〇年代後期にみんなが競ってサイケでいかれた名前をつけてるのに逆らったんだよ。わざとそっけなくしてね。かれらの音楽はたしかにルーツっぽいんだけど、でもそれってアメリカのどこを探しても現実には存在しないまぼろしみたいなもんで……いや、待てよ。むしろブルースとかカントリーとかいった分類のほうが、商売や政治のためにむりやりでっちあげられたものなのかもな。そういう音をまるごと飲みこんで音楽をやってるかれらのほうが本来あった自然な姿であって——」

「あぶない！」

わたしはおもわず叫び声をあげた。交差点で右から飛び出してきた黄色いオープンカーが視界に飛びこんできたのだ。チェロキーはあわててブレーキをふんだ。交差点のまんなかで車が回転した。口から内臓が飛びだしそうになる。目の前にせまる黄色い車体。オープンカーはハンマーみたいに吠え、助手席の側面に襲いかかってきた。だめだ、死ぬとおもった。反射的に目をつぶった。ごつんと鈍い音がして、わたしはこてんと横向きにたおれた。死なかったらしい。路上に土煙がまきあがっていた。

「どこにきんたまつけて走ってるんだ、うすのろ！」

チェロキーが怒鳴った。めんたまじゃないのかといいたかったが声が出てこない。なんとか体をおこすと助手席の窓がわれ、ドアが内側にめりこんでいるのが目に入った。そのすぐ外に黄色いボンネットが直角に突っこんでいた。

わたしは運転席の男の顔を見た。男もわたしを見た。目があった。成長しすぎたアロエの葉っぱみたいに鋭く尖ったリーゼント（われわれの住む世界とはちがった物理法則がはたらいているとしかおもえない髪型だ）にどこか軍服めいたスーツ。それにいかついサングラスをした中年の男だった。ネクタイがめくれあがって肩にはりついている。悪い男には見えなかった。わたしはチェロキーにいった。

「もしかしてレニングラード・カウボーイズのメンバーかな？」

「ワリダカ社の社長さ。とんだ目立ちたがり屋なんだ」

チェロキーはため息まじりにこたえた。

「おい、その車はおれのだぞ！」

社長が怒鳴り声をあげた。やはりばれたか。わたしは視線をそらしてまえを向く。

「なんのことでしょう。これは親しい友人からゆずってもらったものでして……」

わたしの声は小さかった。

「どこからどう見てもおれの車だ。わかってるぞ。きさまらが盗んだんだろ！」

問答無用の泥棒呼ばわりにわたしは顔をしかめた。車から降りてはっきりと説明したほうがよさそうだ。この車はジュードに売ってもらったもの。それがどこから来たのかはわたしの関知するところではない。それになぜジュードがそんなことをしたのか、少しは考えてみてもらいたかった。わたしは助手席のドアを押したがオープンカーにバックしてもらわないことには無理だった。

「相手にするな。行こう」

とチェロキーは車のギアを入れなおした。

「おい、逃げる気かデブ！」

社長がいうとチェロキーは、

「だまれケツアゴ野郎！　さっさと失せるんだ！　おれがキレてあんたを殺しちまうまえにな！」

と中指を立ててアクセルをふみこんだ。タイヤが悲鳴をあげて急発進する。待てという社長の声はエンジンの音にかき消された。すぐに社長は追いかけてきた。オープンカーのバンパーはぶつかったせいでななめにかたむいていた。ネクタイは風ではためいているのにリーゼントは微動だにしない。

「どうするんだい、チェロキー？」

向き直ってたずねる。

「ああいうのとはかかわらないのがいちばんさ——」

それはわかるが、むちゃくちゃ挑発しまくりだったじゃないか。チェロキーはステーションワゴンを追いこし前方にすべりこむ。そのまま二車線の道路を何度も車線変更し、いくつもの車を追いぬいた。あらっぽい運転にわたしはシートにしがみついて身をこわばらせるほかなかった。

後頭部に衝撃を受け、おもわずまえのめりになった。あやうくダッシュボードに顔面を強打するところだ。オープンカーがすぐうしろにせまっていた。もう一度衝撃。

わざとぶつけてきたのだ。ハンドルをとられて左右にゆれる。チェロキーはなんとか車を立てなおした。

「まずいんじゃないかな……？」

わたしがいうまでもないことをいっていたら後部座席で窓ガラスの砕ける音がした。ふりむくと社長が運転席の横から腕をのばしてピストルでこちらに狙いを定めているのが見えた。われたガラスが落下し、広報誌がはためきながら窓の外へ飛ばされていく。

「ふざけたまねしやがって！」

といってチェロキーはベストの内側から大きなピストルを取り出した。わたしは目をむき、おいチェロキー、いったいなにをするつもりだい？　といったが、それが声になっていたかどうか自分でもよくわからない。チェロキーは片手運転で上半身を後ろにひねり引き金を引いた。弾は相手のボンネットをかすめた。なかなかの腕前ではある。だができればまえを向いて運転に専念してほしい。さびれた街並みがびゅんびゅん後方に崩れ落ちていく。このままではどこかに激突してしまいそうだ――。

「ルーキー、こないだやった銃はどうした？」

「あれは……ないよ」

「ない？」

「家に大事に保管してあるんだ」

忘れたのだ。もともと持ち歩く習慣がないのだからしかたがない。歳をとると長年の習慣を変えるのはなかなかむずかしいものがある。

「ちょっとこれ持っててくれ」

チェロキーがハンドルから手をはなした。わたしはあわててハンドルをつかんだ。チェロキーは運転席の窓から身をのりだして窓枠に腰かけ、後ろ向きのかっこうでオープンカーめがけてピストルを発砲した。

「ねえチェロキー、車を停めて冷静に話しあいをしたほうがいいんじゃないかな？」

といったがたぶんきこえていないだろう。チェロキーはつぎつぎ撃った。たしかにかれがいうように人は見かけで判断してはいけないとおもった。わたしは助手席から体をのばして両手でハンドルを安定させるのでせいいっぱい。年寄りにはつらい体勢だ。車の速度は落ちるようすがない。ブレーキをふむにはチェロキーの体をどかさなければならないが、どかしたらかれを窓から突き落とすことになってしまいそうだ。

なにか手はないかとあたふたしているうちに突然、視界がまっ暗になった。スーツのネクタイが風にあおられ、わたしの顔に張りついたのだ。なにも見えずにパニックになった。あわててふりはらおうとしてハンドル操作があやふやになる。車体があらぬ方向にカーブしていくのをかんじた。

「なにしてるんだ、ルーキー！」

怒鳴られたところで返事をする余裕はない。わたしは音だけを頼りにハンドルを握っていた。超音波で周囲の状況を把握するコウモリにでもなった気分だ。車体がこすれる音が右側から響いた。

チェロキーがなにかわめいている。後方から銃声。たぶんサイドミラーが吹っ飛んだ音。タイヤが軋み声をあげる。蛇行する。前方からトラックの激しいクラクション。大きな車とすれちがう風圧がわれた窓から雪崩れこむ。看板か標識が路面に転がる音が背後に遠ざかった。

わたしは妙なことに気づいた。いつのまにかチェロキーの声がきこえなくなっていたのだ。ようやく絡んでいたネクタイがはずれて視界が回復。真正面にスクールバスが迫っていた。反対車線に出ていたらしい。おどろいてハンドルをきったら、うまい具合にもとの車線にもどってくれた。ふと横を見るとチェロキーの姿がない。なんてこった。とおもったらあった。運転席の窓から上半身をあおむけにして、さかさまにひっくり返っていたのだ。たるんだ腹が服からはみだし波うっている。

「だいじょうぶか⁉」

わたしは大声で叫び、チェロキーのベルトをつかんだ。車のなかへ引き入れようとしたが、ものすごく重い。腕がしびれてゴムにでもなった感覚がした。このままではチェロキーが死んでしまうとおもった。わたしは文字化不能のねじれたうめき声をあげ、死ぬ気でかれの体を引っ張りあげた。

「なんだ、なにがあった？」

チェロキーは目をぱちくりとさせた。意識を失っていたらしい。わたしはすっかり疲れはてていた。家に帰ってベッドに身を投げ出したい気分だ。黄色いオープンカーはまだ追いかけてきている。チェロキーはすぐに状況を把握し、おれにまかせろといってまたハンドルを握った。

「チェロキー、きみはいつもこんな調子なのかい？」

うつろな声でわたしはたずねた。

「まさか。でもスパイってのはいつもこうなんだろ？」

誤解だ。そこへサイレンの音が鳴り響いた。前方の交差点の角からパトカーが姿をあらわした。銃声をききつけたか、だれかが通報でもしたのだろう。すると社長は激しい音と煙をあげてブレーキをかけ、車の向きを反転させた。どうやら逃げるつもりらしい。

それに気づいたチェロキーがなにかいった。なにをいったのかはききとれなかった。その直後に横殴りの重力をかんじ、わたしは助手席から飛びだしそうになった。キャレキシコが一八〇度向きを変える。たぶん「つかまってろ」とかいったのだろうとおもった。

「あの野郎、ぶちのめしてやる！」とチェロキーがいうのがきこえた。

どうしてこんなことになってしまったのだろう。レニングラード・カウボーイズみたいな社長が爆走させる黄色いオープンカーを追いかけるわれわれのぼこぼこのキャレキシコを追いかける警察のパトカー。

警察にだけは捕まりたくなかった。こんな調子でどうやって目立たずに任務を遂行しろというのか……。ここまでくると、もはやわたしの不注意だけが問題なのではないようにおもえた。みんなおかしいのだ。家の隣人も。相棒も。ショッピングモールの社長も。頼むから、みんなまじめにやってくれといいたくなった。涙が出そうだ。というか出た。わたしは涙を流しながら暴走自動車の助手席でシートにしがみついていた。涙は風で横向きに飛んでいく。

三台の車は街なかを抜け、郊外を抜け、うちすてられた工場地帯をかけぬけていた。

ロードサイドに建てられた巨大なトビウオのオブジェの脚を社長のオープンカーがなぎたおす。落下してきたトビウオをわれわれのキャレキシコがまっぷたつにする。まっぷたつになったトビウオをパトカーがジャンプしながらこなごなにする。わけがわからなかった。

廃工場の塀の上から一台の青いスクーターが飛び出してくるのが前方に見えた。スクーターは大きくジャンプして薄鈍色(うすにびいろ)の空にきれいな弧を描く。

「おい、あぶないぞ!」

わたしは叫んだ。なぜそんなものがそんなところからジャンプしてくるのかわからない。だが、スクーターに乗っている人物には見おぼえがあった。オリーブ色のはためくコート。元工場長だ。カートを押して帰るなどといって飲酒運転してきたのだ。これが元工場長のいっていた近道か……。

スクーターが着地するであろう地点めがけて突入していく三台の車。チェロキーはブレーキをかけた。だがオープンカーは速度をあげ、そのまま直行。キャレキシコはブレーキ跡を路面に描きながらよこざまに停車。土煙があがる。

元工場長は命知らずのスタントマンみたいに社長のリーゼントをかすめて車を飛びこえた。スクーターが着地してバウンド。二、三度はずんでコントロールをうしない、投げ出された元工場長はひっくりかえったカエルのようなかっこうで手足をひらいて廃材の山につっこんだ。

黄色いオープンカーは工場地帯のカーブを曲がり姿を消した。チェロキーは車から降り、元工場長のそばへかけつけた。わたしもおくれてあとを追う。ふたりで木材やウレタン、発泡スチロールなどの山をかきわけ元工場長を掘りおこすと大の字でさかさまになった巨体があらわれた。

「だいじょうぶですか？」

元工場長はうめいた。

「……」

「ううん、どうってことないさ。ぶつけてすまなかったとリーゼントに謝ってくれ」

病院に連れていったほうがよさそうだ。道路にはひしゃげたスクーターとわれた酒瓶が散乱していた。パトカーがわれわれに追いつき停止する。最悪だ。とうとう警察沙汰（ざた）になってしまった。サングラスをかけた中年の警官が運転席から降りてきた。まじめそうな顔つきの男だった。

「お怪我（けが）はありませんでしたか？」

てっきりピストルをつきつけられて、地面にうつぶせにされるとおもっていたのでちょっと意外だった。

「どうもドブス署長。工場長がみてのとおりです」

とチェロキーがいった。警官はしゃがみこんで元工場長のようすをみる。わたしはチェロキーにそっと耳打ちした。

「なんだか失礼な呼び方だね？」

「本名だよ。おじいさんがアイルランド系とかきいた気がする」

さっき話したベルクマンとかアレンの法則とかいうのは、この署長からきいた話だとチェロキーは教えてくれた。ドブス署長が顔をあげた。

「命に別条はないようです。ともあれ病院で診てもらいましょう」

われわれは留置場行きだろうか。うん、きっとそうだ。裁判で私生活をなにからなにまで暴露されたあげく、刑務所にぶちこまれ、にやつく獄吏にちからまかせにトンファーでなぐられるのだ。

だがドブス署長は元工場長をパトカーに乗せるのを手伝ってもらえないかといった。この街では人手不足で救急車もなかなか来ない。自分が工場長を病院まで送っていくしかないという。なんだかじれったくなってわたしは単刀直入にきいた。

「われわれを逮捕しないんですか？」

「治安の悪い街ですからね。こんなことで捕まえていたら街に人がいなくなってしまいます。わたしは巨悪にしか興味がありません。まあ人間そのものが巨悪ともいえますがね。もしかしてあなたがたはワリダカ氏の密造酒仲間ですかな?」

よくわからないが、わたしはあいまいにこたえた。

「いえ、ちょっと車をぶつけられただけです」

「そうですか。今度やつに会ったら徹底的にやりかえしてください。ワリダカ氏にはどんなかたちであれ罪を償ってもらわねばなりません」

ショッピングモールの経営はワリダカ社長が手がけている事業の一部にすぎず、ほかに葬儀屋や棺桶(かんおけ)工場などを経営しているらしい。人が生きても死んでももうかる不況知らずだ。ワリダカ社長がひそかに密造酒づくりにかかわっているのはわかっているのだという。売ってもうけて、殺してもうけるのだ。だがどこで密造酒を作り、どうやって流通させているのかがどうしてもつかめない――。みんなで元工場長の巨体をパトカーの後部座席に押しこめながら署長はそんな話をした。

「派手なくせに逃げ足だけはやたらと速いんです。密林で歌う極彩色の野鳥みたいなものですな」

銃撃戦をおこしても逮捕されないとは。ほんとうに密造酒事件のことしかあたまにないらしい。やる気があるのかないのかよくわからない人だがこっちとしては助かった。あとできいた話によると、この街で密造酒が蔓延しはじめたとき、ドブス署長の相棒がフライングスノーマン中毒で死んだのだという。殉職したのだ。

相棒は潜入捜査で密造酒を売りさばいている男との接触をこころみた。署長は相棒にやめるよう説得した。潜入捜査は上層部から禁止されていたのだ。だが相棒はきかなかった。署長はかれに同行しなかった。規則を遵守したのだ。相棒はあたまにバンダナを巻き、盲目のヒスパニック系ラッパーに変装した。なぜそんなかっこうをするのかと署長がたずねたところ、いまやアメリカ最大のマイノリティは黒人じゃなくてヒスパニックだからなという返事がかえってきた。ここはアメリカじゃなくてニホーンなんだがと問い返すと、よくわかんないけどなんかかっこいいからという意味のことを四十分におよぶドラマチックなラップミュージカルの独演で説明された。潜入先で相棒は密売人に〈フライングスノーマン〉を試してみるかとすすめられた。もちろんかれは疑われないよう「シーシー、アミーゴ。タコス、タコス。ムーチョ、グラシアス」と陽気につぶやき、こころよく誘いにのった。すぐにはまった。飲むのをやめられなくなった。へべれけになって朝昼晩愉快にわらいつづけた。あたまがばかになった。神になった気分がした。そうしてヤッホー峠の崖のてっぺんからヤッホーと叫びながら真冬のメルヴィル湖に全裸でダイブしたのだ。数日後、かれはかちんこちんの氷づけになって引き揚げられた。遺体はラファイエット第三墓地に埋葬された。自分がいっしょについていれば……とドブス署長は後悔した。それ以来、署長は規則など取るに足りないものだと考えるようになったのだという。大事なのは命であって規則ではない。法も秩序もぶちこわしてやると――。

元工場長はといえば、骨も折れておらず、ほんのかすり傷ですんだらしい。体ががんじょうなのか、運がよかったのか。酒のおかげで体が柔軟になってたのさと本人はいいはっていた。なにはともあれ死ななくてよかった。

太ったモグラの大群が戦闘機みたいにけたたましい音を立てて飛んできて街を赤く染めるなか、わたしは崖の上を走る黒塗りの自動車の窓からさかさまになってあたまからアスファルトの海に落下していく夢を見て目を覚ました。ベッドからずり落ちそうなかっこうのままゆっくりと現実を取りもどすにつれ、夢のなかできこえていたのが車のクラクションの音だということに気がついた。

いつもならおきてロバに干し草をあげている時間だが、昨日の騒動（銃撃戦やらカーチェイスやら……）でぐったり疲れていて寝相をなおすのもおっくうなくらいだった。クラクションはいつまでたっても鳴りやまない。だれかがしきりにわめいているような声もしている。しかたなくわたしは眠い目をこすりながらガウンをはおって玄関から顔をのぞかせた。

どんよりとした曇り空。家のまえに古びたピックアップトラックが停まっていた。クラクションがやみ、すぐに赤紫の派手なシャツを着た男が運転席から降りてきた。こないだ街で偶然見つけたペーパーナイフの刺客だ。これだけ騒がしいのに通りにひとけはない。いつものことだ。騒がしいからかえってだれも出てこないというのもあるだろうが。

「やっぱりだ。まだいやがった！」

男はわたしに向かって怒鳴りつけると、車の荷台に積んだごみバケツをひっくりかえし、うちの庭に中味をごっそりとぶちまけた。

「とっととこの街から出ていくんだ！」

そういって男は地面につばを吐き、ごみバケツを荷台にほうりこんだ。

わたしはあっけにとられ、しばらく玄関のまえで立ちつくしてしまった。だがぼんやりしている場合ではない。敵は目の前にいるのだ。一触即発。わたしのスパイ魂に火がついた。それと清掃作業員魂にも。

男に歩みよろうと足をふみだしたが、やはり庭に散らばったごみが気になってしかたがなかった。わたしはガレージにほうきとちりとりを取りにいった。そこですぐにおもいだし、ロバに干し草をあげた。遅い食事でさぞかしおなかをすかせていただろう。ロバはうれしそうにいなないた。それからわたしはガウン姿のまま庭のごみを集めはじめた。なんてことはない。すぐに終わる——とおもったものの、なんだこれは。チョコフレークの空箱に傘の骨、バナナの皮にビールの瓶、燃えるごみも燃えないごみもいっしょくたじゃないか。わたしはごみを分別した。分別しながら、なぜわたしがこれを分別しなければならないのだろうとおもった。でも分別しないとだめだよなともおもった。男が目をまるくしてじっとわたしの姿を追っているのに気づいた。男はあごのあたりを手でかきながらどうしたものか困惑しているようすだった。

わたしはほうきを持ったまま立ち止まり、あらためてことの優先順位を考えてみた。どうもあたまがまわらない。むかしはもう少しあたまの回転がよかったような気がするのだが。あるいはそれも気のせいだろうか。もとからそんなにりこうではなかったのかもしれないという気もした。それなら歳（とし）をとったせいで輪をかけてばかになったということか。なんてこった。

などといったことを考えているひまがあったら、さっさと敵をやっつけるべきだという結論にようやくたどりついた。だんだん目も覚めてきた。それにしてもここまでどうどうと正面から戦いを挑んでくるとは。わたしもずいぶんばかにされたものだ。年寄りだからといってあまくみるのはよしてもらいたい。わたしが〈オーファン〉で学んだのは清掃術ばかりではない。ここはひとつこの男にわたしの実力をおもいしらせてやろうじゃないか。

だがひとつ問題がある。部屋にピストルを置きっぱなしだ。こぶしとこぶしで語りあうには年齢的なハンディキャップがおおきすぎる。それに相手がいつ得意のカモノハシナイフをぬきはなつか知れたものではない。なんならほうきとちりとりで応戦してもかまわないが、正直いってあまり自信がない。なにしろ敵はキリストをペーパーナイフの一撃で殺すほどの腕前なのだから。まともにやったらたぶん負けるだろう。やはりそれ相応の武器が必要だ。スパイとスパイの戦いにルールなどない。結果がすべて。ナイフ相手に銃を使ったからといって、教官にとがめられる心配はないのだ。

わたしはかれにいった。

「ちょっと待っててくれないか。部屋に忘れ物をしたんだ。すぐもどる」

男はわたしににらみをきかせたまま、かすかに首をかたむけた。

わたしは玄関のほうへ引き返しながら考えた。チェロキーからもらったアタッシェケースはどこに置いたのだったかな。ベッドの下かクローゼットか。それともなにげないふうをよそおってキッチンの戸棚にでもしまったのだったろうか……。わたしはドアの手前で立ち止まり、男にふりかえった。

「あー、えっと。もしかするとそんなにすぐにはもどれないかもしれない。だができるかぎり努力するよ。いいね？」

といってわたしはドアの内側にひっこんだ。

アタッシェケースはクローゼットの棚にあった。ケースから小ぶりの拳銃（けんじゅう）を取り出しふと気づいた。いけない。うっかりしていた。スーツを着ねば。こんな寝おきのだらしないかっこうで戦うわけにはいかない。相手に対して失礼だ。わたしはいつものお気に入りのスーツを掛けたハンガーに手をのばし着替えをはじめた。

おもったよりもてまどってしまった。だが男はちゃんと待っていてくれた。ふところに銃を忍ばせ急ぎ足で庭へ出ると、かれは車のドアに寄りかかって煙草（たばこ）を吸って待っていたのだ。あんがい根は悪いやつではないのかもしれない。

男は顔をしかめていった。

「荷造りしてたんじゃねえのか？」

「なんだって？」

「きいてねえのか。出てけっていっただろ！」

まずはおちついて話をしたい。

「きみ、名前はなんていうんだい」

男は意外そうにまばたきしてこたえた。

「モンクって呼ばれてる。それがどうしたってんだ？」

奇妙なコードネームだな。

「わたしはルーキーだ、よろしく。といってもきみと会うのはこれで最後になるだろうがね」

「そう願いてえもんだ。新顔ってのは気に入らねえからな。ここはおれたちの街だ。おめえらの居場所はここにはねえんだよ」

「モンキー、ここはわれわれの街だ。われわれの国の一部なのだからね」

「モンキーじゃねえ、モンクだ」かれはこぶしをふりあげ肩をそびやかした。「いいか、このミスター老いぼれ野郎。何度もおんなじこといわせるんじゃねえ。このへんじゃあな、おめえみてえな余所者（よそもの）は歓迎しねえんだよ！」

〝歓迎しねえ〟が決めぜりふのように響き、わたし目がけて煙草の吸いがらが弾きとばされた。反射的に拾ってかたづけたくなる衝動をおさえ、わたしは男をにらみ返した。

「いいだろう。きみはストレートな会話が好みのようだね。ならばはっきりさせようじゃないか。ナイフはどこだ？　なぜキリストを殺した？」

わたしはスーツの内ポケットから銃を抜き出した。モンクがぎょっとした顔になる。

「おい、じいさん。よせよ。あたまがどうかしちまったのか。まさか移民の連中が売ってる悪い酒でも飲んでんじゃねえだろうな？」

「わたしはまじめに話しているのだがね。狙いはなんだ。独立か。それとも軍事的な要所を奪って、わが国の崩壊を画策しているのか。きみはどこの国の人間だ？　無論、この国の人間でないことはわかってるよ。いまさら隠す必要もないだろう。ほんとうのことをいうんだ」

すると男は肩を怒らせ、わたしににじりよってきた。

「おい、ふざけるな。おれはニホーン人だぞ！　赤ん坊のときからこの街で暮らしてんだ。おかしな酒をばらまいて拳銃なんかふりまわしやがって。おめえらみてえな余所者がおれの街をだめにしたんじゃねえか！」

男がいきなりわたしの鼻を殴り視界に黄色い火花が散った。きーんとした音がわたしの鼻柱で共鳴している。それがきこえているのはたぶんわたしだけだろう。わたしはそのまま地面にうずくまり、踏んだり蹴ったり殴られたりして、何度も灰色の空がひるがえった。手にしていたはずのピストルもどこへ行ったのかわからない。やがて痛みさえも意識の遠景に追いやられ、ぼんやりとしたあいまいな思考だけが後頭部のあたりを漂っていく。銃なんて役に立たないものだな。かえって相手を刺激して危険なだけかもしれない……などといったことを考えていた気がするがたしかではない。

そこへ車が急ブレーキをかけて停止する音が響いた。だれかがドアをあけて降りてくる。

「おいモンク、やめないか。かれはなにもしてないだろ」

ドブス署長の声だった。それからどうなったのか完全には把握していない。わたしはなにかにつかまらないとおきあがれず、署長の肩を借りて家のソファまで運んでもらった。モンクがなにか捨て台詞をいっていたが内容はおぼえていない。かれは車のエンジンを派手に鳴らして走り去っていった。

署長は密造酒の取り引きに目を光らせて街をパトロールしていたところだった。かれからきいた話によると、モンクはこの街で生まれ育ち、この街で働き、この街で失業したのだという。だからといって街から出ていき人生をやりなおす金もあてもなかった。仕事をなくしてからというもの、酒場や街角でだれかれかまわずいいがかりをつけてけんかをふっかけているのだ。とくにあとから街へやってきた人間に対してはおもしろくない気持ちをいだいているらしかった。

わたしは署長にそれとなくペーパーナイフのことをたずねたが、

「あいつはいつだって素手です。ああ見えても武器をふりまわしているのを見たことは一度もありませんな。たいていはひとしきり脅しやいやがらせをして満足するようです。よほどのことでもなければここまでやりませんよ」

とのことだった。かれがよく郵便受けに投げ入れる手紙の盆栽スタンプは、ニホーンらしさを象徴しているつもりなのだという。あの男はスパイでもなければ、キリストを殺した刺客でもなかったのだ。わたしはなんてまぬけなのだろう。考えてみれば、かれは街なかで携帯電話を使っていた。スパイがそんなものを持ち歩いているわけがないじゃないか。とんだ見当ちがいでむだな騒ぎになってしまった。

3

ロバが散歩から帰ってこなかった。調子にのって放し飼いにしていたのがいけなかった。ひと晩帰ってこなかったことなど、これまで一度もなかったのに。昨夜から雪が降りはじめていた。例年よりもかなり早い初雪らしく、まだ街路樹の葉も落ちきっていなかった。ロバはいったいどこへ行ってしまったのか。わたしはろくに食事もとらずに窓辺で街灯の下に漂う雪を見つめていた。

朝には雪がやんでいた。街路がうっすらと白くなっている。わたしはコートをはおって外へ出た。ひとけのない通りを何度も往復した。近所を一周してみた。だがロバの姿は見あたらない。いつもならいまごろおいしそうに桶の干し草を食べているのに。

うちへ帰ってくるのは帰巣本能のようなものがはたらいているからだとおもっていた。だが考えてみれば、べつにこの家がロバの故郷というわけではない。ここへ来るまえは、どこかべつな場所で暮らしていたのだから。それならほんとうの家に帰ったのかもしれない。ロバの家はどこなのだろう。自力で帰れるならいいが。途中であぶない目にあってはいないだろうか――。

いまどこにいるのか気がかりでしかたなかった。だが手がかりがなにもない。どうしたものか通りの先をながめて立ちつくしているとマダム・ステルスが玄関から顔を出した。寒そうに上着を体のまえに引き寄せていた。

「だれか待っているの？」

「ロバがいなくなったんです。自分の家に帰ったのかもしれませんが」

「おうちはどこなの？」

「それがわからないんですよ。どこかこのあたりでロバを飼っていた家ってないですか？」

「古い牧場なら郊外にあったとおもうけど……」

マダム・ステルスは牧場までの道を教えてくれた。そこで飼われていたかどうかはたしかではない。だがほかになんのあてもなかった。わたしはマダムに礼をいって車に乗りこんだ。

山道を行き、牧場のまえに車を停めた。停止するときに牧場の看板にバンパーをぶつけてしまった。雪でスリップしたのだ。雪道用のタイヤを買う予算などない。もちろんドアはへこんだままだしガラスもやぶれたままだ。

〈ハシエンダ牧場〉という錆びついた看板。入り口の門は十字に打ちつけた板でふさがれている。崩れかけたサイロが遠くに見えた。あとはドアのはずれた古い木造の小屋があるばかり。人の気配も動物の気配もない。牧場全体が雪といっしょにひっそりと森のなかに沈みこんでいた。もう何年もまえに閉鎖されているようだった。

わたしは車を降りた。ロバの姿はない。白いため息が出た。ここではなかったのだ。あきらめて帰ろうとしたとき、雪のうえのあしあとに気づいた。逆U字形のひづめ。ロバのあしあとだ。でなければ馬。野生のイノシシや鹿ならひづめはふたつにわれているはずだ。あしあとはまだあたらしく、牧場わきをぬける道沿いに残っていた。偶然とはおもえなかった。

わたしは歩いてあしあとをたどった。想像していたよりも遠くまでつづいていた。車で来ればよかったかもしれないとおもったが、道はなだらかにカーブを描き、だんだんとほそくなっていった。黒い針葉樹が左右に迫る。これでは車は通れない。もの音ひとつせず、さびしいくらいだった。

雪の積もった地面に目をこらし懸命にあしあとをたどった。頭上で鳥が大きな羽音をたてて飛びたち雪がかたまりになって落ちてきた。ふと顔をあげると、いつのまにか道がなくなっているのに気づいた。ふりかえっても道らしいものはない。自分のあしあとが頼りなく点線になっているだけ。どちらを向いても雪をかぶった黒い木立だ。

念入りにロバのあしあとをたどってきたつもりだったが、それももうはっきりとしない。牧場のそばではたしかにロバのあしあとだった。だが目の前にあるかすかな雪のくぼみは、なにかべつの生き物か、それとも落雪の跡、あるいはなにかほかの自然現象で刻まれた模様、もっといえば、わたしの目の錯覚でしかないような気がしてきた。

おなかがすいていた。朝食も食べずに家を出たせいだ。空腹に気づくととたんにあしどりがおぼつかなくなった。引き返そうかとおもったものの、この調子では無事に車のところまでもどれるかどうか。帰り道さえたしかではないのだ。

またちらほら雪が降りはじめてきた。寒いのに額から大量の汗がふきだしてくるのをかんじた。まるで体が最後の熱を発しているようだった。足をまえに出すたびに森全体が左右にゆれうごいた。ささえになるものを探して手が宙をさまよった。平衡感覚をうしない、おもわずひざをつく。気づいたらわたしはそのまま立ちあがれなくなっていた……。

あまりの空腹であたまが朦朧としていた。数メートル先の太い木の枝になにか違和感のあるものがのっているのに気づく。白いが雪ではない。ぽつんとそこにだけ固まっているのは不自然だった。すぐに正体がわかった。肉まんだ。だれかが肉まんを枝に忘れていったのだ。わたしはなんて運がいいのだろう。最後の力をふりしぼり枝の下までたどりついた。近くまで来て、それが大福もちだとわかった。大福は枝にとまってじっとおとなしくしていた。大福がびっくりして逃げ出さないよう、わたしは背後からそっと近づいた。正直いってどちらが大福の背中にあたるのかは自信がなかった。それでもじゅうぶんに距離を見定め、わたしは密林のジャガーのように餅に飛びついた。

「死ね、この餅野郎！」

わたしの声が森林にこだまする。手ごたえがあった。わたしの右手が大福をしっかりととらえていた。大福は完全にわたしの手中にあった。わたしの勝ちだ――。だがわたしは油断していたらしい。大福が逆襲してきたのだ。やつはわたしの手に食らいついてきた。ふりはらおうとしたがだめだ。白い大福のやわらかな牙に嚙みつかれたままどうにもならなくなっていた。

「わたしの手をはなすんだ！」

食うか食われるかの瀬戸際だった——。

ふとわれにかえった。餅が人を襲うわけがない。右手が餅で枝にくっついてとれなくなったのだ。せっかく餅を捕まえたのに食べられないじゃないか。むしろわたしのほうが餅に捕まったみたいだ。まるで罠にかかった鳥。というか、まさにそれだ。わたしは鳥もちに引っかかったらしい。なんてこった。これは食べる餅ですらなかったのだ。鳥もちはすこぶる強力だった。いったいどんな怪鳥を捕まえようとしていたのか。これでは身動きがとれない。雪に包まれた森はしんと静まりかえっていた。わたしはここで鳥もちにかかったまま餓死するのか。

がっくりうなだれ途方に暮れていたところへ、だれかが近づいてくる気配をかんじた。助けに来てくれたのだ——。ずんぐりとした体格から、まっさきにチェロキーの顔が浮かんだ。だがチェロキーにしてはやけに毛深い。毛深いというか毛だらけ。というか毛まみれだ。あたまのなかの記憶にあるサイズとちがいすぎていて何者なのか把握するのに少し時間が必要だったが、そいつはでかいリスだった。ふさふさのしっぽが特徴的なものの、リスだと認識できたのは巨大リス——キョリスの話をきいていたからだろう。そのすごくでかいリスの顔が目の前にせまっていた。

「なんてこった……」

リスは雑食というチェロキーの言葉をおもいだした。食べられる。そうおもった。恐怖で耳もとがざわりとなった。キョリスがわたしの顔をじっとのぞきこんでいる。なんとかの法則というやつで体つきがまるっこかった。まんまるの目。後ろ足で立ち、手をまえにさげ、しきりに鼻をひくひくさせている。その表情がなにを意味しているのか、わたしには読みとれなかった。

このリスが鳥もちを仕掛けたのか。そうしてわたしのような獲物が罠にかかるのを待っていたのか。なにしろ今年は木の実が不作。生きのびるにはそれくらい知恵をはたらかせてもおかしくはない。とおもったけど、そんな器用なリスがいるだろうか。でもそれをいえば、そもそもこんなでかいリスがいること自体おかしい。おかしいといってもげんに目の前にいるのだからしかたがないが……。

巨大なリスは鼻を近づけ、わたしを嗅ぎまわった。こっちは老いぼれだ。おいしくなさそうだと気づいて、去ってくれればいいのだが。リスはわたしにぐっとにじり寄ってきた。ひげが顔にあたってくすぐったかった。ふかふかの毛が豪華な宮殿の絨毯みたいで気持ちいい。頬ずりしたくなるなめらかさ。ふんわりやすらぐ太陽のにおい――。待て。だめだ。こいつは罠だ。相手は凶暴な雑食動物だぞ。

が、リスはわたしを抱きしめた。いや、そうではない。抱きしめたというか、腕をまわしたのだ。短い腕を。で、わたしのポケットに手をつっこんだ。拳銃を取られるとあせった。だがわたしはチェロキーとちがって銃を持ち歩かない。こないだ家の庭先で赤紫のシャツの男といざこざをおこしてから、わたしは拳銃をアタッシェケースにもどした。いまは天井裏に眠っている。無闇に銃をふりまわしてもろくなことがない。よほどのことでなければ引っぱり出さないほうが身のためだと反省したのだ。

リスが取ったのはナッツだった。むきだしのくるみやアーモンド。キリストを埋葬したときにもっていったのが残っていたらしい。いつも自分でクリーニングしていたのにポケットを確認していなかったなんて、なんてまぬけだ。だが今回はそのおかげで助かった。つかんだナッツをキョリスは口にした。黒目がかがやき、くちもとがほころんでいた。おなかをすかせていたのだろう。わたしは左手でポケットをさぐり、できるだけたくさんのナッツをリスにあげた。リスはこんなにおいしい木の実を食べたのははじめてだといわんばかりの顔をしていた。それくらいの表情はわたしだってわかる。

キョリスはナッツを食べ終えると、木にくっついたわたしの手と顔を交互に見くらべた。そしてきゅうにまじめな顔つきになる。なにを考えているのかまたわからなくなった。ナッツではもの足りなくなって、今度はわたしを食べようと検討しているのかもしれない。

リスがわたしの右腕に手をのばし、前歯をむき出しにした。

「頼む。そっちは利き手なんだ。ごはんが食べられなくなってしまう――」

言葉が通じるかどうかわからないが、わたしは雪の上にひざまずいて懇願した。だが右手が枝にくっついているため土下座で挙手しているみたいになってしまい、自分でもなんだか不本意だった。

キョリスが腕に飛びついた。わたしは大声でやーめーろーと叫んだ。ちらつく雪。声が森のなかにこだました。いくらこだましてもわたしは死ぬのだ。死なないにしても腕を食いちぎられるのだ。激痛を予感し目を閉じた。ばりばりとリスが骨を嚙み砕く音がきこえた。気が遠くなりそうだった。が、遠くならない。というか痛みをかんじなかった。かわりに右腕がだらりと地面に落ちた。

おそるおそる目をあけると、右手に大きな枝がくっついていた。生々しく鮮やかな木の切り口。キョリスは枝をかじったのだ。わたしは木から解放された。大きな木の枝からは解放されていないが、根っこを生やした大木に囚われていたのにくらべたらはるかにましだ。

リスは前歯を見せてにっとした。リスにとっての最上級の笑顔にちがいなかった。

わたしがぼうぜんとしているとリスは木立の向こうを指さした。そうしてあっちへ向かって歩くんだというそぶりをした。わたしにはどの方角もおなじに見えた。半信半疑でうなずくとキョリスは反対方向に去っていった。森の奥へ帰るのだろうか。大きなS字形のしっぽがゆさゆさと木立の奥へと消えていく。なんてやさしいやつなのだ。わたしは小さな声でありがとうとつぶやいた。チェロキーは危険だといっていたが、よく知らないせいでそんなふうに誤解してしまうのかもしれない。

あらためてスーツのポケットを探ると、まだ数粒のくるみのかけらが残っていた。それでも腹の足しにはなった。右手に大きな枝をぶらさげたまま、キョリスの指さした方向へ歩いていくと、ふたたびロバのあしあとを発見した。牧場で見たのとおなじ形だ。あしあとの先から自動車がとおりすぎていく音がきこえてきた。

すぐに舗装された道に出た。街なかよりも雪が積もっていた。自動車のタイヤの跡が数本、それからロバのあしあとが道路に沿ってつづいていた。道路は湖の周囲をめぐっているらしく、道なりに歩いていくと木立のあいまから黒い湖面が近づいたり離

れたりしているのが見えた。湖面にはさかさまの山々が映っている。

道路の先に白黒の地味な看板が見えてきた。看板には〈ワリダカ棺桶工場〉とあり、分岐したほそい道を矢印がさしていた。タイヤの跡がいくつか出入りしている。できれば近づきたくなかった。ワリダカ社長とはかかわりたくない。だが逆U字形のあしあとはそちらへ向かっていた。

工場は湖のほとりに面して建てられていた。平屋建ての細長い建物だ。湖をはさんだ向こう側には切り立った崖が突き出ている。その崖を通る峠道を一台の黒っぽい自動車がゆっくりとカーブしていくのが見えた。葬儀屋の車だ。この工場から直接棺桶を運んでいるのだろうか。敷地に人の気配はないが建物には灯りがついている。それに機械が低くうなって稼働している音もしていた。さっさとロバを見つけてここを出よう。わたしは用心しながらあしあとをたどった。

建物の壁際をすすんだ。薬品のような刺激臭が漂っている。あたまを低くして窓の下を通りすぎる。何番目かの窓を通りかかったとき、工場内から話し声がきこえた。

「これじゃ足りないな。社長に怒られるぞ……」

わたしは立ち止まった。気づかれてはいけないとおもい窓の下で息を潜めた。

「ラ・パローマは全部つかいきったのか？」

どうもおかしい。あのラ・パローマのことだろうか。万能の化学物質だからといって棺桶を作るのに必要だとはおもえないのだが。

「まだ倉庫にあったはずだけどな——」

わたしは窓からなかのようすをうかがった。作業着に身を包んだ大柄な男がふたり、書類の束をもって話しこんでいた。作業台に棺桶はない。かわりに大きなガラスのフラスコやビーカー、迷路のように複雑に連結した管、圧力鍋のような形をした巨大な容器などがならんでいた。かすかなアルコールの香りが鼻先をかすめた。どうやらここは棺桶工場ではないらしい。棺桶も作っているかもしれないが、同時に蒸留酒も製造しているのだ。ただの酒ではないだろう。ラ・パローマを使っているのだから。もしかすると〈フライングスノーマン〉かもしれない。ドブス署長がいっていたとおり、ワリダカ社長は密造酒を作っていたのだ。

こんなにも簡単に密造酒工場を見つけてしまうとは。運がいいのかわるいのか……。きっとこの湖が〝メルヴィル湖〟だ。そして対岸の崖が〝ヤッホー峠〟。署長の相棒はあそこから湖に飛びこんだにちがいない。つまり、この棺桶工場が密造酒製造の隠れ蓑になっていることをかれはつきとめていたのだ。ドブス署長の相棒はフライングスノーマン中毒で言動がコントロールできなくなりながらも、潜入捜査でつかんだ情報を署長に伝えようとしていたのではないか。わたしはそのことを署長に知らせてあげたくなった。相棒は決してむだに死んだのではないのだと。わたしはロバを探しに来たならばすぐに引き返そう、とおもったがロバはどこだ。わたしはロバを探しに来たのだ。こんな物騒な場所に置き去りにしてはいけない。

「そこでなにしている？」

その声にわたしは飛びあがりそうになった。敷地内の見まわりでもしていたのか、作業着にコートを引っかけたやせた男が建物ぞいに近づいてきていた。わたしはあいまいに口ごもりながら工場の壁を背にずるずると立ちあがる。目の前まで来てわたしが老人であることに気づくと、

「道に迷ったのかい、じいさん？」

と男はまじめな顔をした。

「ええ、まあそんなところです……」

うまくごまかさなければ。

「ここは立入禁止だ。それとも自分の棺桶でも探しにきたのか？」

といって男はひとりでおかしそうに笑った。なんかむかついた。わたしは返事のかわりに右手にさげたでかい木の枝で男のあたまを殴りつけた。男はにやにやしたまま

横向きにくずおれた。一発で気絶してしまった。なんだかすまないことをした。もう少し穏当な手段があればよかったのだが。

あしあとのつづく先からロバのいななきがきこえた。すぐそこにいるのだ。わたしは自然と小走りになっていた。工場のはしへ近づくにつれ、さっきから漂っていた薬品のような臭(にお)いが強くなった。水の流れる音がしている。建物の角からそっとのぞきこむと、はなれに大きな倉庫があった。そこに何台もの葬儀屋の車が停められていた。建物の湖側には太い排水口があり、にごった色の水が流れ出ている。それが臭いのもとらしかった。ラ・パローマを蒸留するさいに出てくる廃棄物だろうか。

近くの茂みから白いロバが姿をあらわした。こんなところに迷いこんでいたとは。わたしはいそいでロバのもとへ歩みよった。

「ずいぶん探したよ。体が汚れてしまったね。あとで洗ってあげるよ」

抱きしめるようにしてロバをなでてあげたが、興奮しておちつかないみたいだ。しきりに排水口を気にしている。たしかにそのあたりのようすがおかしかった。木がやたらと育っているのだ。ブナ科の木のようだが、樹齢一万年ぐらいの大木に見えた。あるいはもっと昔。まるで恐竜が歩いていた時代からずっとそこに生えていたかのようだ。黒い根っこが地面にはりめぐらされている。排水口からあふれる水をあびている木ほど大きかった。ラ・パローマの影響だろうか。植物や動物の成長をうながすと元工場長がいっていた気がする。あたりに落ちたドングリもリンゴのように大きい。なんだか自分とロバのほうが小さくなったような錯覚がした。すぐにキョリスのことがあたまに浮かんだ。あのリスはこの巨大ドングリを食べたのだ。それで体が大きくなったのではないか。きっとラ・パローマの廃液が植物に吸収され、それを食べたリスも成長をうながされたのだ。

わたしは気味が悪くなって、ロバとともにそこから離れた。だがロバは倉庫のまえで立ち止まりうごこうとしない。いつもなら素直についてくるのにめずらしかった。

「怪我(けが)でもしたのかい？」

葬儀屋の車のほうに鼻をのばすようにしてじっとにらみつけている。わたしは工場から人が来ないのを確認し、ロバに引かれて車のそばへいった。

棺桶を積む途中だったのかトランクがあいている。棺桶はピラミッド状に重ねられていた。側面には銃弾のあと。蓋(ふた)にも穴があいているが、こちらはまるで社長のリーゼントが突き刺さってあいた穴みたいに見えた。ロバがぐいぐいと鼻を棺桶にこすりつける。わたしも気になり蓋のなかをのぞいた。

酒瓶がぎっしり詰められていた。瓶に貼(は)られたラベルに描かれた絵は、マダム・ステルスの裏庭にあったドラム缶のものと似ていた。背後に炎が燃えているのはおなじだが、飛んでいるのはハトではなくて雪だるま。雪だるまには羽が生えていた。そのうえ炎を背にして陽気に踊っているのだ。熱で溶けてしまうだろうに。なんて命知らずのスノーマンだ。無論、絵本のスノーマンは羽などなくても飛べるし、ダンスもうまい。これはどう考えても〈フライングスノーマン〉だ。棺桶に隠してあちこちに運搬しているにちがいない。ロバが目を輝かせていなないた。

「車を追ってここまで来たのかい？」

葬儀屋の車が街を走っているのはときおり見かけたが、たまたまうちの近くを通りかかった車にこの酒が積まれていたのかもしれない。ロバはそのにおいにつられてここまで来たのではないか。でもなぜロバが酒につられるんだ。アルコール依存症のロバなのか？

「きみはふつうのロバではないようだね……」

ロバはそこを離れようとしなかった。工場の人間に見つからないうちにここから逃げたい。さっきぶちのめした男だって、いつ目を覚ますかしれたものではない。わたしは棺桶に左手をのばして酒の入った瓶をつかんだ。それをそっとコートの内ポケットにしまう。

「これでいいだろう？」

というとロバも納得したらしく、しっぽをゆらしてわたしについてきた。自分で飲もうというのではない。ロバにあげるつもりもない。証拠として署長に届けるのだ。よけいなことには首をつっこむべきではないというスパイの原則は承知している。しかし署長が大事な相棒をなくしたことをおもうと、知らないふりをしてほうってはおけなかった。

とそこへ工場の裏口から作業員が出てきた。さっき窓から見た男だ。真正面からばったりと出くわしてしまった。窓ごしに見るよりもがっしりとした体格をしていた。目があった瞬間にわたしは右手の大枝で男のあたまを殴り飛ばしていた。相手はおどろいただろうが、わたしもおどろいた。またも一撃で気絶だ。すごい武器を授かってしまったものだ。が、立て続けの乱暴行為で枝はこなごなに砕け散っていた。おかげで右手が軽くなった。さっさとロバをつれて退散しよう。まさかここがロバの故郷というわけでもあるまい。こんな異臭を放つ場所に住めるのは人間ぐらいしかいない。わたしも人間のつもりだがここにいるのはごめんだ。

夕闇がせまるころ、ようやく街へもどることができた。

車は牧場の入り口におきっぱなしだ。街まで歩くのはたいへんだったが、車にロバが乗れるだけのスペースがないのだからしかたがない。折よくティンパン横町にあるイスラム料理店〈ラマダーン〉で毎週恒例の「動物歓迎ホリデー」が開催されていた。ロバといっしょに入店してもかまわないというので、そこでケバブサンドを食べた。それからドブス署長に会いに警察署へ行った。署長はわたしをこころよく迎えてくれた。

だがわたしはここまで来るあいだに証拠の酒をどこかで落としてしまったらしい。森のなかか、でなければ〈ラマダーン〉に置き忘れたか。それでも署長は話をきいてくれた。

「ご協力感謝します。あなたを信じますよ」

とかれはいった。署長は夜の室内でもサングラスをはずさなかったが、その奥でなにかが激しく燃えているのがわかった。かれには証拠など必要なかった。所定の手続きに従ってわたしのことをあれこれ詮索する気もなかったのは助かった。令状なしの非合法な抜き打ち捜査で、署長はあっというまに〈ワリダカ棺桶工場〉の秘密を白日のもとにさらしたのだった。

「この仕事をやっていると身に染みてわかりますが、人間というのはなんでも自分につごうよくルールをねじ曲げるんです。ことにあの手の連中が相手なら合法もへったくれもありませんよ」

かれはそういっていた。しかしワリダカ社長はどこかへ行方をくらませてしまったらしい。

後日〈ラマダーン〉でべつの車を貸してもらい、チェロキーといっしょにキャレキシコを取りにいった。いったいなにがあったのか、車のボディがさらにぼこぼこになっていた。バンパーがななめにかたむいているのはわたしが看板に突っこんだせいだが。エンジンがかかるだけでも満足しなければいけない。

＊

わたしが密造酒工場を発見したということはないしょにしておいてほしいとドブス

署長にお願いしていたのだが、数日後にはすっかりばれてしまった。どこから情報がもれたのだろう。地元新聞の一面にわたしとロバの写真が掲載されたのだ。

その朝、ものすごーく長いリムジンが家のまえに横づけされた。

リムジンは通りの端から端まであるくらい長かった。最後尾がどこにあるのか判然としない。タイヤは四つでは足りず、ムカデの足のようにいくつもならんでいた。あたまにターバンを巻いた浅黒い顔のインド人運転手が降りてきて、両手をあわせてナマステーと挨拶をした。男は背が高く、きれいな筆みたいな口ひげが目をひいた。かれの名前はビンダルー。とてもまじめな表情をして、どうぞこのリムジンにお乗りくださーいというのだ。

わたしは断ったが市長の命令だという。乗らなければ運転手である自分はくびになりますよー。そんなことになればテキサラホマで帰りを待っている家族にどんな顔をして会えばよいのかーと運転手はやはりまじめな顔でいう。テキサラホマってどこだとおもった。テキサスとオクラホマの州境にでもある小さな街だろうか。キャレキシコみたいに。それにしてはインド人みたいな風貌だが、アメリカにだってインド人はいる。ということはつまりニホーンに移住してきたインド系アメリカ人というわけか。くびになるといわれてはしかたなかった。わたしはおとなしくリムジンに乗った。

リムジンのはるか後方の座席にボールのようにまるっこい男が腰をかけていた。太っているのは遠目でもわかるが体の大きさがわからない。距離がありすぎて、大きい太っちょなのか小さい太っちょなのか識別できない。前から後ろまで連なるシートが有機的なカーブを描いているのがむなしく見えるくらいリムジンは長かった。

市長さんですかと声をかけたがきこえないようだった。歩いてそちらへ向かおうとしたが車がうごきだしたので座席に尻もちをついてしまった。わたしは大声で呼びかけた。

「あなたが市長ですか?」

そういいながら、いまだにターゲットである市長の顔もまともに把握していないことに気づき自分でもおどろいた。当局からは資料をいっさい渡されておらず、チェロキーに頼んで広報誌をチェックしてみたものの肝心の写真が不鮮明。それならほかの資料をあたってみるなり、市庁舎をはりこみするなりなどして調査しておくべきだった。なのに街へ来てからというもの、あれこれよけいな騒動にまきこまれ時間も体力も消耗。ついついあとまわしになっていた。

「副市長のジェイ・ピーです」

と太った男は大声で返事した。

「JB?」

「ジェイ・ピーです」男はリムジンの後部座席から息を切らせてかけつけてきた。「正確には、ジェイ・エー・ピーなんですが〝油食む〟というミドルネームはあまり好きじゃないんです。密造酒工場を見つけてくださり感謝しています。密売ルートも一網打尽。大半は移民が絡んでいたそうです。これで街がクリーンになりますよ。本日は市長があなたを表彰したいとのことで、ささやかな祝賀会を用意しているんです――」

近くで見ると小柄な男だった。かなり小柄なので遠近感がおかしくなり、まだ遠くにいるのだろうとおもっていたが、実際はすぐ目の前だったので少し不意を突かれた。まえにどこかで見たことがある。たしかティンパン横町でカレーを食べていた男だ。まさかあれが副市長だったとは。ともあれ、かれはとても礼儀正しい男だった。

市長を暗殺する絶好のチャンスにおもえた。しかし肝心の指令がまだくだっていなかった。かってに作戦をすすめるわけにはいかない。とりあえず市長に接近し、その動向を探るとしようとわたしは考えた。

祝賀会はちっともささやかではなかった。

この街のどこにこんなおおぜいの人がいるのだろうというほどの人だかり。市庁舎まえの広場はお祭りのように出店がならび、万国旗がはためいていた。道すがら花火や爆竹が鳴ったり、人民服を着た男女の鼓笛隊や、はりぼての龍をのせた山車とすれちがったりしたのも、すべて祝賀会のためなのだった。

道がつかえているのか交差点の中途半端な位置で車が停止した。リムジンが長すぎてカーブを曲がりきれないよーと運転手のビンダルーが涙声でいうので、広場の手前で降りて歩くことになった。

広場の向こうにある中華風の建物が市庁舎だ。金縁で装飾された緑色の瓦屋根が波のようにうねり、朱塗りの柱には麒麟や虎や亀といった中華ないきものが隙間なく彫刻されている。とはいえ中華一辺倒ではない。鳳凰のような大きな鳥はアメリカ先住民に伝わるサンダーバードのようにも見えたし、波うつ龍は中華と見えて、じつは北欧の海賊船の舳先にでも飾られているような西洋風のデザインだ。屋上は全体が大きな植木鉢みたいな形に象られていて、そこにはアフリカゾウほどもある〝巨大な盆栽〟が茂り、空から街を見おろしていた。そこがいちばん和なかんじがした。サイズがとてつもなく大きいというのがアメリカンではあるが。

市庁舎へたどりつくまでにわたしは群衆に「ルーキーさん、ルーキーさん！」と声をかけられもみくちゃにされた。みんなにわたしの顔と名前がすっかり知れ渡っていた。しかも本名ではなくコードネームだ……。

それ以上にこまったのはステージにあがったとき、市長と最高にファンキーなダンスを踊ってしまったことだ。わたしだって踊るつもりはなかった。だが市長は登場する際にのっけから、じつに見事なダンスを披露したのだ。市民のまえに登場するときの恒例になっているらしい。しかも曲はジェイムズ・ブラウンの「ファンキー・プレジデント」だった。

リズムにのって踊りながら市長は市民のひしめく大型集会場のステージにその姿をあらわした。つり目で出っ歯でのっぽな男。人民服がなかなかスマートでスタイリッシュだ。中腰で手足をじたばたさせて踊りまくるので、中央のマイクスタンドまでなかなか到着しない。たっぷり四、五分はかかっただろう。そのあいだ、わたしの足はずっとテーブルの下で複雑精妙なビートを刻んでいた。かれはマイクスタンドのまえにたどりついても踊るのをやめなかった。見事なダンスに市民は熱狂した。

曲の終盤でハモンドオルガンがソウルフルに唸(うな)り声をあげ、「ファンキー・プレジデント」から、ややテンポがスローな「プリーズ、プリーズ、プリーズ」に切りかわる。そのぶん粘り気が増し、かれのダンスも佳境に入っていった。

市長が突然がくりと膝(ひざ)をついた。もうこれ以上は踊れないといったようすで。それだけ全身全霊をこめて踊っていたのだ。副市長のジェイ・ピーが歩みより手をさしのべる。反対側からもべつの職員が出てきて市長の肩にガウンをかける。市長はふらついた体をささえられ、そのままステージを降りようとしていた。一歩一歩確かめるような足取り。だがそのステップでさえも、しっかりとリズムにのっているのをわたしは見のがさなかった。市長はステージの袖にひきかえすと見せかけ、いきなりガウンをはらいのけステージの中央へともどった。そうしてまた踊りだすのだ。たおれるまえよりも熱量が増している踊りぶりで。そんなことが何度もくりかえされ、市民の熱狂はいや増していくのだった。

　こんなに踊りのうまい市長が世界に存在していたなんて。わたしはこころをうたれた。これはあれだ。ジェイムズ・ブラウンのマントショーだ。わたしのソウルフルな血が熱くたぎるのも無理はなかった。

　最後に市長はステージのうしろのいすに座っていた大きなパンダのぬいぐるみを、生きているみたいにたくみにあやつりペアになって踊ったあげく、パンダを床に突きとばしてフィニッシュを決めた。目をぱっちりひらいたままぐったり横たわるぬいぐるみ。市長は深々とお辞儀をし、拍手喝采を浴びた。わたしだっておもわず立ちあがって拍手したくらいだ。

それで終わりかとおもった。だが市長はなおも小刻みにステップをふみながら指をくいくい曲げてわたしをステージに招いた。踊りながら表彰するのだろうとおもった。しかしそれだけではなかった。表彰されながらわたしも踊ることを余儀なくされたのだ。どんなにファンキーな踊りだったか、言葉をもって説明することはできない。そんなことをしたらファンクの魂がだいなしになってしまう。

わたしにいえるのは、踊りながら〈オーファン〉の旧友ハロルド・ホイをおもいだしていたということだけだ。まるでホイと再会して昔のようにダンスの応酬をくりひろげているかんじがした。市長がフリースタイルに体をくねらせるたび、わたしはそこに大人になったホイの幻影を見た。だがホイはとうの昔に死んだのだ。ホイは一九六〇年代にJBによってなされたリズム革命を知らずに死んだ。もしかれが生きていたら、まさにこんなダンスを見せてくれたのではないかとさえおもった……。

「アイヤー、ルーキさん、ダンス上手だったネー！」

市長とわたしはテーブルにならんで座り中華料理を食べていた。わたしはすっかり踊り疲れていた。年がいもなくつい夢中になってステップをふんでしまった。アーサー・ライマンのエキゾチックなムード音楽と来客たちの楽しげな会話でざわつく祝賀会場。餃子(ぎょうざ)、焼売(しゅうまい)、炒飯(チャーハン)、春巻といった定番はもちろん、これまで見たこともない料理がテーブルにあふれていた。香ばしい北京ダックが皿の上で寝そべっている。どれも市長みずから作ったものだという。祝賀会に集まった人びとに無料のランチとしてふるまわれたのだ。すごくうまかった。わたしは感嘆のうなり声をもらしていた。料理の感想をいうと、市長はほんとうにうれしそうに、にっと歯をむきだしにするのだった。

市長の名前はミッキー・チャン。中国人だ。ニホーンで外国人が市長を務めることはいまではさほどめずらしいことではない。とくに外国人労働者の多い街ではよくあることだ。それよりもあのダンスだ。それに中華料理。どちらも超一流でたぐいまれ。わたしはこんな愉快な男を殺すのか……？　あいまいな疑問のようなものがそのときはじめてあたまをもたげた。

街の独立の話に水をむけると、市長は無邪気な笑みでこたえた。

「みんな望んでることだからネ。がんばって独立するヨー！」

わたしがこの街へ来てひと月近くになるが、そんな市民の声はきいたことがない。とはいえ市長も嘘をいっている顔には見えなかった。

「でもそれでは国を危険に晒すことにはなりませんか？」

わたしが慎重に問うと、

「大事なのは国よりも人ネ！」

と返された。あまりに素朴な正論だ。そう単純にはいかないのが現実なのだが。この街がかかえたさまざまな問題を棚上げにして、本気で独立が市民のためになるとおもっているのなら、現実の見えていないばかだ。あるいは市民の代弁者をよそおって自分のたくらみを押し通そうとしているのなら、きわめて狡猾な策略家だといえる。ばかか、演技か。会ったばかりのわたしには判断がつきかねた。もちろん市長だっていきなり本音をさらけだしはしないだろう。とするとやはり一般市民であるわたしをまえに、いかにも市民おもいらしい建前を語っているだけ――というのが妥当な線か。ならばわたしも自分の任務をまっとうするのにためらいはない。

あらかた食事がかたづくと市長はそろそろ瞑想をする時間ネ、今日は来てくれてありがとネ、会えてよかったヨ、またネーといって席をたっていったのだった。

祝賀会の日、もうひとつ任務の遂行に影響を及ぼすことになる出会いがあった。食事を終えたあと、副市長にある人物を紹介されたのだ。

「あちらで地元新聞の記者が待っています——」

という副市長のジェイ・ピーにうながされ、しずかなラウンジへいった。取材されるのもメディアに顔を出すのもごめんだった。しかし今朝の新聞で、わたしとロバが一面になった記事を書いた記者だときいて会ってみる気になった。わたしのことを記事にするのはやめてもらうようはっきりいうつもりだった。それにどこから情報を仕入れたのか探る機会だともおもった。

新聞記者が若い女性だったのはちょっと意外だった。ラウンジのソファに腰掛けているのを目にしたときはよくできた絵画からぬけだしてきた人みたいに見えた。名前はミス・モジュール。変わった名前だが筆名だろう。治安の悪い街では逆恨みされた記者が殺される事件だっておきているのだから。世界各地で発生していることだがニホーンでは最近とくに多くなってきている。彼女の口調はとても自然でわざとらしさのようなものがまるでなかった。わざとらしい声というのは（上品ぶっていようと、ぶっきらぼうを演じていようと）こめかみにアイスピックを突き立てられているような気分になる。だが彼女にはそれがない。ずっと耳をかたむけていたくなるような声だ。わたしの活躍に興味津々（しんしん）らしくあれこれ質問をしてきた。彼女はいとも簡単に人ごみにまぎれそうな雰囲気があったが、むしろそれは美点のようにおもわれた。どこか眠たいかんじのアーサー・ライマンの曲があたまのなかでアイザック・ヘイズの軽快で調子のいいリズムにきこえてきた。だがそんなリズムとは裏腹に、わたしの言葉は何度もつっかえていた。

「いえ、ちがいます。わたしはその……どこにでもいる年金暮らしの年寄りですよ。ＤＥＡでもＩＣＰＯでもありません」

「なら、もしかして政府の特殊諜報部員とか？」

「え、なんです？」

わたしはおもわずききかえした。

「スパイかなにかかなって」

「なぜ……そうおもうんですかね？」

額から汗がにじみ出てきた。当局の関係者以外でわたしの正体を知っているのはマダム・ステルスだけ。といってもマダムだってたんなる冗談と受け取ったのだから、わたしをスパイとはおもっていないはずだ。それならキリストを殺した刺客がやはりまだそこらをうろついているのか――。胸が早鐘を打ち目が泳いだ。あやしまれるから目を泳がせてはいけないと意識すればするほどコントロールがきかなくなった。あ、ただの冗談なんだけどとミス・モジュールが笑って、ようやくわたしはほっとため息をついた。

「強烈なアラスカンジョークですね」

「アラスカ——なに？」

「いえ、なんでも……」

気がゆるんでへんなことをいってしまった。わたしは狼狽（ろうばい）したのをごまかそうとソファの横に座っていた大きなトラのぬいぐるみをなでた。市長の趣味だろうか。市庁舎内にはあちこちにいろんな動物のぬいぐるみが置かれていた。ステージにはパンダのぬいぐるみがあったし、ほかにもゾウやラクダ、アシカやペンギンなどを見かけた。

「以前はなんの仕事をしてたの？」

「清掃員です」

「ただの清掃員ではないみたいだけど？」

といってミス・モジュールはほほえむ。

「モジュールさん、できればわたしを記事にはしないでもらいたいのですが——」

そういおうとしたのだがうまく切り出せなかった。彼女をあまりがっかりさせたくないという気持ちがどこかにあったのかもしれない。ミス・モジュールはたずねた。

「家族のみんなはどうしてるの？」

「いませんよ。妻も子どもも」

「えっと……亡くなった？」

「いえ、死んだのは両親です。妻子はもとからいないんです」

「別れたわけでもなくて？」

「ええ、一度も結婚してませんので」

「へー。もしかして女性が苦手とか？」

そういって彼女は冗談めかした笑みを浮かべる。

わたしはつられるように照れ笑いをした。ミス・モジュールには欠点らしいところがまるで見あたらなかった。なのにわたしはさっきから会話がしどろもどろ。まるでまぬけだ。わたしは自分のまぬけを払拭しようと、冗談を軽い調子でうけながしたつもりだった。だがあいまいにうなずいてから、意味ありげな返事になっているような気がして、うごきがかたまった。

だが彼女は気にするようすもなく、

「そっか、同性愛者なんだ。そういうのもいいよね」

とメモを取る。いや、そういうわけでは、とわたしは訂正しておこうとおもったのだが、彼女は次の予定があるらしく、にっこりわらって去っていってしまった。

翌日、わたしはまた新聞の一面を飾った。おかげですっかり街じゅうの人に顔と名前を知られてしまった。しかもそれがコードネームだというのが複雑な心境だ。そのうえどこからともなくあらわれ、街から密造酒を一掃した超人的な老同性愛者として一躍有名人になってしまった。どうおもわれようとべつにかまわないのだが、どこへいっても笑顔で気安く声をかけられたり、わけもなくにらみつけられたりといそがしい。こんな調子でどうやってスパイ活動を続行すればよいのだろうか……。

4

あの日、市長のミッキー・チャンとダンスをしてから、わたしはおちつきをうしなっていた。キリストと踊ったときはこれほどではなかった。それがいまでは毎日のようにハロルド・ホイのことをおもいだすようになっていた。生活のなかにホイの影がちらついてしかたがなかった。路地を転がる枯れ葉を見てはホイの軽やかなステップをおもいだし、ラジオでペレス・プラード楽団を耳にしては〈オーファン〉のレクリエーション室でホイといっしょにレコードを聴いた夜の空気がよみがえるといった調子だ。

その後も何度か市長に招待された。プライベートだったがミス・モジュールがときおり顔を見せ、わたしたちの写真を撮った。市長は生来のサービス精神からか、楽しそうにポーズをとっていた。ミス・モジュールは取材に熱心だった。肯定的な記事でわたしの人生を応援しているようにかんじられた。もしここでわたしがいやな顔をすれば、ふたりをがっかりさせてしまうだろう。そうおもうとなにもいいだせなかった。わたしはいまやセレブリティになっていた。なにをするにもいちいち地元の新聞に報道される。ちょっとした有名人だ。じつにこまる。といってもミッキー・チャンのセレブらしい点は、自家用飛行機をもっていることぐらいだろう。かれはパイロットの免許を持っているのだ。飛行機には〝ジェファーソン〟という名前をつけていた。

「すごくよく飛ぶヨー。ビトルズよりもはやく屋上コンサトやったの、ジェファソン・エアプレンだしネー！」

　チャンは興奮気味に飛行機の話をしていたが、わたしはうわの空だった。なにしろわたしは高所恐怖症。何度かさそわれたものの、飛行機に乗るつもりはぜったいにない。アラスカ行きだって船旅を計画していたくらいだ。わたしはいつもてきとうな理由をこしらえて飛行場行きを断りつづけていた。

　会ってなにをしていたかといえば、市庁舎裏にあるチャン邸に招かれ、いっしょに餃子を作ったり、焼売を作ったり――中華料理を作って食べることが多かった。市庁舎からひかれた内線電話が鳴ることもあったが、緊急でないかぎり、あとにしてネーといってかれは電話を切り、わたしとの交友を優先した。しかし、毎日午後の二時半になるとかれは市長室にこもり瞑想（めいそう）をした。これは一日も欠かしたことはない。気持ちをおだやかにたもつためなのだという。わたしも勧められたがそういうのは苦手だ。

　チャン邸は古い高級アパートを改装したもので、アールデコ調の幾何学的な模様で装飾された四階建て。吹き抜けの階段が四角い螺旋を描いて上までのびている。一階はガレージになっていて何台もの自転車がならべられていた。チャンは飛行機を持っているのに車を持っておらず、私用ではいつも自転車を使っていた。かれはおもに四階で生活をしていて、エレベーターがないのがこまりものだった。階段をあがっていくのに、年寄りのわたしはいつも苦労させられた。ベランダに通じる四階の窓からは、日陰で交通量もまばらな街路をはさんだ向こう側に、市庁舎屋上の〝アメリカン盆栽〟が見えた。かれはそこに一人で暮らしているのだ。

部屋の壁はたくさんのレコードコレクションで埋めつくされていた。ジャンルも時代も多岐にわたり無節操。系統立ててきいているというふうでもなく、意図しない偏りもあったが、それがかえって興味深かった。おおむねダンス音楽が好きらしく、とりわけ好きなのは、やはり〝ゴッドファーザー・オブ・ソウル〟――ジェイムズ・ブラウンのレコードだった。

「ワイルドでパワフルな即興でクレイジにつきすすむネ！　ダイナミクでエモショナルでほんと最高ネー！」

そういってチャンは目を輝かせるのだった。だがそこに誤解と偏見があることをわたしは指摘せずにはいられなかった。わたしはダンスミュージックにはうるさいのだ。

あの卓越したリズムは厳密な規則と知性があってのもの。決して〝野性的に〟ビートを弾きだしているのではない。緻密な計算で統制されたバックバンド、そして最先端のテクノロジーで、バッハよりもはるかに複雑精妙で洗練された網の目のようなリズムを作り出していたのだということをレコードを聴きながら教えてあげた。

アイヤー、知らなかったヨーといって額を手で打つチャン。それでもかれは気を悪くしたようすもなく、むしろ熱心に知識を吸収するのだった。

ダイニングルームの窓から澄んだ冬の星空が見えるある夜のことだった。わたしといっしょに麻婆豆腐を食べながらチャンは意外なことをいった。

「ワタシほんとは市長向いてない気がするネ」

「そうかな。街のみんなに好かれてるとおもうけどな?」

このころにはもうわたしたちの口調はたがいにフレンドリーになっていた。

「天職じゃないとおもうネ。ほんとはべつの仕事やりたいヨー……」

チャンは豆腐ののったれんげに目を落としてしずかな顔になる。

「べつの仕事?」

かれはしばらくいいよどんでから、意を決したように話した。

「ワタシ中華料理店ひらきたいネ。おいしいおいしい中華料理店。みんないっぱい食べて笑顔になってくれたらうれしいネ」

「それ、すごくいいアイデアだね。この味なら繁盛まちがいなしだよ！」

わたしは本気でうれしくなっていた。チャンが中華料理店をひらいたらぜったいに通いつめるだろうと想像した。チャンはみるみる明るい顔になったが、でも市長やってるあいだは副職だめネ……とため息をつき、うなだれてしまった。

「もともと店ひらきたくてこの街来たヨ。店の経営が軌道にのったら、中国に残してきた家族呼ぶつもりだったネ。父母祖父母、みんな呼びたかった。でもその夢もかないそうにないネー」

わたしはかれが四十歳だときいておどろいた。とはいえ年齢が推測しづらい雰囲気があったので、もっと若いともおもっていたし、もっと年配だともおもっていた。

「いまだって呼べるんじゃないのかい。市長なら養っていけるだろう？」

「だめネ。中華料理店じゃなきゃいやだっていうネ。店大きくなったら手伝いたいからって。なにもせずに世話になるのはいやだっていうのネ。ちょっと頑固なところあるネ」

「じゃあなぜ市長になったんだい？」

「家族のためとおもってなんでもかでも一所懸命ハードワキングマンしてたら、いつのまにか市長になってたネ。ほんとはみんなこんなさびれた街の市長やりたくないのとおもうヨ。だからきっとワタシおしつけられたのネ」

「なら……いっそ辞職したらどうかな？」

わたしはそこにかすかな期待を見いだした。もしチャンが市長を辞めれば殺す理由もなくなる。だがチャンは首をふった。

「アイヤー、それいけないヨ。みんながワタシ市長にしたなら、それに応えるのが義務ネ。この街独立させるまではワタシの役目終わらないヨ。でも独立したら辞職するネ。そしたら今度こそ中華料理店ひらいて、ぜったい夢かなえるネー！」

そういってチャンはまた明るい笑顔を見せた。その笑顔の奥に固い決意があるのがかんじられた。わたしはずしりと重い気持ちになり、うまく笑顔を返すことができなかった。やはりかれを暗殺するのは避けられないことなのだ。チャンは夢をかなえることのないまま死ぬのだ。わたしのぎこちない笑みに気づくようすもなくチャンは、ルーキも応援してくれるよネといった。わたしはゆっくりとうなずくほかなかった。するとチャンはいった。

「オーケイ。今度はルーキの夢きかせてヨ？」

わたしは少し考えるようにしてからこたえた。

「アラスカへ行きたいんだ――」

そうして両親がアラスカで死んだことや幼いころの記憶、それにアラスカン・マラミュートを飼ってみたいことなどを話した。もちろん情報は慎重に取捨選択し、スパイであることは伏せた。チャンは懸命に話をきいてくれた。わたしはどこかおちつかない気持ちになっていた。

「ねえ、チャン。世界でいちばん最初にヒットしたダンス音楽を知ってるかい？」

わたしはあたりさわりのない話題にもどしたかった。

「なんなのなんなの？」

チャンは身をのりだすようにした。わたしはかれのレコードコレクションに大事なものが欠けていることに気づいていた。

「大衆音楽にかぎっていえばキューバのハバネラだという説があるよ。カリブ海では世界規模の文化の衝突があったからね。多種多様、雑種で雑多になんでも吸収した。その音が世界じゅうのこころをつかんだんだ。ジャズもファンクもロックンロールも、ラテン音楽なしではうまれてなかっただろうね」

「それ聴いてみたいネ！」

殺すチャンスはいくらでもあった。だが実行指令がくだっていないうちは手が出せない。いつになったら指令が出るのか。わたしはみょうないらだちをかんじはじめていた。この調子ではチャンと仲良くなるばかり。殺しにくくなる一方だ。さっさとかたづけて、なにもかも終わらせてしまいたい気がした。こんな宙ぶらりんの状態から、はやく解放されたかった。

わたしはいてもたってもいられなくなり、おもいきってチェロキーにたずねてみた。だが、かえってきたこたえにわたしは顔を曇らせた。駐在スパイとして当局と連絡が取れないことはないが、暗殺実行指令の伝達については任されていないというのだ。かれの役目は任地での生活面をサポートすることであって、任務そのものにはかかわらないのだと。

わたしはてっきりチェロキーを通して当局が指令を伝えてくるものとおもっていた。なにしろわたしは当局と相互に通信する手段をまったく与えられていない。暗殺という重大な任務では、結果の成否を問わず、当局との関連性を疑われないよう慎重を期する。まんがいちわたしが逮捕されるようなことがあっても、当局が追及されることのないよう、直接的な通信は徹底して避けられているのだ。

ふりかえってみれば、あらためてチェロキーとそういう話をしたことはなかった。ならばなぜこんなに頻繁におちあって情報交換をしてきたのだろう。

「ひまだったからだよ」

とチェロキーは助手席でダイエットコーラのLをがぶ飲みした。ダイエットコーラのLってなんだ。それでやせるとでもおもっているのか。そんなものを注文するのは「サウスパーク」に出てくるおかしな太っちょぐらいだぞとおもった。あの米国アニメの町にはいつでも雪が降り積もっていた。それでわたしはてっきりアラスカが舞台だとかんちがいしたのだ。やがてほんとうはそれがコロラド州の田舎町だと知ったが、いつのまにか欠かさず見るようになっていた。

「駐在スパイっていうけどさ、スパイらしい仕事なんてなんにもないんだ。退屈なもんさ。そういうルーキーはどうなんだい？」

わたしも〝スパイとしては〟ひまだったかもしれない……。

別れぎわにチェロキーはショッピングモールのフードコートでアイスクリームを注文しながらいった。市長の中華料理パーティーに参加させてもらえないかと。なぜだいときくと、中華が食べたいからだという。だが相手は暗殺のターゲットだぞというと、自分が暗殺するわけじゃないからという。かさねて、死ぬまえに一度おいしい中華が食べたいとかれはいった。

「チェロキー、どこか体でも悪いのかい？」

「たまに太りすぎっていわれるけど健康そのものだよ」

「でも、死ぬまえにっていうから……」

「死ぬのはおれじゃなくて市長さんだよ。そのまえに食べてみたいっておもうのは当然だろ。年寄りミュージシャンのライブといっしょさ。もしかしたらこれで最後になるかもってなったら、やっぱり見にいきたくなるもんだろ？」

「なんかちがうような気がするけどね」

「そうかな」

「そもそもそういう見かたでミュージシャンを見るというのもどこかおかしいよ。わたしが年寄りだからそうかんじるのかな。もしその、きみが好きなザ・バンドの……」

「ロビー・ロバートソン」

「そのロビー・ロバートソンが死んだとするだろ。そしたらきみは『こないだの公演を見逃すんじゃなかった』って悔しがるのかい？　ちがうだろ。そんなことは二の次。

ただただ悲しい気持ちになるものなんじゃないかな。最後のライブを見のがしたなんていうのは、自分の体験の問題だ。それじゃ自分のことしかあたまにないみたいだよ。ちっとも死んだミュージシャンのことをおもっていないじゃないか」

考えすぎだろうか。わたしは人の死というものについて、少し感傷的になっていたのかもしれない。チェロキーは三段重ねのアイスクリームを持ったまま考えているようすだった。

「ううん、そういわれてみればそうだな。ロビー・ロバートソンが死んだら死ぬほど悲しいよ。でも中華料理はべつだ。おれは中華が食べたいんだ」

チャンはこころよく受け入れてくれた。三人そろってなかよく北京ダックや雲呑を食べた。わたしは料理の腕前があがった気がする。この街へ来たときは料理なんてする気もなかった。それが最近では自炊できるようになっていた。包丁さばきもなかなかのもの。以前は生卵をわるとうつわに殻だけが残り、中味はかならず外にとびだしていたわたしが、いまでは鍋から立ちのぼる炎を魔法使いのように自在にコントロールしていた。チャンのおかげだ。かれはわたしに包丁や中華鍋をプレゼントしてくれた。わたしはとなりのマダム・ステルスに、ボルシチのおかえしにといって、できたての炒飯と小籠包をもっていってあげた。マダムはとてもよろこんでくれた。

スーパーのジュード店長にも、以前はコーンフレークや缶詰ばかりカートに積んでたのに変わりましたねといわれた。元工場長は退院してもあいかわらず懲りずに酒を買いこんでいた。〈ワリダカマート〉は社長が失踪しても自動的に運営されていた。そういうシステムができあがっているのだ。それだけそちらの経営は人まかせだったのだろう。社長にしてみれば不労所得みたいなものだ。

その翌日の新聞にチャンとチェロキーとわたしのスリーショット写真が掲載された。チャンとチェロキーの弾ける笑顔。そしてわたしの曇りがちの笑み。それにしてもミッキー・チャンは、ほんとうに気のいいやつだ。まったく……。

☘

こうして有名人になったことにより、当然ながら弊害が出てきた。

雲ひとつない晴天の朝のことだ。澄んだ空気が冷たく輝いているように見えた。わたしはロバに干し草をたっぷりあげて部屋にもどり、残り物の揚げ雲呑と挽肉のそぼろ、それに刻んだ青ネギとをそえた粥を作って朝食を食べようとしていた。そこへ女性ナースのかっこうをした青白い顔のちょびひげ男が、車いすの黒人の男を連れてたずねてきたのだ。ちょびひげナースは七三分けを手でぴたりとなでつけて口をひらいた。

「はじめまして、わたしはシスター・ドクトル・ドクトーラ。見てのとおりとってもかわいいドイツ娘です。今日はこちらのウラジミーラ・ガーランドさん専属の医者として、かれ……いえ、彼女のつきそいで参りました」

「ウラジーミラ？」

おもわずわたしはききかえしたが、

「ウラジミーラ」

と、ドクトーラは表情を変えない。

ウラジミーラと呼ばれた黒人は丈の高い派手な帽子に星形のサングラスをかけていて、なかなかファンキーな見てくれだった。しかし光沢のあるスーツの背中から突き出た大きな虹色(にじいろ)の翼が不可解だ。リオデジャネイロのダンサーみたいにでかくて派手。玄関先にいられては目立ってしかたがない。気がすすまないながらもなかへ招き入れると、その大きな羽がひっかかってなかなか玄関を通りぬけられず、ナースとわたしが手を貸さなければならなかった。

ドクトーラの紹介によると、ウラジミーラ・ガーランドは市民団体〈マジョリテイ〉の代表を務めるゲイの黒人なのだという。ゲイの黒人ときいて、一九五〇年代の歌手リトル・リチャードがあたまに浮かび、わたしはにわかに親しみがわいた。だがウラジミーラは長いまつげをばさばさとゆらし、いきおいのいい巻き舌でいった。

「新聞であなたの記事を見たの。素敵ね！　ゲイでセレブでカリスマだなんて。あたし憧れちゃう！」

記事ではそういうことになっているのだ。それはともかく、そのわざとらしいしゃべりかたに、わたしはちょっとめんくらってしまった。

「大半は誤解ですよ」

わたしの声は小さかった。

「お願いがあるの。ぜひあたしたちのフェアリークイーンになってくれないかしら」

「なんです？」

「フェアリークイーンよ」

「フェアリー……なに？」

「おかまの女王。いわばオピニオンリーダー。あたしたちの先頭に立ってゲイの社会的地位向上をめざして戦っていただきたいの」

「あー、えっと。それはちょっと」

「ゲイに対する差別や偏見をなくしたいのよ。あなたもおなじ気持ちなのはわかってるわ。いっしょにあたしが作詞作曲したゲイのプロテスト・ソングを歌いましょう。せーの、げーいげーげげーいげ♪」

ウラジミーラとドクトーラは目玉をくるくるさせながら甲高い声で歌いはじめた。

「すみません、あいにく歌は苦手でして……」

「あなただってゲイとしてこれまでつらい目にあってきたはずよ。自分がセレブになったら、もうそれでいいっていうのかしら。貯めこんだお金でキーウェストに別荘でも建てるんでしょ。そんなのあたしたちに対するうらぎりよ。恥ずかしくないの？」

「でも、わたしはゲイじゃないんです」

「またそんなこといって。自分に正直にならなくちゃだめよ」

「ほんの些細ないきちがいなんですよ」

「そんなはずないわ。だってゲイでもないのに、ひとり暮らしの男がこんなに部屋を清潔にしてるはずないでしょ」

「以前、清掃員をしていましたからね」

「それじゃ、この盛りつけのきれいなお粥はなにかしら。どう見ても手作りじゃない。こんなことをするのはゲイしかいないわ！」

「えっと……それもひどい偏見だとおもいますが」

「あなたの人生でいちばんの親友といったら男、それとも女？」

わたしは自然とハロルド・ホイをおもいうかべていた。

「男です……」

「でしょ。あなたはゲイよ！」

ウラジミーラは車いすから転げ落ちんばかりに飛びあがり、わたしをまっすぐに指さした。あぶない、転倒してしまう。わたしはあわてて両手をひろげて抱きとめようとした。だがウラジミーラは、おい触るなよ、このおかま野郎が、と怒鳴ってわたしを突き飛ばした。

なにがおきたのか、しばらくわからなかった。尻もちで尻が痛い。ウラジミーラはすたすた歩いて車いすに座りなおす。それ以上にわたしをとまどわせたのが、ウラジミーラのぴかぴかのスーツが乱れ、襟元から真っ白な首がのぞいて見えたことだ。

あまりのことに、ぼう然としていると、つきそいのシスター・ドクトル・ドクトーラが軽く咳払いをし、わたしをいすに座らせた。

「とにかく、ご協力いただけないでしょうか？」

「でも、わたしのことをいま、おかま野郎と――」

といかけると、ウラジミーラが声を張りあげ、

「ゲイって呼べばいいんだろ、はい、げいげいげい。てめえみてえなやつの居場所はどこにもねえんだよ。気色わるいことをするのは、ステージの上だけで願い下げだ。糞(くそ)どもの評判を落とすのに、くだらねえ芝居をしなきゃいけねえなんて、かったるくてしょうがねえよ」

「いったい、なにをいってるんです？」

わたしが不可解に首をかしげると、ドクトーラが取りつくろうような調子で、

「申し訳ありません。彼女は少し混乱しているだけなのです」

わたしは困惑気味にウラジミーラを一瞥(いちべつ)し、ドクトーラにたずねた。

「顔になにか塗ってますよね。なぜそんなことをするんです？」

古びたアメリカ映画で数々の有名スターが顔を黒塗りにし、おもしろおかしく黒人を演じていたという悲しい歴史を知るわたしとしては、あんまりなことだとおもった。ウラジミーラは、すかさずなにか黒人に対するひどい言葉を連射したが、わたしはあたまがくらくらして耳に入ってこない。

ドクトーラは鼻の下のちょびひげをふるわせ、たしなめるようにウラジミーラを静かにさせた。

「どうか彼女の苦しみをご理解ください。ウラジミーラは見た目以上に多くの困難を抱えているのです。なにを隠そう彼女は人種同一性障害でもあるのです。彼女は自分のことをロシア人の天才少女バレリーナ兼大統領だと認識しているのです」

「はあ……」

「しかも彼女は義足なのです。こっちは義手。それにこのサングラスの下の目は義眼。目が見えているように見えるのは目の錯覚でしかありません。彼女はこころの目であなたを見ているのです。もちろん心臓にはペースメーカー、脳には人工知能、臀部には人工肛門が埋めこまれています」

「えっと、少なくとも手足はほんものに見えるのですが」

「おやおや、なんという偏見でしょう。人は見かけでは判断できないものですよ。わたしだってナースのかっこうをしていますが免許はもっていません。矛盾している？　けっこう。わたしたちはみな矛盾をかかえているのです。ホイットマン……いえ、ホイットウーマンのようにね。どうやらあなたは偏見にこりかたまっておいでのようですね。ウラジミーラのことを黒人のくせにどうしてラップもバスケもブレイクダンスもしないのか、なぜベースギターをばきばきスラップさせながら登場しなかったのかとおもっておられるのでしょう。まったくもってひどい偏見です。まさに人種差別です！」

「おもってないですよ……」

「いいですか。ウラジミーラは〝リズム感も運動神経もゼロ〟なのです。かわいそうに。彼女がそんな〝障害〟を抱えているというのに、なぜあなたは無関心でいられるのです？　彼女に協力しないなんて、とんでもない差別です。そんな社会があってはなりません！」

もうなにがなんだかさっぱりわからなかった。わたしはこれから出かける用がありますので、などといって帰ってもらおうとした。するとウラジミーラがきゅうに首をななめにし、

「わーらー、わーらー」

と大声を出して手をばたつかせはじめた。わたしはあわてて腰を浮かせた。

「だいじょうぶですか？」

わーらーわーらーはやまない。シスター・ドクトル・ドクトーラがいった。

「あきれてものもいえませんね。なんて気がきかないのでしょう。水をくれといっているのですよ」

わたしはいそいでキッチンで水をくみウラジミーラにわたした。だがドクトーラが

グラスを取りあげ、においをかいだ。

「水道水ですか。やはりあなたは気がきかない。アルコールが一滴も入っていないだなんて。なんというひどい仕打ち。こんな〝迫害〟にあったのは初めてですよ。いったいわれわれがなにをしたというのです。ここは自家製の酒をふるまうべきではありませんか？」

「自家製の酒なんておいてないですよ」

「隠さなくてもよろしいではありませんか。セレブなら密造酒をやってないはずはないのですから。さぞかしおいしいお酒をお飲みになっておられるのでしょう？　たとえばほら、ウラジミーラの天使の羽をおもわせるような……」

ウラジミーラの羽は虹色。天使の羽というかんじはしない。それとも天使の羽は白いというのはおもいこみなのだろうか。なんだかそんな気もする。

わたしがぼんやりしていると、どういう仕掛けになっているのか、ウラジミーラは羽をばさばさとゆらしてわたしの顔をなぐった。けっこう硬かった。痛いじゃないか。それにしてもなんなのだ、天使の羽をおもわせる酒というのは。わたしのあたまがはたらかないだけかもしれないが〈フライングスノーマン〉ぐらいしかおもいうかばない。

「失礼ですが、あなたがたはしょっちゅう密造酒を飲むのですか？」

「当然よ。飲まなきゃ市民団体なんてストレスだらけでやってられないわよ。あなたってほんとばかでうすのろな老いぼれね。無神経にもほどがあるわ」

と、もとの口調にもどったウラジミーラがこれみよがしにため息をついた。わたしはその言葉に少し傷つきながらも、

「〈フライングスノーマン〉も飲みます？」

「あれは天にものぼる心地になるのよね！」

「非合法だし危険ですよ」

「だから楽しいんじゃない。あなたが工場を暴いたのだって、酒を独り占めするのが目的だったんでしょ。わかってるわ。ここだけの秘密。だれにもいわない。だからほら、もったいぶらないではやく出しなさいよ？」

「でも、ないんです」

「セレブなのに？」

「ないです」

「しけたお店ね」

「お店じゃないですよ……」

「酒がないならひきあげるわ。明日までにはいいお酒を用意しといてちょうだい」

「明日？」

「明日まで返事を待つわ。フェアリークイーンを引き受けてくれるかどうか」

「わたしにはご協力できないとおもいますが……」

「いいえ、社会的な成功をおさめたゲイとして、あなたにはその義務があるのよ！」

ウラジミーラは邪魔くさそうに車いすを押しのけ、わたしの顔を両手で指さした。それからドクトーラと手をつなぐと、ふたりでどたどたしたステップをふみながらわたしの目を見つめ、げーいげーげげーいげ♪と歌うのだった。

「ではまた明日。いい返事を期待してるわ。てゆうか、いい返事をもらうまであたしたちぜったいにあきらめないから。断固としていいお返事をいただくつもりよ！」


わたしは家にあるダイヤル式の黒電話からチェロキーに電話をした。さいわいチェロキーは自宅にいた。市民団体〈マジョリティ〉のことを相談すると、

『きいたことない団体だな』

とチェロキーはいった。

「わたしだってよくわからないが、とにかく誤解しているようなんだ。そもそもわたしはゲイじゃないわけだし」

少し間があってから返事がきた。

『ほんとうにゲイじゃないのか？』

「知ってるだろ」

『知るわけないだろ』

「そういわれてみればそうだな……。まあでも、わたしなりに考えてみたんだが、例の新聞記者に頼んで〝逆カミングアウト〟してみるというのはどうだろうね？」

『なんだよそれ？』

「〝いままで隠してきたが、わたしはゲイではない〟とあらためて声明を出すんだ」

『なんかよくわからない告白だな』

「だってみんな新聞を見てわたしをゲイだとおもったわけだろ。ならその反対だって可能なはずだ」

『そう簡単にはいかないさ。おもいこみってのがあるからな。人が一度信じたものをくつがえすのはなかなかむずかしいんだ。みんな自分が信じたいものを信じつづけるから。そのほうがあたまを使わずにすんで楽なのさ』

「だがこのままでは任務の遂行に支障が出てしまうよ……」

『むしろいい隠れ蓑になってちょうどいいんじゃないか。だれもゲイのオピニオンリーダーがスパイだとはおもわないだろ？　スパイがまさかそんな目立つことするわけがないっていう先入観があるからな。それを逆手に取るんだよ』

「おいチェロキー、頼むよ。ステージに立ってプロテスト・ソングを歌うなんていやなんだ。もうわけがわからないよ。いったいわたしは何者なんだ？　セレブでゲイのフォーク・シンガー、市長の友人、暗殺の指令を帯びたスパイ、凄腕の老ダンサー。どれがほんとうの自分なんだか……」

わたしは半分涙声になっていた。

『ちょっとなにか考えてみるよ』

とチェロキーはいった。電話の向こうがしずかになった。切れているわけではない。食器のぶつかる音と液体をすするような音がきこえた。

「なにか食べてるのかい？」

『待ってくれ。話しかけられると考えられないだろ』

「ああ、すまない……」

わたしは口を閉じた。チェロキーも無言。きっとけんめいに考えているのだろう。三十秒ほどしてからアナログのオルゴールの音が鳴りはじめた。チェロキーが受話器を受話器置きに置いたらしい。のどかでゆったりとしたリズムとメロディ。ちょっとバカンスにでも出かけたくなる雰囲気。これなんだったかなと考えて「浪路はるかに」だとおもいあたった。いまはこんなハワイアンな気分ではないのだが。そのまま五分が過ぎた。もうこのメロディはききたくない。わたしは忘れられているのではないだろうか。大声で受話器の向こうに呼びかけたい衝動にかられた。だががまんした。それからまた五分ぐらいまのびした海を漂っていたとおもう。あきらめて電話を切ろうとしたところでオルゴールがやみ、チェロキーは返事をした。

『待たせたね、ルーキー』

「なにかおもいついたかい？」

『いや、オルゴールの音が気になってよく考えられなかったよ』

「そうかい……」

わたしは肩を落とした。

『まあでも考えがないことはないよ。だれか相手を見つけるってのはどうかな。実際に異性の恋人とつきあってるところを見れば、その連中もきっとあきらめるだろ。あるゲイの男が入院中の親を安心させるため、異性の友人に頼んでふたりで婚約したふりをしてお見舞いに行ったっていう話をきいたことがある。この作戦ならルーキーがゲイだってことがばれないんじゃないか？』

「わたしはゲイじゃないけどね」

『どっちでもいいさ』

「でもどうやって相手を見つけろっていうんだ。わたしは総白髪の年寄りだぞ。お金もないし、おもしろい話をする自信もない。車のまえまで来てから部屋にキーを忘れたことに気づくほどあたまがぼんやりしているんだ」

『がんばれよ。おれもこころあたりをさがしてみるからさ』

「明日までにつごうのいい相手を見つけるなんて無茶だよ」

『ゲイ・ソングを歌いたくないんだろ？』

「まあ、そうなんだが……」

ダンスはともかく、歌は本当に苦手なのだ。それも人前で歌うなんてもってのほか。ゲイだとおもわれること自体はどうということもない。だがチェロキーのいうように、わたしがゲイではないと証明しないかぎり、ウラジミーラたちは引き下がってくれないような気がした。

『好みのタイプはいるかい？』

「やさしい人がいいな」

まじめにこたえてしまった。なんてまぬけだ。そんなことはどうでもいいのだ。これは偽装工作なのだから。いや、偽装ではない。真実だ。わたしがゲイではないという事実を証明するのだから。いや、でも交際相手はもちろん偽装だ。つまり真実を証明するために偽装するのだ。ううん……。

「どうしてそんな嘘(うそ)をつく必要があるわけ？」

新聞社のオフィスでミス・モジュールが不思議そうな顔でわたしを見つめた。わたしは新聞社のエレベーターをあがり彼女の部屋をノック、彼女に偽装計画をうちあけ協力を頼んだ。なぜだかまっさきに彼女のことがあたまに浮かんだ。もちろん彼女はわたしの子か孫でもおかしくない年齢だ。無理があるのはわかっていた。だがかえって効果的におもえた。年寄りのくせに若い女とつきあっているとなれば、ウラジミーラたちもすっかりあきらめてくれるにちがいないと考えたのだ。彼女なら事情を説明すればわかってくれるのではないかともおもった。だがどうも雲行きがあやしい。

「嘘というか、わたしはゲイではないんだよ」

「あー、つまり一〇〇パーセントではないっていうこと？」

「どういうことだい？」

「そういうのって白黒はっきりしたものじゃなくて、もっとあいまい。グラデーションみたいなものでしょ？」

「わたしははっきりしてるよ」

「えっと。なら、いままでずっとわたしに嘘をついてきたってこと？」

「いや、それも嘘というわけではなくて……」

「なら、ゲイじゃないっていうのが嘘ってこと？」

ちょっと誤解があっただけのことだ。

「嘘じゃないよ」

「よくわかんないんだけど。だって、その市民団体ナントカの人らを騙す計画を立ててるんだよね？」

「騙すというか。まあ、そうなんだが」

「どうして？」

「誤解を解くためさ」

「じゃなくて、どうしてそんな嘘がつけるの？」

彼女はこころの底から困惑しているような表情を浮かべていた。

「それはその……」

わたしは言葉につまった。一口も飲んでいないコーヒーカップがテーブルで疲れたような湯気をたてている。どう説明すればわかってもらえるのかわからなかった。それに彼女がなにを指して嘘といっているのか、わたしにはもうあやふやだ。ウラジミーラたちを騙す計画についてなのか、ゲイじゃないということをずっと隠してきたことについてなのか、それともほんとうはゲイではないということを嘘だとおもっているのか。

「なんていうか……あなたのことがあまり信用できなくなってきたみたい」

彼女はひとりごとのようにいった。彼女にそんなふうにいわれるのはつらかった。だが無理もない。もともとわたしは大嘘つきのスパイ。つねに人を欺いて生きているのだ。わたしだって自分が信用できなくなってきていた。

わたしはうちしおれた顔で帰宅した。ガレージのまえに車を停めると、ちょうどマダム・ステルスがショッピングカートを押して帰ってきたところだった。白いロバはのんびりと干し草を食べている。彼女に明日のことを頼んでみようかとおもった。年齢不詳のマダム・ステルスなら、わたしとバランスが取れなくもないかもしれない。わたしは車を降りて彼女を呼び止めた。そのまま庭で事情を説明すると、

「それってアラスカンジョークかしら？」

とマダム・ステルスは無表情でいった。

「いえ、こまったことに事実なんです」

「エンジンと交換なら考えてみてもいいけど」

「それはちょっと……」

「冗談よ。残念だけどわたしは協力できそうにないの。嘘でも夫を裏切りたくなくて。たとえ死んでいたとしてもね」

「ですよね。すみませんでした……」

失礼な頼み事をしてしまったと後悔した。

「そんなにがっかりしないで。中華ばかりじゃなくてたまにはパンでも食べなさいな」

といってマダムはむきだしの長いフランスパンをくれた。

「歩いてモールまで行ってきたんですか？」

「いいえ、近所の家から少しずついただいてきたの」

もちろん悪い意味での「いただいてきた」だ。返そうかとおもったが今日は料理をする気になれない。そのままありがたく受けとり、わたしは家へもどった。

玄関の鍵(かぎ)があいているのに気づいた。不審におもい、音をたてないようそっとドアをあける。わたしはキリストを殺した刺客(しかく)のことをおもいだしていた。やつはまだどこかにいるのだ。そいつが部屋に忍びこんでいるのかもしれない。あいにくこちらの武器はフランスパンしかない。へたをすれば素手より弱いのではないだろうか。奥の部屋から話し声がきこえてきた。その声をきき、わたしはほっと胸をなでおろした。チェロキーだ。きっとこちらのようすを見にうちまで訪ねてきてくれたのだ。しかしだれと話をしているのだろう。

廊下からリビングをそっとのぞくと、ふたりがけのソファに座るチェロキーの背中

が目に入った。陰になっていて姿が見えないが、ならんで腰かけている人に向かって

なにやらささやきかけているようだった。

「こうしてきみとすごせるなんて夢のようだよ……」

部屋に入り、わたしはがく然とした。チェロキーがわたしの家に首のない女を連れこんでいたのだ。着崩したスカートやカーディガンなどでかろうじて女だとわかるが、肝心の首から上がなにかで切断されたかのようにすっぱりとなくなっていた。

「おい、人を殺したのか⁉」

人殺しなんてできるような男だとはおもってもなかったのに。

「ん、あーしまった。こいつ首のすわりが悪いんだよ」

といってチェロキーはソファのあしもとに転がっていた女の首をひろって死体の肩にのせた。常軌を逸したふるまいにわたしは気絶しそうになった。声が震えるのをおさえ、フランスパンを固く握りしめる。

「チェロキー、ドブス署長に連絡させてもらうよ……」

「なんだよ。棄(す)ててあるのをもってきたって泥棒にはならないだろ」

死体を拾ってきたというのか――。

「なにごとにも限度というものがある。それと常識もな」

「マネキンはだめなのか？」

「マネキン？」

「つぶれた洋品店を漁ってきたんだ」

いわれてみればたしかにマネキンだった。クリーム色ののっぺらぼう。わたしは足の力が抜け、空いているソファにへたりこんだ。

「なぜそんなものをもってきたんだ？」

「相手を見つけてくるっていっただろ」

「相手？」

「女だよ」

「マネキンじゃないか」

「これしか見つからなかったんだ」

「わたしはてっきり人間を見つけてきてくれるのかとおもっていたよ……」

「努力はしたんだけどな」

「そのマネキンをどうするんだ」

「この子とつきあってるっていうことにすればいいさ」

「ううん、それマネキンだよな？」

「そうだよ」

「納得するわけないとおもうんだが……」

「無口な子なんだって紹介すればいい。髪で顔を隠しておけばばれないって」

ぜったいばれる自信がある。というか試してみる勇気がない。わたしは深くため息をついた。

「なぜマネキンに話しかけていたんだい？」

死体に話しかけるのも変だが。

「シミュレーションしてたのさ。予行演習は大事だろ」

といってチェロキーがマネキンの肩に手をやると髪の毛がばさりと床に落ちた。ウィッグなんだとかれは弁解口調で髪をかぶせなおす。服もウィッグも店に残っていたものらしい。ここまでバスに乗せて運んでくるのに苦労したよとチェロキーはいった。

「みんなおれのことをじろじろ見るんだ」

「そりゃ見るだろうね……」

「そのパン食べてもいいかい？」

好きにしてくれといってわたしはフランスパンをわたした。そしてふと気づいた。

「それ、男のマネキンか？」

からだつきがごつごつしてまるみがない。シルエットがあきらかに男だ。

「しかたないだろ。関節が可動式になってるやつのなかでは、これがいちばんきれいな状態だったんだから。それとも立ちっぱなしでずっと気取ったポーズをとってる女のほうがよかったか？」

どっちもいやだ。わたしはあたまをかかえた。女装した男のマネキンとつきあっているふりをしてゲイ団体を追いはらう？　二重にも三重にもこじれている気がした。なに食わぬ顔でフランスパンをかじっているチェロキーにいった。

「本気でうまくいくとおもってるのか？」

するとチェロキーは後ろからマネキンの手をあやつり、高い声でいった。

「だいじょうぶよ、ルーキーさん。心配しないで。わたし演技が得意なんだから」

「……」

わたしはなんとこたえていいかわからなかった。

「な。やさしい子だろ？」

翌朝、昨日とおなじ時刻にウラジミーラとドクトーラが来た。

意外にもマネキン作戦はうまくいった。といってもうまく騙せたのではない。いうまでもなくばればれだった。

「昨日の晩、プロポーズしたんですよ」

わたしはソファにマネキンとならんですわり、ほとんどやぶれかぶれな気分でマネキンを抱き寄せ、何度も何度も彼女にキスをした。それを見てふたりは、

「上級者ですね……」

と目をしばたたかせて帰っていった。あきらめてくれたのだ。

わたしはうれしいのかかなしいのか、自分でもわからなかった。

5

昼すぎ、市長から電話があり〈ホワイトダック飛行場〉まで来てくれないかといわれた。市長の自家用飛行機がおいてある飛行場だ。なにがなんでもどうしても、プリーズプリーズプリーズとかれはいった。チャンがそんなふうにいうのはめずらしかった。

『これすごく大事ネ……』

どこか切迫した声の響きから、よほどの事情があるようだった。小声でだれかにきかれるのをおそれているみたいにもかんじられた。どうもおかしい。なにかあったのだ。ことによるとキリストを殺した刺客(しかく)が手を回してきたという可能性も考えられる。いずれにせよ探っておいたほうがよさそうだ。

「いいけど、空を飛ぶつもりはないよ」

わたしはスーツにコートをはおり、キャレキシコに乗りこんだ。寒波の影響か、空気が刺すように冷たかった。息が凍りつくような寒さのなか、郊外の飛行場へと車を走らせる。円形交差点を曲がるとき、だれかがわたしに向かって声をはりあげた。なんといっているかききとれず、賞賛しているのか罵倒しているのかもわからない。そんなことは〝セレブ〟で〝ゲイ〟で〝ゲイ差別主義者〟で〝マネキン愛好家〟として有名になってからよくあることだったので気にとめなかった。わたしは荒っぽく車を幹線道路にのせた。

　そのころにはもうわたしはハロルド・ホイのおもかげをふりはらっていた。チャンにホイの影を見ることはなくなっていたのだ。だからといって暗殺者として気が楽になったわけではない。逆だ。わたしはチャンがホイをおもいおこさせるから好きなのではなく、チャンそのものを友だちとして好きになっていたのだ……。チャンがいなければ、わたしは死ぬまで飛行場になど近寄りもしなかっただろう。料理も作らずに人生を終えたかもしれない。七十歳を過ぎてまた昔のようにダンスをするなんて想像もしていなかった——。わたしはしずかな顔でハンドルを切り幹線道路を降りた。

わたしとチャンはジェファーソン号のなかにいた。もちろん滑走路に停止している

だけ。飛びたってはいない。チャンは一見いつもと変わりがないようすだった。だが額にガーゼを貼っているのが気になった。飛行機は中古のビーチクラフトボナンザ、四人乗りの小型単発機。一九五九年「音楽が死んだ日」に三人の人気ロックンロール歌手（テキサス人二人とメキシコ系一人）を乗せて墜落したのとおなじモデルだ。上空は雲が低く垂れこめ、あいまいな模様を足早に変化させていた。チャンに案内されて飛行機に乗りこんだときにはなぜかプロペラが回転していた。小刻みでリズミカルなエンジン音。操縦席の上部には旧式の四角張ったラジカセが括りつけられてある。

「いつもこれでどこへ行くんだい？」

「ワタシ空好きネ。地上みたいに線が引かれてないから自由に飛べるヨ」

「空にも国境はあるだろ」

「まあネ。でもそれ架空の線だよネ」

「国境を越えたことはあるのかい？」

「その気になれば世界じゅうどこでも行けるヨ。事前に許可が必要だけど。ハバナでも行ってみようかな。おもしろいハバネラのレコド見つかるかもネ」

「燃料に限度があるだろ。そんなに遠くは無理だよ」

「大きい燃料タンク取りつければいいネ。チャルズ・リンドバグもアメリア・イアハトもこれより古い飛行機で大西洋横断したヨ」

そういってチャンはさそうような笑みをわたしに向けた。そういえば一九三〇年代に流行したリンディー・ホップというアクロバチックなスウィング・ダンスは、リンドバーグの大西洋横断を記念してつけられた名前だときいたことがある。

「何度もいっているがわたしは飛ばないよ。こう見えていろいろと予定があるのでね……」

「オーケイわかってる。今日はそのために来てもらったんじゃないのネ」

ならなぜエンジンがかかっているのかきくと、なんとなくそのほうがいいからと言葉をにごした。

「その額はどうしたんだい？」

「これネ。じつはこの話がしたかったのネ……」

チャンはまじめな顔で前方のプロペラを見つめた。わたしは不安が的中したのをかんじた。おそらく敵の狙いはわたしへの警告だろう。相手がどんなやつだったかたしかめておく必要がある。だが、わたしがきくよりも先にチャンがいった。

「あのヤローゆるせないネ。まったくむかつく女だヨ。あたまきたから、いったんあとずさりして一〇〇メトルぐらい助走つけて全力で頭突き食らわせてやったヨー！

あったま、かちわってやったネ！」

「女？」

「ミス・モジュルだヨ！」

どうもわたしが心配していたのとは話がちがうようすだった。

「彼女がなにかしたのかい？」

「ルーキのことを嘘つき呼ばわりして侮辱したネ」

「あー……。でも、それはわたしが悪いんだ」

わたしが彼女を利用しようとしたのだから。しかも信頼を裏切ってしまった。あの日以来、彼女はわたしのまえに姿をあらわさなくなっていた。できれば会って謝りたいとおもっていたのだが。

「ノノ、悪いのはあっちネ。ルーキがワタシを殺そうとしてるっていってた。ほんとばかげた話ヨ！」

「なんだいそれは？」

わたしは声がうわずりファルセットになってしまった。

「どしたらそんなデタラメおもいつくかわからないネ。嘘つきは彼女のほうネ！　今度会ったら眉間にチャルメラ突き立ててやるヨー！」

「ほかになにかいってたかい？」

額に汗をにじませながらわたしはたずねた。

「ルーキは政府から送りこまれたスパイだってサ。ワタシを暗殺しにこの街へ来たって。そんなのありえないヨ。働きすぎてあたまばかになったにちがいないネ」

なぜ彼女が知っているのだ。取材しているうちにわたしの正体をつかんだのか。しかしいつどこでどう知られたのか、まるでこころあたりがない。だがいまはチャンにどう説明するかが問題だ。自分で顔が青ざめているのがわかった。動揺しているのをかんづかれないよう、おちついて呼吸する必要があった。

「ルーキが人殺しのわけないヨ。どう考えても彼女おかしいネ。ぜったいなにか企んでるヨ。盗み聞きされてるかもしれないからずっとプロペラ回してるネ」

チャンはわたしを信用しているようだった。

「まったくおかしな話だね……」

「ほんとだヨ。でもなんで彼女そんな嘘いうのか、これっぽっちもわからないヨ」

「それは……わたしが彼女を怒らせてしまったからかもしれないな……」

わたしはじょじょに冷静さをとりもどしていった。そうして市民団体とのいざこざや彼女に無理な頼みごとをしたことを話した。いつもより早口になっているのが自分

「ルーキがゲイじゃないのは、はじめから知ってたヨー」

でもわかった。

このまま話がそれていけばいいとおもった。だがわたしの気持ちはすっきりとしない。話をしながらうわの空になる。彼女はただの新聞記者ではなかったのか？　みような疑念があたまに浮かんではなれなかった。それにチャンがわたしを信じているのも気がかりだった。チャンのことだからほんとうに信じているのだ。だから試されているという不安はない。そうではなくて、そんなチャンを騙していくるのが気になってしかたがなかった。この嘘は最後の最後には、かならずばれるのだ——。

「でも……もし、ほんとうなら？」

気づいたらわたしはそういっていた。側面の窓に顔を向け、遠くに見える街の廃工場群に目をやったまま。息をするたびに鼻先で窓ガラスの白い曇りが大きくなったり小さくなったりしている。

「ルーキがゲイでも友だちネ。そんなの気にするわけないヨ」

「そうじゃなくて、わたしがスパイだったらという話だよ」

チャンは声を出して笑った。

「ハハハー、おかしいネー。ルーキみたいなスパイいるわけないヨー。そんなお人好しじゃスパイなんて無理ネ。すぐにみんなにばれちゃうヨー！」

わたしはかれに向き直った。

「おい、チャン。いいかい。わたしがきみを殺しに来た暗殺者だったらどうするんだ？　こんな場所でふたりきりになったら殺されてしまうかもしれないんだぞ。ミス・モジュールがほんとうのことをいっているかもしれないじゃないか。その可能性を考えなかったのか？」

チャンは空想ごっこでもしているみたいに首をかたむけ視線を上に向ける。

「それでもルーキにはできないヨ。ルーキならそんな仕事辞めるに決まってるカラー」

「辞める？」

「そうネ。きっとスパイ辞めるネ。そうそう。でもってルーキがこの街の副市長になったら楽しいネ！」

そんなことはありえない。それこそばかげた話だ。かれにはスパイというのがどういう存在なのか、ちっともわかっていないのだ。ルールはぜったい。やぶることはできない。やぶれば組織に追われる身だ。そもそもわたしはやぶるつもりもない。

「ルーキ顔色悪いネ。だいじょうぶ？」

黙って考えごとをしていたわたしの顔をチャンが心配そうにのぞきこんでいた。

「いや、じつは高いところが苦手でね。考えただけでも、その……」

ごまかそうとして正直にいってしまった。大きな嘘をつくにはやむをえないことだが、スパイたるもの自分の弱点をさらけだすべきではないのだ。チャンは「アイヤー」といってすぐに飛行機のエンジンを止め、わたしを飛行場のラウンジまで連れていってくれた。医務室で診てもらったほうがいいとチャンはすすめた。だがわたしは少し休めば平気だ、きみもそろそろ瞑想の時間だろといって飛行場をあとにした。

翌朝、新聞の一面を見てがく然とした。わたしが政府のスパイであるということが大きな見出しになっていたのだ。まったく、老眼鏡いらずだ。これでわたしは〝セレブ〟で〝ゲイ〟で〝ゲイ差別主義者〟で〝マネキン愛好家〟で〝スパイ〟ということになってしまった。セレブだろうとゲイだろうと、もうなんでもかまわないが、スパイはまずい。それだけは事実だから。わたしは新聞をめくった。指が乾燥してうまく紙がめくれない。歳のせいだが冬はとくにだ。ううん……。眉がハの字になる。老眼鏡をかけて隅から隅まで仔細に記事に目を通す。最後には目がしょぼしょぼになっていた。一字たりとも見のがすことなく読んだが、市長暗殺計画についてはどこにも書かれていなかった。あまりに突拍子もなく信憑性に欠ける記事になるのを懸念したのだろうか。

しかし当局になんといわれることやら。計画中止、それとも即時実行、それとも解雇、というか処分。こちらから連絡する手段はない。本部に帰還しないかぎりどういう判断がくだされているのか想像もつかない。かといって許可なく持ち場を離れるわけにもいかないのだ——。

おちつかない気持ちでロバに干し草をやっていると、いつのまにか背後にマダム・ステルスが立っていた。マダムは六本パックの瓶ビールを差し出した。

「近所からいただいてきたの。これあなたのぶん」

「ありがとう。でもあまり飲めないんです」

きっと必要になるから取っておきなさいといわれ、わたしはおとなしく受けとった。

「アラスカンジョークじゃなかったのね？」

「ええと、まあなんていうか……」

なんといえばいいのか。こういうときの対処法は〈オーファン〉でも教わっていない。

「あんまりスパイっぽくないのね」

「そうですかね」

「でもわたし、あなたはほんもののスパイだとおもう」

「なぜです？」

「スパイらしく見えないからよ。泥棒とおなじ。きっとあなたも一流ね」

といってマダム・ステルスはめずらしくほほえんだ。

「一流なら新聞の一面に載りませんよ」

「まあね。この街へはなにしに来たの？」

「ただの休暇です……」

とこたえて自分がスパイであるのを完全に認めてしまった気がした。

「棺桶工場の秘密を暴くのが目的だったというわけでもなさそうね。やっぱり市長の暗殺？」

初めて彼女に会った日、うっかりそんなことをいったのだった。もしかすると彼女がミス・モジュールの情報源なのだろうか。

「それ、だれかに話しました？」

「いいえ、だれにも。わたし存在感ゼロだからだれとも会話しない。というかできないの。みんなわたしがいるのにまるで気づかないから」

「わたしとは会話してますよね?」

「あなたは人が気づくことに気づかないことがよくあるようだけど、反対に人が気づかないことに気づくことも多いみたいね。それはたぶんあなたがのろまなせい。褒めてるのよ。ぼやぼやしてるから多くのことを見のがすけど、そのかわりゆっくりべつのことを発見するの。それはすごくどうでもいいことかもしれないし、もしかしたらすごく大事なことかもしれない。ほかにもいろいろ気づいているんじゃないかしらね」

真正面から見つめられ、わたしはぼそりとこたえた。

「裏庭のラ・パローマは棺桶工場から盗んできたんですね?」

マダムはしずかにほほえんだ。それから、もっと大切なことに気づくべきねといって家にひきかえしていった。

　わたしはミス・モジュールを探ってみることにした。ひとりではこころぼそいのでチェロキーに電話した。だが今日は〈ラマダーン〉で月一回開催される食べ放題の「ほどこしフェスティバル」へ行く予定だからだめだといわれた。なんだそれは。こっちはたいへんな事態になっているというのに……。

「チェロキー、新聞は見たんだろ？」

『ああ、災難だな。でもいっそ「おれはスパイだ！」って公言したほうが、逆にあやしまれないかもな。だってそんなまぬけなスパイいるわけないって、みんなおもうだろ？』

「きみはいつもてきとうだよね……」

　わたしは電話口で眉がハの字になっていた。もう額にハの字がこびりついてしまいそうだ。当局からはなにも連絡がないという。不安でのどがかわいてしかたがなかった。受話器を置き烏龍茶を飲んだ。もう何杯飲んだかわからない。

　とにかく新聞社を調べるとしよう。わたしは清掃作業員に変装してオフィス街の中心にある社にもぐりこむ計画を立てた。顔は隠す必要がある。街じゅうのみんなに正体がばれているのだ。素顔で歩いていたら「このクレイジーあたまのスパイ野郎！」とののしられるに決まっている。中途半端な変装では通用しないだろう。どうしたものか迷ったあげくマネキンのウィッグを借りることにした。スカートもだ。名前をきかれたらジョセフィンかダフネとでもこたえよう……。

業務用の掃除道具やエプロンなどを入手するのにも、やはり変装して買いにいかなければならなかったことはいうまでもない。着なれたスーツをぬいで出かけるのはとても不安だった。というかスカートで出かけるのが最大の不安だ。わたしは内股でダッシュし、そそくさと買い物をすませた。レジの男はわたしを軽く一瞥して口を曲げただけでなにもいわなかった。「ありがとうございました」さえも。ともあれ変装がばれたようすはない。これで準備は整った。

新聞社には簡単に入れた。考えてみれば女性に扮しているとはいえ、スカートの清掃員というのもそれほど一般的ではなかったかもしれない。だが門番はとくにあやしむようすもなかった。なんてセキュリティのあまい会社だ。しかも人がまばらで活気がない。エレベーターに乗り、最上階の六階を押す。これでもこの街でいちばん高い建物のひとつだ。あたらしい街へ来たときはもっとも高い建物に注目しろと〈オーファン〉で教えられた。その建物が実質的にその街を支配しているというのだ。

掃除道具をのせたカートを引いて後ろ向きにエレベーターを降りたとき、急ぎ足でかけこんできた男とぶつかってしまった。バケツが転がり大きな音をたてる。

「どうしたんです、ルーキーさん。そんなかっこうで？」

副市長のジェイ・ピーだった。変装が一瞬でばれてしまった。吹っ飛んだウィッグが床で謎の生物のようにうずくまっている。

「あーどうも副市長さん。どうも」

「清掃のお仕事ですか。ですが今朝の新聞によると――」

ジェイ・ピーは不思議そうに目をしばたたかせ、わたしとウィッグを見くらべていた。わたしはとっさにでたらめをいった。

「じつは今夜〈ラマダーン〉でベリーダンスのパーティーがあるんですよ」

「ラマダーン？」

「ティンパン横町にあるイスラム料理店です」

「なにも食べ物が出てこなそうな名前のお店ですね……」

「ターメリックのきいたあつあつのケバブサンドがおすすめです。あの店は人も動物も大歓迎。寛容な平等主義が行き届いていますからね。注文すればお酒だって出してくれますよ」

「ずいぶん個性的なお店なんですね」

ティンパン横町なら和風リストランテ〈ライジングサン〉のカツカレーが断然おす

すめですよとかれはいった。食べ物の話題ですっかり新聞のことを忘れているようだった。わたしはさっと周囲に視線を走らせ副市長に耳打ちした。

「パーティーの特別ゲストとしてみんなをおどろかせたいので、わたしに会ったことはないしょにしておいてもらえませんか？」

かれはひかえめにほほえみ、

「もちろんです。どうぞ楽しんできてください」

と目配せをしてエレベーターにのりこんだ。わたしはほっとため息をつき、ウィッグをひろってかぶり直す。それからきゅうにトイレに行きたくなった。烏龍茶を飲みすぎたようだ。

男子トイレにかけこみ用を足すと便器に煙草(たばこ)の吸いがらが捨ててあるのに気づいた。なんて行儀が悪いのだ。清掃ひとすじ五十年。とてもじゃないが見すごすことはできなかった。わたしは買ってきたゴム手袋をはめた。吸いがらをひろうと今度は便器の黄ばみが気になった。少しきれいにするだけだ。そうおもって掃除をはじめたのだが、なぜだろう。一度はじめるとあれもこれもと目についてやめられなくなった。そうしているうちにいつのまにか本腰を入れていた。気づいたら女子トイレまで掃除していた。

すっかりきれいになって気分がすっきり。本来の仕事にもどらねば。ゴム手袋をはずそうとしたがうまくぬげない。サイズが小さくてぴったり手に張りついている。あわてて買ってきたのでサイズをまちがえたらしい。

「だいじょうぶ？」

とトイレに入ってきた女性社員に声をかけられあせった。懸命に指をひっぱりながらさりげなく顔をそむけ、

「ぬげなくなっちゃってこまってるのよ。ほんといやだわ」

と甲高い声でこたえると、

「かして」

といわれ、手首のほうからめくりあげてはずしてくれた。

「ありがとう、助かったわ。あなた命の恩人よ」

と礼をいい、ちらと顔をあげたらミス・モジュールだった。こちらの正体はばれているのだろうか。彼女の顔にはこれといった表情がなく、どちらともとれた。わたしは自然と彼女の額に貼られたガーゼに目がいっていた。

「なんでセレブゲイの詐欺師(さぎし)が掃除してるの。入り口の警備員からあなたがきてるってきいて探してたんだけど？」

わたしの変装はだれひとり騙せていなかったらしい……。

彼女のオフィスへ案内され素直に従った。わたしだって最初からそこへ行くつもりだったのだ。彼女のいないすきを見計らって素性を調べる予定だったのだが。彼女はわたしをなかへ招き入れ、後ろ手にドアを閉めた。

ミス・モジュールはデスクのいすにすわり、わたしにソファをすすめた。「さて」といって向き直る彼女。わたしも「さて」とこたえて帽子のようにウィッグをぬいだ。余裕を見せつけるかのようにスタイリッシュなウィッグさばきでぬいだつもりだ。だがあたまにぴたりとかぶったネットが気になった。そのまま彼女とにらみあい数十秒が経過する。ミュージカル映画みたいにだしぬけに歌い出し、踊ってごまかすというのはどうだろうかと考えた。口論しながらふたりでコミカルにダンスをすれば、なんとかのりきれそうな気がした。だがこの服装ではどうもうまくない。トップハットに燕尾服だったら、階下から苦情がくるほどタップをふみまくってやるところだったのだが。気づまりなまま時間が経過。沈黙を破ったのはわたしだ。沈黙が長引くほどスカートをはいた自分が意識されておちつかなかったのだ。

「きみは何者なんだ?」

わたしはつとめてハードボイルドで男らしい声を出そうとしたのだが、実際は太りすぎのスモウレスラーのうめき声みたいになってしまった。

「どっちかっていうと、それこっちのせりふだよね？」

と彼女はわたしの服をじろじろと見る。これには事情があるんだとわたしはうろたえ気味に弁解しはじめたが、すぐにそんなことはどうでもいいと気づいた。

「わたしが先に質問したのだがね？」

「見てのとおり、新聞記者だけど」

「ただの新聞記者ではなさそうだが」

「あなたもただの清掃員ではないみたいね」

といってミス・モジュールは、ふっと笑った。初めて会ったとき、まったくおなじことをいわれたのをおもいだした。〝もしかして政府の特殊諜報部員とか？〟――という彼女の声があたまの奥でこだました。

「最初から知ってたのか――？」

「知らないとおもってたの？」

彼女の机にあるペーパーナイフに気づいた。

「ニッケル製かな」

わたしは視線で指し示した。

「二〇メートル先まで正確に投げられるけど?」

キリストの背中につきたてられていたのとおなじカモノハシ形のデザインだ。

「なぜかれを殺した?」

「そんなつもりはなかったんだけどな」

彼女は腕組みしていすの背にもたれた。こたえるつもりもないらしい。ともかく市長暗殺計画のことをおおやけにされてはまずいとおもった。

「きみはリスクを考えて記事を書いているのかい。おかしなことばかり書いていたら、政府だって黙ってはいないだろうね?」

「それ脅してるの。メディアが政府の敵なのはあたりまえでしょ。じゃなきゃ存在してる意味ないよね。それとも政府の広報しか認めないとか。そのほうがいかれてるよね?」

「いや、わたしはただ――」

「国のあやつり人形」

といって彼女はわたしの顔に視線を固定させた。わたしはそれを払いのけるようにしていいかえした。

「きみも諜報部員なんだろ。どこの所属だ?」

「全部」

「なんだって？」

「いろいろ」

「いろいろってことはないだろ」

「でもいろいろなんだからしかたないじゃん。しいていえばUSだけど」

「アメリカ？　ＣＩＡか？」

「そっちじゃなくて、〝アンユナイテッド・ステイツ〟のほう。どうせ知らないとおもうけど」

「なんだかおかしな名前だね。名前からして矛盾している気がするのだが……」

「少数民族主義の国際的スパイ国家。世界じゅうの分離独立分断派が集まってできた複合組織」

「待ってくれ。やはり矛盾してるよ。そんな連中が結束するわけないだろ？」

「矛盾してない組織なんてないとおもうけどな。ていうかわたしのこと、なに人だとおもってるの？」

「それは……考えたことがなかったが」

「ニヴフとケットとマンシとユピックとコリヤークとアレウトとブリヤートとツング

ースとヤクートとセトゥとヴェプスとタタールとウクライナとあとなんかの混血。べつにおどろくことでもないよね。世界には何千何万ていう民族がいて、わたしが生まれたロシアだけでも何百もの人種が入り混じってるんだから。いまどきもう――ていうか、もともと世界じゅうどこへいってもいろんな人種であふれてるわけだしさ。たとえそうは見えない街でもね」

「なにがいいたいんだ」

「多数派なんて存在しないってこと。世界はすべて少数派。マジョリティなんて全部妄想でっちあげ。あらゆる少数民族は独自の権利と自由を持ってしかるべきだとおもうの。これってなにかまちがってる？」

「まちがってないかな……」少しあたまが混乱してきた。「でもそれを――そうした民族すべてを分裂させるのかい。かならずしも分裂が自由だとはおもえないのだがね？」

「実際に存在もしていない〝多数派〟が幅を利かせすぎ。不公平だよね。そんなのさっさと解体させたほうがいいに決まってる。いっぺん全部ばらしてリセットすべきだよ」

「いや、国家というものがなければ世界は方向性をうしなってしまうよ。国家が世界に秩序と安定をもたらすんだ。それが組織というものだろ」

「わかってないな。その手の帰属意識はどれもまぼろし。それこそすべてのわざわいのもと。なにかに所属するってことは、べつのなにかには所属しないってことでしょ？　むだな対立と争いが増えるだけ。かえって無秩序を招いてるよね。どこかに所属してるとおもって安心するなんて、勇気がない人のすることだし。自分に自信がないから集団にすがるんだよね。自分のあたまで考える脳みそすらない。思考停止状態ってやつ」

わたしはソファから腰を浮かせるようにした。

「きみだって所属しているじゃないか。そのUSというやつに」

彼女はめんどくさそうに口だけで笑う。

「まーわたしみたいな人を雇うような組織とはあまりかかわりたくないけどね。でもあくまで便宜的なものだから。帰属意識はないよ。いってみればフリーランスのスパイ集団ってとこ。だからどこにも所属してないのといっしょかも」

「そんな寄り集まりでは利害関係が一致しないこともあるんじゃないか？」

「まあね。でも世界にはほんとうは〝US〟しか存在しないんだよ。〝わたしたち〟しかいないんだから」

「そんなわけないだろ。少なくともわたしはUSではない」

「そういう区別がおかしいんだよね。〝わたしたち〟と〝あいつら〟っていう発想がね。どっちがどっちでだれがだれかなんてだれにわかるの？　〝あいつら〟なんてほんとうはどこにもいないのに。世界じゅうひとりのこらず〝わたしたち〟なのにさ」

「それこそきみのいう〝存在してない多数派〟というやつじゃないのかい？」

「ひとりのこらず〝多数派〟なら、もう〝多数派〟とはいわないよ。〝少数派〟も〝多数派〟もなくなるんだから」

「それは全体主義というやつだな。危険な思想だよ」

「ばかだな。全体主義をやってるのはそっちでしょ。国家優先。組織優先。そういうばかが〝あいつら〟っていう架空の存在を捏造してるんじゃん。そうやってむりやり少数派をでっちあげて標的にするんだよね」

わたしはうめき声をもらした。いままで〝あいつら〟という発想そのものがおかしいなどとは考えてみたこともなかった。というか〝あいつら〟というのが〝存在〟ではなくて〝発想〟なのだとおもったことさえなかった。あたまがこんがらがってきた。

「そうはいっても、みんななかよく中立というわけにもいかないだろ……？」

「そりゃそうだよ。中立なんてどこにも存在しないし。なにかを選べばもう中立じゃなくなる。だからといってなにも選ばないのだって、中立じゃないよ。相対主義者が絶対主義的な相対主義におちいったり、無神論者が神の不在を信仰したりするかんじだよね」

彼女はため息をついて窓の外に目を向けた。

「なら、きみはなにを選んでいるんだ？」

「いまのところはこの街の独立かな。それもけっこう大雑把ないいかただとはおもうけど」

わたしは壁に貼られてある街の地図をぼんやりとながめた。

「きみは市長派というわけだ」

「かもね」

額のガーゼが皮肉に見えた。

「街のみんなはニホーンからの独立なんてのぞんでいないように見えるのだがね？」

「最近増えてるよ。わたしが世論をでっちあげてみんなが望んでるっていうことにしたの。それをジェイ・ピーをつかって市長に吹きこんだ。そしたらだんだんみんなその気になってきたみたい」

「副市長が？」

「かれ、チャンのことがきらいなんじゃないかな。中国人が市長だってのが気に入らないのかも。独立したらわたしに世論操作させて自分が市長になるつもりみたい」

「外国人市長なんて近ごろめずらしくないだろ」

「〝外人恐怖症〟はいつの時代もなくならないから。あおるのは簡単」

「街が独立したらこの国は危機に陥るぞ」

「それがわたしたちの目的なんだからしかたないよね」

「きみはそれでいいのか。なんていうか……良心は痛まないのか」

「あなたは人を殺しにここに来たんじゃなかったっけ？」

彼女はおだやかな笑みを浮かべたままいった。

たしかにそのとおりだった。わたしはなにしに〝ここ〟へ来たのかわからなくなっていた。なにしに新聞社に潜入したのか。なにしに街に潜入したのか。きゅうにわたしは帰りたくなった。家に、故郷に、アラスカに――。

「で、チャンを殺すの、殺さないの？」

とミス・モジュールはいつもと変わらない口調でいった。わたしのあたまにぴったりと貼りついたネットの右側に小さな悪魔がぽんと煙とともに姿をあらわした。悪魔はわたしの耳元でささやく。「なにためらってんだよ、ルーキー。もちろん殺すに決まってんだろ。チャンが友だち？　寝ぼけたこというなよ。あいつはてめえのことなんか、なんともおもっちゃいねえのさ。まったく目障りでしかたがねえチャイナ野郎だぜ。さっさとかたづけて、アラスカでバカンスと洒落込もうぜ――」おくれて左側に天使があらわれる。「ルーキー、いけませんよ。チャン市長はとっても大切な友だちです。もはや親友といってもいいでしょう。だけどよく考えてみてください。かれが生きていたら、この国が混乱に陥ってしまいます。あなたは優秀なスパイ。国家存亡の危機にくらべたら、友だちひとりの命を犠牲にするのはやむをえないことです――」天使と悪魔がはじけて消える。わたしはまっすぐまえを見つめて目をしばたたかせた。なんだかおかしな調子だ。歳をとるとこれだから困る。わたしはのどにテニスボールかなにかがつかえているような感覚をおぼえながらいった。

「指令が出たらいつでも殺すさ……」

「できるの？」

「できるとも……。きみは邪魔をするつもりかい？」

「どうしようかなあ」

とわざとらしく視線を漂わせる。

「きみはなにがしたいんだ？」

「あなたはなにがしたいの？」

「いうまでもないだろ。われわれスパイは任務を遂行するのみだ」

彼女は視線をわたしの顔に着地させた。

「そうじゃなくて。それは政府がしたいことでしょ。わたしがきいてるのは、あなたがなにをしたいのかってこと」

「意味がわからないな……」

わたしはゆっくりと顔をそむけて彼女の視線を逃れた。

「大事なことだとおもうけどな」

なぜだかその声はそれまでとはちがったトーンでわたしの耳に響いた。わたしは気を取り直すように咳ばらいをした。

「暗殺のことを記事に書くのか？」

「まだ決めてない」


家に帰り、しばらくぼうぜんとベッドの縁に腰をかけていた。わたしは疲れていた。

体力的にも。精神的にも。もう夜になっていた。間欠的な突風が建物をゆらす。窓の外ではこまかな雪が吹き飛んでいた。風の音しかきこえない。風が世界をおおいつくしたみたいにしずかだ。

わたしは服とウィッグをマネキンに返した。それからおもいたってスーツに着替え〈ラマダーン〉に電話をいれた。はっきりした指令でなくてもかまわない。もうなんでもいいから、当局からそれらしい連絡がきていたら、すぐさま実行にうつすつもりだった。店の人に頼んでチェロキーを電話口に呼んでもらった。

『アンユナイテッド……なに？　きいたことがないな。まあでも「これから市長を暗殺します」って宣言したほうがやりやすくなるかもな。まさかそんなことをいうやつが本気で暗殺するわけないってみんな油断するだろ？』

「無茶いわないでくれよ……」

わたしは眉をハの字にする気力もなくなっていた。

『冗談だよ。もう少しだけ時間をくれ、食べおわったら当局と連絡をとってみるから。おれ、カレーのにおいするかい？』

「電話ごしにするわけないだろ……」

わたしはため息をつき受話器を置いた。それから暗い顔で戸棚からビールを取り出した。

深夜、電話のベルで目がさめた。窓ガラスが風にあおられ絶え間なく音をたてていた。わたしはビールの瓶を抱いて床にうつぶせになっている自分に気づいた。スーツを着たまま眠ってしまったらしい。からだの下になっていた腕がしびれて感覚がない。ほおに貼(は)りついていたクラッカーのかけらが落ちる。部屋の空気が冷えこんでいた。風が壊れた雨樋(あまどい)の隙間(すきま)を吹きぬけて口笛のように鳴っている。からだがこわばっていておきあがるのに苦労した。

電話のベルは鳴りつづけていた。チェロキーにちがいない。ようやく当局と連絡がとれたのだ。ビール瓶があちらこちらに転がっていた。あやうく足をとられてひっくり返りそうになる。しびれているせいで自分のからだの一部ではなくなったような腕をのばしてようやく受話器を取った。

『ワリダカだ。ぜひ会って話がしたい』

声をきいてがっかりした。まだかれは捕まっていなかったのだ。どこに潜伏していたのだろう。あまりかかわりたくない。

「もう真夜中ですよ」

と寝ぼけたあたまでこたえた。

『そういわないでくれ。おれにはどこも行くあてがないんだ。頼む。寒いんだ。このままでは凍えてしまうよ……』

窓から外をのぞいた。雪はやんでいたが氷の塊みたいな風がうなっている。しんしんとした空気が窓ガラスをつきぬけて直接流れこんでくるようなかんじがした。星のない空にめりこみ鈍い光をもらしている月。速い雲が空を横切り、蛍光灯のように月の光を明滅させた。

「話ってなんです？」

『謝りたいんだ。きみとおれとのあいだにあるもろもろの問題についてな。ぜひ話しあいで解決したい。わかるだろ。おれだって悪かったと反省してるんだ……』

街路樹がななめにかたむきざわめき声をあげた。

「ひとりですか？」

『ひとりだ』

わたしはワリダカ社長を家に招きいれることにした。かれが反省しているときいて意外だった。根っからの悪人ではなかったのだ。それでも用心のため、天井裏に隠していたアタッシェケースを引っぱりだし、チェロキーからもらった小型の拳銃(けんじゅう)を取り出した。外でロバがいななくのがきこえた。すぐに玄関がノックされる音。わたしは銃をスーツのポケットにつっこみ、ケースをソファの下に押し込んだ。

「ずいぶん早かったですね」

「すぐそこから電話したからな」

といってワリダカ社長は玄関をまたぐ。あいかわらず軍服みたいなスーツにサングラスのレニングラード・カウボーイズ姿だが、だいぶ汚れてくたびれていた。ここへは歩いてきたのだという。先の尖(とが)ったブーツはすっかりしおれていたものの、リーゼントのほうは一ミリも崩れていないのに感心した。

社長はソファに腰をおろした。床に転がった瓶に目をやり、酒はあるのかときいた。冷蔵庫の牛乳しか残っていなかったので、それを出したが社長は口をつけなかった。

「おれの棺桶ビジネスをすっかりだめにしてくれたな。政府のさしがねだったとは知らなかったよ」

かれは折りたたまれた新聞をテーブルに投げた。

「そういうわけではないんですよ」わたしはおもわず弁解口調になったが、「あれ、反省してるというから家にあげたんですがね？」

「してるさ。この次はもっとうまくやろうってな」

「アイヤー……」

「工場からラ・パローマを盗んだのもきさまだな？」やはりそっちの〝工場〟から盗んできたらしい。わたしはこたえるかわりにきいた。「あなたはどこで手に入れたんです。元工場長からただ同然で買い叩いたんじゃないですか？」

「なにか文句でもあるのか」

「悪用されるとはおもってなかったようです」

社長は眉をつりあげた。

「きさまは反密造酒ファシストか？」

「だって人が死んでるんですよ……」

「やつらがかってに死んだんだ。適者生存は自然の法則だろ。だれであろうとそいつには従わざるをえないんだ。たとえ神でもな。それよりドラム缶はどこだ。記事にはなにも書かれてなかったぞ？」

「まだ作るつもりですか」

「飲むのもかってなら作るのもかってだ。きさまには関係ない」

「なにもかも自由というわけにはいかないとおもいますが」

「ここが最低最悪のはきだめみたいな街だって知らないわけはないよな。失業率八〇パーセントだぞ。冗談じゃない。きつい酒でもなけりゃやってられんだろ？　むしろ感謝してもらいたいくらいだね」

「でもそれって金儲けのためですよね」

わたしがいうとワリダカ社長は顔をしかめた。

「どこがいけない。だれだってそうだろ？　おれはなにひとつ悪いことはしていないぞ。みながほしがるものをあたえ、そのかわりに金をもらってるだけだ。きさまとなにがちがうというんだ」

「本気でいってるんですか？」

そうはいったもののあとがつづかなかった。わたしだって極端にいえば、アラスカ暮らしがしたくて人を殺すのだ。なにがちがうのかうまく説明ができない。もしかしたらちがわないのかもしれない。社長はどこか満足したようににやりとし、

「それで、ドラム缶はどこにあるんだ。きさまもあれでひともうけしようと企んでるんだろ。さあ腹をわって話そうじゃないか。それとも胸をひらいて話すか。腹か胸か、

どっちがいい？」

といって右手に隠し持っていたナイフをテーブルに突き立てた。わたしのテーブルになにをするんだとおもったが、おもうべきことはもっとほかにあるとおもった。わたしがまごついていると、

「おれと手を組むか？」

と社長はサングラスをずらしてわたしの顔をのぞいた。わたしはおもわずひとりごちた。

「こんなの話しあいじゃない……」

「なんだって？」

「あなたは話しあいにきたんじゃない。一方的に自分のいいぶんを通しにきただけだ」

「なにを怒っているのかわからんな。たがいに討論して自分の意志を通す。話しあいの基本じゃないか？」

「だけど……ゆずりあいというものがないと」

「きさまはおれにゆずれと命令するのか？　それじゃきさまのいいなりになるだけじゃないか。話しあいなんてゆずったほうの負けだろ？」

「あなたと話しているとなんだか調子が狂いますよ……」

わたしはため息を隠さなかった。

「いいか。きさまはおれが飛べといったら飛べばいいんだ」

「そんなの不公平です」

「人生というのは不公平なものさ」

「どんな言葉も自分のつごうのいいように解釈するんですね」

「なにがいいたい？」

「あなたは生まれてからこれまで一度でも自分がまちがってるんじゃないかなんて、考えてみたこともないんでしょうね。そうやって自分をかわいがってきたから、あなたはいつまでたってもガキのままなんだ。まったくあわれなもんですよ」

ワリダカ社長の顔がみるみる赤くなった。怒りで目の下がけいれんしているのが見えた。わたしはもうかれと話をするのがいやになっていた。社長はまばたきもせずにわたしをにらみつけたまま口をひらいた。

「ドラム缶のありかをはやくいうんだ」

「そんなものはじめからありませんよ」

「きさまはおれが作った棺桶に入りたいようだな？」

「あなたが刑務所に入るほうがさきでしょうね」

社長は舌打ちしてテーブルに拳を叩きつけ、

「ふざけるな！」

と怒鳴った。こんな男に情けをかけてドアをあけたのがまちがいだった。わたしは怒りであたまがぐつぐつと音をたてていた。

「ごくろうさまでした。味噌汁でも飲んでお帰りください」

そういって床に落ちていたクラッカーのかけらを社長の牛乳に入れて差し出した。自分でもちょっとやりすぎたかなとおもった。社長は渋い顔でテーブルに目を落とし、ソファの下のアタッシェケースに気づいた。さっとかれの顔色が変わる。社長はコートの内側から拳銃をぬいた。

「はじめからおれと話をする気などなかったんだな！」

「寒くて気の毒におもったんですよ！」

わたしも銃をぬこうとしたが、そんな早業は習得していない。〈オーファン〉で訓練したことがあっただろうか。あまりに昔のことでよくおぼえていない。とにかく逃げるのだけでせいいっぱいだ。わたしは必死で足をふんばり自分のからだを持ちあげた。間一髪のところでソファの陰に身を落下させる。社長の銃が火を噴き、ソファのコイルや詰めものが弾け飛ぶのが見えた。羽毛がスローモーションで宙を舞うようすにしばしぼうぜんとなった。このままここに横たわっているわけにはいかない。わたしは立ちあがることができず、横になったままのろまなビール瓶みたいにからだを転がしキッチンのほうへ逃げた。からだのあちこちが痛くて涙がにじみ出た。

キッチンテーブルの下に隠れ、どうしたものか考えた。息がぜいぜいいっていた。死んだふりでもすればあきらめてくれるだろうか。いや、それはないか。わたしはスーツのポケットから拳銃をぬいた。そういえば弾を入れるのを忘れていた気がする。それともすでに装塡されていただろうか。てこずりながら弾倉をはずしてみるとやはり空だった。

社長がキッチンに入ってくる足音がした。なにか武器を見つけなければとあせった。調理台に包丁や中華鍋がならんでいる。だがそれらを使う気にはなれなかった。チャンからの贈り物なのだ。とにかく逃げようとおもい匍匐前進したら、テーブルの席に座らせていたマネキンの足にベルトが引っかかった。スカートを履いた男の足。そのつまさきがわたしのベルトに引きずられ、マネキンはいすに座ったままぐるりと向きを変えた。

発砲音がした。わたしの頭上でマネキンの上半身が砕けた。ばらばらと破片が落ちてくる。マネキンの首が床を転がっていき、テーブルの向こうの社長の足にぶつかった。

「悪趣味なやつめ！」

社長は首を蹴り飛ばした。わたしはもげ落ちたマネキンの腕をつかみ、社長に殴りかかった。マネキンの二の腕がうまい具合に社長の顔面にヒットした。社長が顔をおさえてうめき声をあげる。年寄りだとおもって油断しているからそうなるのだ。だがわたしは手がしびれてマネキンの腕を取り落としていた。やはり逃げよう。背中をまるめてキッチンを出て、となりの暗い部屋へとかけこんだ。使わずに物置にしていた部屋だ。そこの窓から外へ逃げようとおもった。だが窓は凍りついていてあかなかった――。

「鬼ごっこはおしまいだ」

すぐうしろで社長の声がした。ふりむくと部屋の戸口に拳銃をかまえて立つ社長のシルエットがあった。長い影がわたしにつかみかかるように床にのびている。これまでかとおもった。わたしはもうどうにでもなれといった気分でドアをおもいきり叩きつけた。ドアがいきおいよく閉まる。こんなのはしょせん一時しのぎでしかない。すぐに反動でドアがひらいた。なぜだかそのドアに社長が貼りつき、まるごとくっついてきていた。

「ちくしょう、髪を引っかけやがったな！」

ドアにかれのリーゼントが突き刺さっていた。でかいアロエみたいな髪がドアの反対側から飛び出している。チャンスだ。これさいわいと社長の手から拳銃を叩き落とした。拳銃が床を滑る。わたしは目をまわしながらそれを追いかけひろいあげた。

社長に向き直って銃をかまえた。だがかれはドアにはりつけになったまま、べつの拳銃を撃った。閃光で部屋が明るくなった。二丁もっていたなんて考えてもみなかった。完全に不意をつかれた。こっちは撃つつもりなどなかったのに。まぢかで火薬の音をきいて鼓膜がぼうっとなった。ショックを受けて腹のあたりが熱くなるのをかんじた。うっかりもらしてしまったかとおもったがだいじょうぶ。わたしはまだそこまで耄碌していない。これを契機にわたしの体は〈オーファン〉での厳しい訓練の日々をおもいだしたらしい。みるみるうちにうごきが軽くなるのをかんじた。

　わたしは華麗に跳躍し、社長との距離を一気にちぢめた。それからやつの股間を蹴りあげ、すかさず手近にあった花瓶をあたまに叩きつける。どこからともなくかけつけた社長の援軍が闇雲に撃ちはなつ弾丸の嵐をバック転でみごとにかわし、颯爽と四階の窓から飛び降りる。通りすがりのトラックの荷台に着地、軽く体を翻して路地に降り立ち、ちらりと横目で窓を見あげてかすかにほほえんだ。路上には熱い陽射(ひざ)しがまぶしく降りそそいでいる。わたしはゆうゆうとした足どりで、通りを行きかう雑踏のなかへと姿をくらませたのだった——。

首尾よくいったとおもい、ほっとため息をついた。だがなにかおかしい。ため息がからぶりしている。というか行きかう雑踏なんてこんなゴーストタウンみたいな街にありはしない。それも冬の真夜中だ。援軍てなんだ。わたしの家は平屋建て。四階などあるものか。だいたいわたしみたいな老人がこんなに機敏にうごけるわけがないじゃないか。

悪い予感がしてわたしはふりかえった。わたしはいまも暗い部屋のなかにいた。しかも床にあおむけになって死んでいる自分の姿を発見した。腹を撃たれて死んでいた。ひろった銃を握りしめたまま死んでいた。それをわたしは部屋の隅から見つめていた。死んだのだ。気づかなかった。任務は失敗に終わった。だが不思議と後悔はない。これでよかったのだとおもった。やっと重荷をおろせたような気分だった。

「荷物をおろして楽になれよ……」

そんな歌がかすかにきこえた気がした。

いや、ちがう。ちがうぞ。気絶だ。わたしのからだ……というか、わたしのなにか……というか、わたしの意識……のようなものが、水洗トイレの水みたいに渦を巻いてあおむけの自分に吸収されていく。あらがうすべはない。ひどく目が回った。わたしはつかのま幽体離脱していたらしい。

スーツに大きな穴があいていたが弾は貫通していない。サヴィル・ロウ特注の〝防弾スーツ〟のおかげだ。MI6の特殊課報部員も愛用しているのだ。だれがなんといおうと寝るとき以外はこのスーツを着ていた。用心していたかいがあった。まあ今夜はスーツを着たまま眠ってしまったのだが。

わたしは目をしばたたかせた。からだのあちこちが痛くてしかたなかった。手足の感覚をたしかめるようにして指先からじょじょにうごかしていった。が、指がつった。そのいきおいで銃の引き金を引いてしまった。その音に自分でもおどろいた。

ドアのほうから社長のうめき声がした。ゆっくりと顔をおこすと社長が腕をだらりとさげ、ドアに貼りついたまま突っ立っているシルエットが見えた。かれがまだ拳銃を持っているのか判別がつかなかった。社長のすすり泣く声がきこえていた。

「あたったのかい？」

「あたった」

「銃は？」

「落とした……ちくしょう」

「死なないでくれよ、すぐに助けを呼ぶから――」

わたしはキャレキシコにワリダカ社長を乗せて病院へ連れていった。この街では救急車などいつ来るかあてにならない。すぐに社長は入院になった。弾は脇腹に命中していたが、さいわい内臓はそれていた。何日かして医者から許可がおりたら、かれは病院から刑務所へ移されることになるだろう。

その病院からの帰り道で、わたしはキリストを目撃したのだった。

わたしは幹線道路にのって自宅へ向かっていた。一晩吹きつづいた風で街は真白に凍りついていた。早朝、まだ空が深い海のような青でおおわれている時刻。わたしのほかに車は走っていない。海底自動車で遠い昔に海に沈んだ廃墟の街を走っているようなかんじがした。

道路の先に人影が見えた。ぼろをまとったホームレスみたいな男がとぼとぼと歩いていた。なにかの見まちがいだろうとおもった。この道路を歩く人間なんて昼間でも見かけない。

まばたきして目をこらした。たしかに人だ。歩道もない道を欄干ぞいにうつむきかげんでやってくる。きっと迷子の酔っぱらいがまぎれこんだのだ。わたしはうっかりはねたりしないようスピードをゆるめた。

すれちがうとき男は顔をあげてこちらを見た。数秒にも満たないわずかな時間だったが、わたしにはその顔がはっきりと見てとれた。ぼさぼさの長い髪からのぞく青白い顔。知ってる顔だった。やつれていたがまちがいない。イエス・キリストだ。わたしが街へ来た日に死んだ男。玄関先で背中にペーパーナイフを刺されて死んだ、あのイエス・キリストがハイウェイを歩いていたのだ。

自分の目にしたものが信じられなかった。すぐには理解できず、あたまのなかを整理しようとした。考えはなにもまとまらない。ハンドルを握っていることも忘れてぼんやりとした。

二秒後、われにかえりブレーキをふんだ。凍った路面で車は横向きに回転して停まった。

キリストが生き返った。まさか。

来た道をふりかえる。だれもいない。男の姿はなかった。背の高い街灯がうつむいて等間隔に路上を白く染めている。人も車もなにもないからっぽの空間。さびしい街が青ざめた空の下に横たわっていた。

見まちがいだったのだろうか。でもたしかに見た……見たのはたしかだ。そうとしかおもえなかった。見なかったはずはないと。それなら（あるいは、そうでないとしても――）いまのはなんだったのだ。夢。幻覚。まぼろし……。なぜそんなものを見たのか。まるでわからなかった。

翌日――というかおなじ日だが、わたしはラファイエット第三墓地へいった。イエス・キリストを埋葬した墓地だ。どうも気になってしかたなかった。昼間に来ると枯れ草がずいぶんと目についた。大小さまざまな形状の墓が、数千年を経て発掘された石造りの建造物に見えてくる。亡霊のような風が墓のあいだを吹きぬけていった。
比較的新しい区画にあるキリストの墓のまえで、わたしは言葉をうしなった。墓荒らしにでもあったみたいに地面に穴があいていた。穴の横には掘りかえされた土が積まれ、手作りの十字架は横だおしになっている。リースやオーナメントも散乱し、飾

りつけもだいなしだ。今朝目撃したキリストは、やはりかれだったのだ。でもかれは死んだはずだ。それとも生きていた？　わたしはかれを生き埋めにしたのか——。

土はごく最近掘られたばかりのようにあたらしく見えた。それならひと月以上も地面の下ですごした計算になる。路上で見たかれのやつれた顔が脳裏に浮かんだ。一度死んだ人間が復活するなんて。かれはほんもののキリストだったとでもいうのか。

わたしは地面に腰をおろした。はく息が白かった。かれは生きていた。かれは眠っていた。かれは死んだ。かれは復活した。かれはどこへいった。かれはなぜあの朝わたしの家へ来た。かれはなにものなのだ。

なにを期待してわたしはここへ来たのだろう。なにがわかるとおもったのだろう。わからないことがふくらんでいくばかりだ。手がかりはない。なにも。そもそもわたしはこのことに首をつっこむべきなのか。いや、もう首のつけ根まで沈んで逃れられそうにもない。自分が埋葬した男が墓からぬけだして街をさまよっているのだ。どうしたって無関係ではいられない。冷たい風が枯れ草をふるわせ、わたしは寒さで首をちぢめた。

墓地にいあわせたドブス署長に声をかけられたのはそんなときのことだった。話しかけられるまで気づかなかったが、あまりにぼうぜんとしていてべつにおどろきもしなかった。

「巨大なリスが掘りかえしていたそうですよ」

ドブス署長はコートの襟を立てていた。わたしの横で足を止め、サングラスごしに穴をのぞきこむ。

「キョリスがですか?」

「ええ。昨日の夕方、通報がありましてね。近頃よく街に出没するんです。こないだは〈ラマダーン〉の動物歓迎ホリデーにまぎれこみ、ビールを飲みながらケバブやエビやはちみつケーキをがつがつ食べていたそうです。無銭飲食ですがね」

「なぜキョリスが墓を荒らすんです?」

というかビールとか飲むのか。

「荒らしたのはこの墓だけです。木の実かなにかを食べていたとききました」

「それたぶんナッツですね……」

いっしょに埋葬したのだ。とにかく食べ物に目がないらしい。

「よほどおいしかったのでしょうな。お知りあいの墓ですか?」

イエス・キリストの墓ですとこたえ、自分でもなにをいっているのだとおもった。だが署長は、敬虔(けいけん)なことですなと感心した。わたしはそれとなく探りを入れた。

「死体はどこへいったのでしょうね？」

「安心してください。この程度の深さでは死体までとどいていませんよ」

とどいているのだ。浅かったのだから。だがそれでキリストが命拾いしたのならわたしも気が安まる。かれは自力で地面の下から脱出したのではなく、キョリスが掘ったおかげで出られるようになったのかもしれない。

「この件を捜査中なのですか？」

「いえ、動物を逮捕する気はありません。ワリダカ氏の逮捕を相棒に報告しに来ただけです」

ドブス署長は散乱した十字架の飾りつけのなかに、なにかを見つけてかがみこんだ。ひろいあげたものを見るとガラスのボトルだった。そんなものを飾った覚えはない。だが瓶のラベルには見覚えがあった。踊りながら炎の空を飛ぶ羽の生えたスノーマンだ。

「棺桶（かんおけ）工場で見つかったものとおなじですな。こいつはまだ出回ってなかったはずだが……」

と署長は瓶をためつすがめつながめた。栓があけられ中身は空になっている。わたしにはこころあたりがあった。

「わたしが〈ラマダーン〉かどこかに置き忘れてきたやつかもしれませんね。証拠にとおもって棺桶工場から持ち出してきたんです。それをキョリスが運んできたのかも」

無銭飲食でビールを飲むくらいだから、目についたボトルをもってこないともかぎらない。

「なるほど。そこらで流通しているのかとおもいましたよ」

ドブス署長はほっと白いため息をついた。社長を逮捕したことでひと仕事終えたような気持ちがするとかれはいった。少し早いが警察を引退することも考えているとも。かれは墓地をながめながらひとりごとのように話をした。

「疲れたんですよ。われわれの生きている世界というのは、以前からこんなだったろうかとときどき考えてしまうんです。昔はもっとのどかで平和だったような気がしてね。ただの錯覚なのかもしれませんが。なにしろ警官ていうやつをやっていると、異変にばかり目がいってしまいますから。子どもを守るためにつねにライオンのうごきに警戒しているシマウマみたいなものです。長いこと警官をやってきたせいで、世界を見る目がすっかり変わってしまったということなのでしょうな。昔は存在していた悪に気づくことなく生きていたというだけのことでね――」

どうも元気がなかった。わたしはかれにいった。

「まあ、それは警官にかぎったことではないんじゃないですか。わたしはどうも毛虫が苦手でして。木の枝なんかに這っているのを見つけたら、もう目が離せません。安全とおもえる場所へ逃げきるまで、ずうーっとその気持ち悪いやつを見つめっぱなしです。見たくないけど見てしまうんです。だってほら。そいつから目を離したら、いつどんなふうにしてこっちの体にひっついてくるかわかったものではないでしょ。いやでも目をこらしてしまいますよ」

これでもせいいっぱい署長をなぐさめたつもりだ。だからなんなのだという話になってしまったが。ドブス署長はつぶやいた。

「ええ、わかりますよ。でもそれだけではないようにもおもえるんです。それだけではない……。わたしはもう歳をとりすぎていて、世界が変わったのか、それとも自分が変わったのかわからなくなってしまいましたよ」

署長はうなだれていた。なんといってかれを元気づけてあげればいいのかわたしにはわからなかった。

「わたしに比べたら、まだまだ引退する歳ではないとおもいますけどね……」

かれはわたしの声などきこえなかったかのように、

「人間というのはおろかなものですな。まったくのばかです。最近になってようやくそのことに気づきました。わたしもばかだから、まるで気づかずこの歳まで生きてきたんです。ご存じですか。しまつの悪いことに、悪いやつほど自分を〝善人〟だともってるんですよ。いままで警官をやってきて身にしみて学んだのは、〝悪党は決して自分のまちがいを認めようとしない〟ということです――」

できることならワリダカ社長を現場で射殺したかったと署長はかすれた声でいった。ずいぶんと厭世的になっているようすだった。

「ドブス署長、なにも人間ばかりが特別救いがたい存在というわけではありませんよ。見てください、この墓を。キョリスだって食い逃げや墓荒らしをするじゃないですか。動物だってなかなかひどいもんです」

自分でいってて説得力がないとおもったが、署長の反応は意外だった。

「いやいや、キョリスはたいへんりこうです。もちろんふつうのリスもね。ばかがのさばって生きていられるのは人間の世界だけですよ。たとえばこの穴だってそう。リスたちは地面に木の実を隠すんです。食べきれなかったぶんをしまっておくんですな」

「あ、その話ならきいたことがあります。うっかり忘れてしまうおかげで、そこから芽が出てあたらしい木が生えてくるんですよね。かわいい話です」

「だがそれが、忘れたのではないのだとしたら？」

署長のサングラスに冬の低い太陽が鋭く反射した。

「どういう意味です？」

わたしはかれのいわんとしているところがわからなかった。

「わざと埋めたままにしておくのです。そうすればあたらしい木が育って、そこからまた木の実が採れるでしょう。つまりかれらは作物を育てているんですよ」

「うーん、ううん……」

ちょっとそれは考えすぎじゃないのかとおもったが、ドブス署長の顔がまた元気そうになってきたので、わたしはそれ以上はなにもいわないことにした。

当局との連絡が完全に途絶えたとチェロキーから電話があった。向こうから連絡がないのはもちろん、こちらからの通信もつながらなくなったらしい。ずっとこの街で駐在スパイをしてきたが、こんなことは初めてだという。それをきいてわたしはいい

しれぬ不安をかんじた。

わたしがスパイだということが街じゅうの人びとに知られたというのに。わたしがスパイとして市長を暗殺しにきたということが、とうの市長に知られてしまったというのに。その情報がUSという正体のわからない組織に嗅(か)ぎつけられたというのに。なのになぜなんの連絡もないのか。なにか非常に悪いことがおきているのではないだろうか――。

窓ガラスをゆらす風の音がしつこい耳鳴りのようにきこえてしかたなかった。

6

当局との連絡が途絶えて一週間ほどがたった。そのあいだとくに変わったことはなかった。チャンはあいかわらずわたしを友だちとしてあつかっていたし、その態度にも変化がなかった。ミス・モジュールもなにを考えているのか、まるでうごきが見られない。わたしもそれまでとおなじように街での生活をつづけていた。任務を続行するにせよ、中止してひきあげるにせよ、指令がないかぎりかってに判断するわけにはいかない。わたしは任務のことを忘れて、ほんとうにただの市民になったかのようにかんじる瞬間がたびたびあった。毎朝ロバに干し草をやり首のあたりをなでてあげたりすると、とても平和な気持ちになった。昔からこの街に住み、ひとりで年金暮らしをしている老人であるような錯覚がした。

朝食をすませてくつろいでいると、そのロバがみょうに興奮して鳴いているのが外からきこえてきた。いつもとはようすのちがう声だった。どうもおかしいとおもったそのとき、玄関のドアがノックされた。

チェロキーだろうか。わたしがスパイモードにもどるのは簡単だった。体に染みついているのだ。容易に消え去るわけがない。もしかしたらようやく当局と連絡がとれたのかもしれない。

ドアをあけるとキリストが立っていた。

「イエス・キリストです。福音を届けに――」

わたしはおもわずドアを閉じてしまった。怖かったのだ。あたまのなかでさまざまな考えが渦を巻いた。なにしにうちへ来たのか。布教活動とはおもえない。なにか目的があるはずだ。わたしはかれが来た理由を知りたい気もしたし、知りたくない気もした。しばらくドアのうしろで息を潜めたがノックの音はきこえてこない。帰ったのだろうか。わたしはそっとドアをあけた。

キリストはまだそこにいた。おなじかっこう。おなじ表情。おなじ服装で。はじめて家に来たときとまるでおなじ。ちがうのはまえよりも疲れたような顔をしていること。それからあしもとの落ち葉が消えて寒々とした風が吹いていることぐらいだ。

「復讐（ふくしゅう）しにきたのかい？」

わたしは声がかすれていた。しかしかれを殺したのはわたしではない。死んだのかどうかもほんとうはわからない。まあ埋めたのはわたしなのだから殺そうとしたと取られてもしかたがないが。

「それとも、またダンスをしに来たのかな？」

といってわたしはちょっと楽しい気持ちになった。つい笑みがこぼれた。なくはないことだとおもった。だがふざけているとおもわれたかもしれない。かれは無表情のまま、ちっとも顔の筋肉をうごかさなかった。わたしは咳ばらいをして笑みを消し、

「もしかしてほんもののキリストさんですか？」

とたずねた。

「コードネームですが」

キリストは目をぱちくりとさせてこたえた。

「コードネーム？」

「わたしは当局から〝福音〟を届けに来た極秘の伝令、メッセンジャーですよ」

「んんん、当局の？　なぜ最初にそれをいってくれなかった？」

「敵のスパイに尾行されているのをかんじたのです」

「きみはそいつに背中を刺されたんだよ」

「刺される気がしたのですが、あなたがなかへ入れてくれなかったのです。敵がごくまぢかに迫っていた手前、ストレートにわたしの正体をあかすわけにもいきませんでした」

「もうちょっとなにかやりかたがあったようにもおもえるんだけどね……」

とにかく気がつかなくてすまなかったよ。そんなかっこうでは寒いだろう……とわたしはかれを家のなかへ入れた。焼き鴨（がも）をのせたごはんと卵スープを出すと、キリストはしきりにまばたきしながらつぎつぎと口にほうりこんだ。あいかわらず無表情だが気に入ってくれているようだ。墓地を出てからいままでどこへいっていたのかきくと、街のほうぼうを歩きまわって敵にあとをつけられていないか確認していたのだという。それですぐにはここへ来ず、日にちをおいたらしい。それになぜだかわからないがへんに気分が高揚していて無闇（むやみ）に歩きまわりたかったのですとつけくわえた。

「幹線道路できみを見たような気がするんだが、すぐに消えてしまったね……」

ふらついて橋から落ちたのだとかれはいった。夜通し歩きまわるのも橋から落ちたのも、墓場にあった密造酒の影響なのではないかとわたしはおもった。きっとキョリスが酒をこぼすかなにかして地面にしみこんだのだ。なんだかいまさらのようにもかんじられたが、よく無事だったねとわたしがいうと、

「そういう体質なのです――」

自分は仮死体質なのだとかれはこたえた。死んでもよみがえる、というか死にそうになると反射的に仮死状態になる特異体質をもっている。それは動物が冬眠する状態

とにていて、なんらかの刺激がきっかけとなってふたたび目が覚める仕組みなのだと。

「ほんとうにそんなことがあるのかい？」

「おかげで〝永遠の三十三歳〟です」

永遠にしてはちょっと中途半端な年齢だ。

「なんだかすぐには信じられないな……」

「わたしは科学者ではありませんので説明はできません。好きでそういう体に生まれたわけでもありませんし。あまり気持ちのいいものではないです。今回はきつい蒸留酒のかおりで目がさめました。真っ暗で身動きがとれなくてまいりました。これは地面に埋められたパターンだなとがっかりしました。仮死状態になったら放置しておいてくれるのがいちばん楽なのですが。でも巨大なリスに掘りおこされて助かりました。リスというのはじつに情け深い。エージェント・フランチェスコのいうとおり、自然界のあらゆる存在はわれわれの兄弟姉妹なのですね」

「腹がへっていただけかもしれないよ……」

たとえどんなに時間がかかっても確実にメッセージを届ける能力があるから、こうした任務をまかされているのですとかれは自慢げに話した。もう二千年近くこの仕事をつづけているのだというがわたしは軽くうけながした。

「だけどあんなに浅い墓に埋められたのは初めてです」

「疲れてたんだ。大事なのは穴の深さより気持ちの深さだよ」

よくわからない弁解をしてしまった。

ロバがきゅうきゅう鳴きながら窓に鼻を押しつけて部屋のなかをのぞきこんでいた。わたしは立ちあがって窓をあけてあげた。ひんやりとした空気が流れこんでくる。

「きみに会えてよろこんでいるみたいだね」

「ええ、わたしのゆいいつの友だちです。生き返っても気味悪がらずに迎えてくれますから」

この白いロバは歳をとって引退した麻薬探知ロバなのだという。そういうのは犬の仕事じゃないのかとおもった。だが麻薬捜査というと犬のイメージが強すぎてすぐに警戒されてしまうことが多い。だからべつの動物を訓練して使うことがあるらしい。ほかにも麻薬探知ワニや麻薬探知クマや麻薬探知タランチュラなどがいるとキリストは教えてくれた。どれもべつの意味で警戒されそうだ。

「それで密造酒を積んだ車を追いかけて棺桶(かんおけ)工場へ行ったのかな。でもマダム・ステルスの裏庭にラ・パローマがたくさんあるのにどうして反応しないんだろう……？」

「蒸留したものでなければ違法ではありませんからね」

「いい鼻をしてるんだね」

「ひさしぶりにまともな食事をいただきました。あなたに神の祝福を」

イエス・キリストは箸(はし)をおきナプキンで口をふいた。

「それで——その福音というのをきかせてくれないかな?」

「もちろんです」

といってかれは満腹そうに息をついた。わたしはかれの言葉を待った。食後の休憩は大切だ。だがかれはいつまでたってもなにもいわない。無表情でぼんやりと座ったまま、ときおりまばたきをするばかり。沈黙が長くつづいた。おなかがいっぱいで眠くなってきたのだろうかとおもった。生き埋めに歩きどおしで疲れがたまっていることだろう。ソファで少し横になってはどうかとすすめた。だがキリストはそれよりさきに福音を伝えたいという。

「なら早くいってくれたまえ」

「そういわれても、わたしは内容を知らないのです」

「え、だってきみは〝福音〟を伝えに来たんだろう?」

「そうです」

「じゃあ知らないわけがないじゃないか」

「知らないのです。あたまに刻みこまれていますので」

「きみの話はわたしにはちょっと難解にきこえるよ……」

「あたまです。ここ。わたしの髪を剃ってください」

伝言はあたまの皮膚に入れ墨されているのだとかれは指さした。入れ墨は当局の特殊な技術でなければ書き直しはできない。こうしておけば仮死状態になって身ぐるみ剝がれても大事な伝言をなくすことはないと。それはきみが覚えておけばすむ話じゃないかというと、拷問されたら口を滑らせてしまう。それに自分は記憶力が悪いのだといった。

あれこれ矛盾ばかりのような気もするが、早く当局からのメッセージが知りたかった。とにかくわたしはかれのあたまを剃ることにした。髪がのび放題でハサミを持つ手がしびれた。皮膚を傷つけて痛めないようにこまかな泡を立てたり、注意深く剃刀をあてたりなどしてたいへんだった。

四時間ほどかかってようやく剃りおわった。なんだか寒くなってきましたねといって居眠りからさめるキリスト。床は髪の毛の山。すっかり丸坊主で敬虔なタイの仏教徒みたいになってしまった。伝令を出すのに毎回こんなことをしているのだろうか。それならバリカンでも支給してくれたらいいのに。

かれのいっていたとおり、あたまには文字が刻みこまれていた。なんの飾り気もないゴシック体。ひとのあたまを読むというのは奇妙な気分だった。

〝いますぐ市長を暗殺せよ〟

と書かれてあった。暗殺実行指令だ。わたしはおどろくよりもさきに、あたまがこんがらがっていた。

「アバウトだね。これってすごくアバウトだよね……？」

坊主あたまのイエス・キリストにわたしはメッセージを読んできかせた。

「ねえ、きみ。いますぐっていつなんだい？　だってこれを入れ墨してからここまで髪をのばすのにけっこう時間がかかっただろ。いや、そうじゃないな。それはあらかじめ用意しておけばすむ話だから。問題はきみを伝令に出した時期だ。いますぐといってロバで街までやってきたんだよね？　まあそのあたりまでは計算できなくもない。だけどそれならはじめてここへ来たとき——あの日が暗殺実行の日だったのかい？　でもそんな重要なメッセージをこんなやりかたで届けるかな……。きみに頼んだら、いつになるか予測できないじゃないか。死んでも届けるというけど、時期を指定しにくいよね？　わたしはいつ任務を実行すればいいのかわからないよ……」

「わたしが来ることを予言することはだれにもできません。聖書にもあるように、わたしはおもいがけないときに来るのですから」

「そういうのはいいから、もっとわかりやすくしてもらいたいな……」

わたしはおろおろした。なぜこんなにまでまわりくどい方法で指令を出すのか、当局の考えがさっぱり読めなかった。キリストは咳払いし、おちついてくださいといった。

「どこかに日時が指定されてはいませんか？」

わたしはかれのあたまを前後左右から隈なくのぞきこんだ。

〝※これを読んだら三日以内に任務を完了すること〟

耳のうしろに注意書きみたいに入れ墨されてあった。それを見つけたところで納得がいかない。わたしはため息をついた。

「これじゃ時期が特定できないのは変わりないよね……」

「時間などという概念はあいまいなものです」

「そんなめんどうな話をするつもりはないよ……。いつもこんな調子なのかい？」

「ええ。それでみなさんうまくやっています」

「そう……」

そうなのだ。当局の指令はぜったいだ。それだけはゆらがない。明確な日時を指定する必要はなかったのだろう。とにかく暗殺が完璧に遂行されればよいのだ。時期をあいまいにしておけば敵の目をあざむく効果も期待できる。それが狙いだったのだとわたしはようやく気づいた。

それからわたしは、さっきとはまたちがった種類のため息をついた。とうとう実行指令が出た。いつかこの日が来るとわかっていた。どうしたって避けられないことだ。そのためにわたしはここへ来たのだから。わたしはニホーン政府に忠誠を誓ったスパイだ。作戦はかならず実行しなければならない。失敗は決してゆるされなかった。

その日のうちにキリストはロバに乗って去っていった。長いこといっしょに暮らしたロバと別れるのはさびしかった。だがどのみち、いつまでもこうしてここにいるわけにはいかない。そうおもいながらも、こんな暮らしがずっとつづいていくとしたら、わたしの人生はどんなだっただろうとあたまのどこかで考えずにはいられなかった。

「おれの仕事も終わりってことだな」

助手席で烏龍茶のLを飲みながらチェロキーはいった。この任務を終えればチェロキーと会うこともなくなる。これが最後のドライブというわけだ。市長を暗殺したら、わたしは街を出る。二度とここへもどることはないだろう。

「わたしもはじめはどうなるかとおもったよ。よけいなことに巻きこまれたりしてなかなかスムーズではなかったからね」

「よけいなことってわけでもないけどな」

街でおきたさまざまな出来事の断片が音も立てずにあたまのなかをとおりすぎていく。キリストが再来して指令を伝えたあとも当局とは連絡が取れていなかった。だがわたしはもうそんなことは気にならなかった。あの指令のほかに伝える必要があることなどなにもないのだから。

「なあ、おれちょっと痩せたんじゃないかな？」

とチェロキーはこちらに顔を向けた。

「どうかな。あまり変わらないように見えるよ」

「おかしいな。最近、烏龍茶ばかり飲んでるのに」

ほかの中国茶のほうがいいのかなとかれは首をかしげる。話がのぞんでいないない方向へいきそうな気配をかんじたのでわたしはいそいで、

「質はたしかだろうね？」

といってバックシートにおすわりをしているアラスカン・マラミュートのぬいぐるみを一瞥（いちべつ）した。

「もちろんさ。ちゃんといわれたとおりのやつを見つけてきたよ」

「いろいろ助かったよ」

「それがおれの役目だからな」

「元気でやってくれよ」

「ああ。ルーキーもな」

ふたりともチャンのことは口にしなかった。わたしは疲れていた。早くアラスカに行きたい。早くこの仕事から足を洗いたい。

昨日のうちに市庁舎屋上にある〝アメリカン盆栽〟の植え込みにアラスカン・マラミュートを仕掛けておいた。チェロキーに調達してもらったぬいぐるみだ。市庁舎にはあちこちにぬいぐるみが置かれてある。もしだれかが発見しても時限爆弾だとはおもわないだろう。アラスカン・マラミュートのぬいぐるみが爆発する姿を想像すると胸が張り裂けそうな気持ちになった。なんでまたチェロキーはアラスカン・マラミュートなんて選んだのだ。だがこれもやむをえないことだ。なにごとにも多少の犠牲はつきものなのだから——。

爆弾は午後三時ちょうどに爆発するようセットしてあった。あの指令を受けてから今日で三日目だ。計画の準備でいそがしく、期限ぎりぎりになってしまった。ともあれそいつが屋上で爆発すれば、最上階にある市長室もろとも吹き飛ぶ寸法だ。チャンのスケジュールは把握してある。いつもきっかり二時半から三時半まで市長室にこもり、ひとりで瞑想をする習慣があるのだ。

市長にはいくらでも近づくことができた。かれはまだわたしを信じているのだから。ふたりきりになって殺すチャンスをうかがうのは簡単だ。だがわたしは自分の手でかれを殺したくはなかった。少なくとも直接的な手段では。

わたしが嘘をついていたと、チャンにおもわれたくなかった。できればわたしに殺されたのではなく、なにか偶発的な事故や事件にまきこまれて死んだのだとおもってほしかった。最後の最後にわたしに裏切られていたと知ったら、きっとかれは悲しむだろう。できればそれは避けたかった。それには時限爆弾がうってつけだ。かれは瞑想しながら、なにも知らないうちに死ぬというわけだ——。

わたしは計画の推移を見守るため、市庁舎のななめ向かいにある廃ビルに忍びこんだ。倉庫かなにかに使われていたらしい。壁際に重そうな空の木箱が積みかさなっている。わたしはその四階の窓辺であたまをかがめ双眼鏡でようすをうかがっていた。窓ガラスはすべて取り払われていて冷たい風が吹きこんでくる。

もうすぐ二時半。そろそろ時間だ。だがチャンは市長室に帰ってなかった。人民服に身を包んだ市長がドアから入ってきて瞑想の準備をはじめるのが窓から見えるはずなのだが。かれが習慣をやぶるなんてめずらしい。今朝、記者のふりをして電話で市の職員に確認したが、会合などの特別な予定はなかった。

コートの袖をあげて腕の時計に目を落とす。針は二時半をまわっていた。このまま帰ってこないとまずいことになる。市長もいないのに爆発したら計画は失敗だ。警戒が厳重になり、ふたたび罠を仕掛けるのは困難になる。それも今日じゅうにやらなければいけないとなると無理だ。直接的な手段に訴えるしかなくなるだろう。わたしは迷った。市庁舎の屋上へいき、ひとまず時限装置を止めるべきか。それともチャンをさがして、市長室へおびき寄せるか。

そのとき、やたらと長いリムジンが市庁舎の裏に横づけされた。インド人のビンダルーが運転している車だ。こうして上から見ると異様に細長い墓石みたいに見えた。

後部座席のドアがひらきチャンが降りてくる。どこへいっていたのだろう。時計の針は二時四十分。わたしはほっとため息をついた。

だがチャンは市庁舎にもどらなかった。そのまま通りを横断してべつの建物へ向かった。改装された高級アパート。自宅だ。かれはその入り口に吸いこまれていった。

数分待った。かれが出てくるようすはない。

わたしは立ちあがった。残された機会はもうない。なんとかしてチャンを市長室へおびきよせようと決めた。市庁舎に電話を入れてかれを呼び出してもらおうか。いや、だめだ。内線が自宅までつながっている。そっちで出られたらおしまいだ。

時計を見る。二時四十五分。

わたしは廃ビル倉庫の階段を急ぎ足で降り、チャン邸へ向かった。

息が切れた。考えてみれば走るのなんてひさしぶりだった。走るのがこんなにたいへんなことだというのを忘れていた。走っているようには見えないかもしれないがこれでも全力のつもりだ。よたよた歩きで道路をななめに横切りながら、通りの前後に視線を走らせる。人どおりはまばら。のどがぜいぜい音を立てていた。胸のなかにワニでも飼っているみたいだ。左右のビルがぐらぐらゆれているように見えた。肩で息をしながら自分の選択が正しかったのか不安になった。だがもはや立ち止まって考えている場合ではない。ベルも鳴らさずチャン邸の玄関に転がりこむ。入口付近に横たわっていた自転車にけつまずきながらもわたしは階段をあがっていった。

なんといえばチャンが市長室へ行ってくれるだろうか。ぐらつく足どりで階段の手すりにつかまりながら考えた。ちっともうまい言葉が浮かんでこない。階段の途中で何度もつまずき転びそうになった。うっかりすると上へ向かっているのか下へ向かっているのかもわからなくなりそうだ。わたしはすっかり息があがっていた。動悸と酸欠でこめかみのあたりに閃光がちらついた。踊り場で向きを変えるたびに平衡感覚をうしない、アパート全体がゆっくりとかたむいていくような心地がした。

やっとのことで四階にたどりつく。予想以上に時間がかかってしまった。もう少し速く走れるとおもっていたのだが。二時五十八分。時間がない。手遅れだ。くすんだ緑色のドアが目の前に立ちふさがる。予定変更。これから市庁舎でおこる爆発をなんといってごまかしたものか。警戒されては今日中に任務を完遂するのもおぼつかない。やはり直接的な手段でチャンを殺すほかないのか――。ふいに気が遠くなりアパートがぐるりと反転する。足がもつれてドアにあたまを激突。いきおいでドアがひらき、ハンマーヘッドシャークみたいな顔で部屋に飛びこんでしまった。

チャンはわたしを見ておどろいた顔をした。もっとおどろいたのはわたしだ。部屋のソファにアラスカン・マラミュートのぬいぐるみが座っていたのだ。

チャンが「どうしたの、ルーキ?」というのと、わたしが「なぜここにぬいぐるみが?」といったのは同時だった。わたしは返事を待たず、もつれる足で家具にぶつかりながらソファへ駆けよりアラスカン・マラミュートをつかんだ。

「見つけたの取っておいてよかったヨ!」

チャンははちきれんばかりの笑顔だったが、わたしはそれどころではない。額から汗をだらだら流しながら、

「どこで見つけた?」

きかなくてもわかっていた——。

「最近ルーキのようすがいつもとちがうから、どうしたのかとおもって心配だったヨ。それで今朝、屋上ぶらぶらしてたら見つけたネ。アラスカの犬ー!」

部屋の時計を見た。それが正確ならあと五秒で三時だ。

「ぜったいルーキよろこぶとおもったヨ! やったネー!」

両腕を広げ満面の笑みを浮かべるチャンを突きとばし、ベランダからアラスカン・マラミュートを放り投げた。肩がはずれて腕までいっしょに飛んでいってしまうのではないかとおもった。残り〇秒。

ん、鳴らない――？　とおもって顔をあげた瞬間、目のまえで空がしろくひかった。直後、爆風がおしよせ体がふわりと浮きあがった。あおむけになり木の葉のように部屋へ押しもどされる。テーブルにあたまをうった。火花が散るのが見えたが現実か幻覚かわからない。屋上の巨大盆栽に火がつき、またたくまに燃え広がっていくのが見えた。大きな枝が焼け落ちる。火の粉が舞い、ほのおのしずくが地面にこぼれ落ちた。わたしはそのまま意識が遠のいていくのをかんじた。

目が覚めて最初に飛びこんできたのは、チャンの顔だった。わたしはかれの部屋のソファに横になっていた。

「ルーキ、だいじょうぶ？」

わたしはすぐには声が出てこなかった。水をもらいおちついたが、今度はなにをいうべきかわからず、ぼんやりと宙の一点を見つめた。街路からはざわめき声がきこえていた。サイレンの音は鳴っていない。消火活動はあらかた終えたところらしかった。あたまをあげると窓の向こうに、以前巨大盆栽が占めていた空間を見ることができた。

むきだしの幹が黒焦げにうねり、見る影もなかった。残った煙がまだそこらを漂っているのか、のどや鼻に刺激をかんじた。

「だれか巻きこんだかい……」

わたしはようやく口をひらいた。怪我人はひとりもいないヨとチャンはしずかにいった。わたしはかれの顔を見ることができなかった。

「ルーキは命の恩人ネ」

チャンはわたしの肩に手をおいた。わたしはそれを否定したが自分でもきこえないくらいかすかな声だった。チャンの手から逃れるようにおきあがった。

「ぬいぐるみ残念だったネ。まさか爆弾が仕掛けられてるなんておもってなかったヨ……」

市庁舎の上階が煤で真黒になっている。

「わたしが仕掛けたんだよ」

そういってからわたしはまた黙りこみ、部屋のなかで長い沈黙がつづいた。火事の後始末をしている音が外からきこえてくる。

「でも、考えなおしたネ？」

チャンがいった。わたしはかれの顔に目をやった。どこか頼りないまなざしをこちらに向けていた。わたしはすぐに目をそらした。アラスカン・マラミュートのぬいぐるみを部屋で見つけたときのチャンの笑顔をおもいだした。

「ミス・モジュールがいってたのはほんとうのことだ。わたしはきみを殺すためにこの街へ来たんだ――」

抑揚のない声でいった。チャンは小さな声でアイヤーとつぶやきうなだれた。当然だ。失望であたまがいっぱいだろう。こうなることはわかっていたのだ。チャンは

「ワタシ、ミス・モジュルに悪いことしたヨ……」と気まずそうに顔をしかめた。頭突きのことだろうとおもったがそうではなかった。

「むしゃくしゃしてたから真夜中に自転車で新聞社につっこんで玄関のガラス突きやぶってやったネ。あれ弁償しないといけないネ……」

なにをやっているんだ。

「それより、わたしはきみをずっと騙していたんだよ?」

「でも殺さなかったネ」

「殺そうとした」

「でも助けてくれたネ」

チャンは怒る気配も泣く気配もなかった。

「わからないな……」

わたしはひとりごとのようにいって視線を落とした。

「なにがわからないネ？」

わたしはこたえられなかった。自分でもわからなかった。なにをしたかったのか。あのときなにをしようとしていたのか。チャンを殺そうとしていたはずなのに。任務を遂行すべく階段をあがってきたはずなのに。それとも最初からこうなるとわかっていて必死で走ってきたのか。あのときの自分がほんとうはなにを考えていたのかわからなくなっていた。あるいは罪悪感から逃れたいがためにわかるのをこばんでいるのか——。いまではべつのことがわかった。わたしに市長は殺せない。チャンを殺すことはわたしにはできない。すでにわたしのこころは決まっていた。だが、どう当局に説明したものか。チャンは当局が考えているような危険人物ではない？　そう。そのとおりだ。こんなお人好しを殺してなにが変わるというのだろう。べつの手段で独立をやめさせることだって可能なはずだ。それとも……わたしはまたあたまがぼんやりしはじめていた。

7

昨日の爆弾騒ぎで暗殺計画のことを新聞に書かれるにちがいないとおもった。だがどこにもそんな記事はなかった。かわりに外国人労働者が市庁舎を爆破したという大きな見出しがあった。デマだ。だが街のみんなはそれを信じた。〝盆栽〟というどこかニホーン的なたたずまいのあるものが焼け落ちたせいかもしれない。なにもかも外国人が悪いということになった。公共の建物を爆破したのも外国人なら、街なかで密造酒を売りさばいていたのも外国人。あちこちで発砲事件をおこすのも外国人だし、もとの住民から仕事を奪ったのも外国人だ。犯罪率の高さも失業率の高さもすべて外国人のせい。とにかく外国人がこの街をだめにしているのだと――。外国人を排斥しようという声があがった。人種と人種の対立だ。そのあげく暴動がおきてしまった。

寒空の下、市庁舎前の広場はむかつきにあふれた人びとであふれていた。人びとは外国人側と反外国人側とできれいに二分されていた。しかし、それもすぐにごちゃまぜになる。はじめはいかにもデモっぽかった。でもデモっぽかったのはごくはじめのうちだけだった。すぐにデモは暴動になった。みんながみんなむかついていた。デモ集団たちはむかつきながら、ちからまかせに笛や太鼓を鳴らして、たがいに「やいのやいの！」といっていたが、たがいにたがいがなにをいっているのかわからなかったし、仲間同士でも仲間が仲間や敵になにをいっているのかわからなかった。けどだれもそんなことは気にしていない、というかべつにわかろうというつもりもないが、わからないとなんかみょうにむかつくといった具合にむかつきが増幅していくような調子で、そのためみんな「やいのやいの！」とこぶしをふりあげ、さらなるむかつきを表明するのだった。

はじめにだれがだれをなぐったのかはだれも知らない。なぐりなぐられた本人たちだってわからないだろう。あるいはなぐったのではなく、よくわからない衝動にかられて顔をなでてみただけだったのかもしれない。なぐりあいはだれが最初というわけでもなく同時多発的にはじまった。たしかにおれは見たんだと証言する人たちもいて、その人たちも見た瞬間になぐられたとかなぐったなどと証言を重ねるのだが、それを客観的に確かめるすべはなかった。「この街じゃおめえみてえなのは歓迎しねえんだよ」「この街じゃ歓迎しねえのは歓迎しねえんだよ」「この街じゃ歓迎しねえのを歓迎しねえのは歓迎しねえんだよ」……。「やいのやいのやいのやいの！」外国人も「やいのやいの！」非外国人も「やいのやいの！」巨大リスも「やいのやいの！」……。

まるで〝コロラド州サウスパーク〟みたいなにぎわいぶりだった。「今日は大切なことを学ぶ」のかもしれない。

わたしは途方に暮れていた。群衆から距離をおき、遠巻きに路地をいったりきたりするばかり。たった四千人かそこらの人口でよくもこれだけの騒動をおこせるものだとおもった。どうしたものか決めかねていた。電話が通じず、チャンと連絡がとれていなかった。かれの安否が心配だった。通りの向こうに元工場長が足をくずして歩道に座り、騒ぎを見物しているのに気づいた。元工場長は紙袋に包んだ酒を飲んでいた。わたしはかれのそばへ歩みより、

「なぜリスまで、やいのやいのしているのかな?」

というと、

「やいのやいのするのが好きなんだろうな。おれもちょっとやいのやいのしてみるよ」

と元工場長はふらりと乱闘のなかへ飛びこんでいった。

衝突はエスカレートした。どこに用意していたのか、あちこちで火炎瓶が投げられた。炎が地を這(は)い、ほうぼうで黒い煙が立ちのぼる。マイクをヌンチャクのようにふりまわして円を描きながら口から火を吐く女。プラカードをさすまたのようにして見

知らぬ人の息の根を止めようとする老人。ベビーカーで人をはね飛ばしながら逃げまどうめがねの男。言葉は破格の値段で売り買いされていた。炎に包まれた廃ビルがきしみ、人間のようなうめき声をあげた。カラスの群れがけたたましく鳴きながら煙を逃れ、犬や猫たちはときおり自然の呼び声に応じて小規模な消火活動をしながらいそいそと郊外へ向かう。その姿はどこか楽しそう。炎は爆発を誘発し爆発は爆発から爆発へと爆発的に連鎖し街全体に飛び火。とうとう工場地帯のガスタンク群が破裂して炎上した。オレンジ色の囚人服を着た人びとが背中を丸めてぞろぞろとどこかへ走り去っていく。暴走したスクールバスが消火栓をなぎたおして街路に噴水と虹(にじ)を作る。赤い炎を背に路地を逃げまどうアヒルたち。スーパーマーケットは略奪された。コンビニエンスストアは乱暴者にとってのみコンビニエンスになった。サックスのグリッサンドみたいなサイレンの音がひっきりなしに鳴っているが、パトカーや救急車はどこにも見あたらない。大きな手みたいな爆煙が流れこんできて家々がのみこまれていく。

みんながみんなをぼこぼこにした。たがいにぼこぼこにしぼこぼこにされた。ひとりのこらずぼこぼこだ——。

市庁舎では役人がぼこぼこにされた。正規の役人ではない非常勤小間使いもぼこぼこにされた。市庁舎の建物もぼこぼこにされた。だれがなんのために市庁舎を破壊したのか、あとになってもはっきりしたことはわからなかった。外国人労働者が屋上を爆破したということになっているのだから外国人労働者たちが破壊したのかといえば、かならずしもそうではないらしかった。というかこの街には〝外国人労働者〟などそんなにいないだろう。ほとんど失業していたから、多くは〝外国人失業者〟だ。非外国人労働者もほとんど失業していたようだが。火をふき炎上する駐車場の車。引きたおされる柱の彫刻。四階が黒焦げなのは昨日の爆発のせいだが、いまではどの階のガラス窓もわれ、外壁には色とりどりのペンキがぶちまけられていた。どこから持ちこまれたのかわからないＲＰＧ――対戦車グレネードが三階の窓に撃ちこまれ、緑色の屋根瓦が市庁舎を取り囲む人びとの頭上に降りそそいだ。二階の窓からあわてて飛び降りる役人たちの姿。ぬいぐるみがわれた窓から放り投げられ、火炎放射器がきれいな弧を描く。焼けたにおいがあたりをおおっていた。

外国人に気をつけろと拡声器でさけぶ声がきこえた。副市長のジェイ・ピーの声に似ている気がしたがたしかではない。いよいよチャンが心配になった。チャン邸にもかれの姿はなかった。危険を察知してどこかへ逃げたのか、それとも連れ去られたあとなのかも判然としない。いまごろ市庁舎のどこかで暴徒に吊るしあげられているのかもしれなかった。

わたしは市庁舎を目指して広場の人波をかきわけたが、さかまく濁流のような群衆におしかえされてちっともたどりつけない。着物を着た見知らぬ老婆に棍棒であたまを殴られ脳しんとうをおこしそうになった。体のあちこちに傷と痛みと痣と瘤が増えるばかりだ。

やっとのことで群衆の渦から逃げかえるとドブス署長が部下を引きつれてぼこぼこのパトカーに寄りかかっていた。パトカーはもう走りそうにない。署長が悲しげな目で暴徒たちを見つめているのがサングラスごしでもわかった。

「なぜみなさんマスクをしているんです？」

わたしは署長にたずねた。どういうわけか警官たちはみな、プロフェッショナル・レスリングの悪役レスラーのようなマスクをかぶっていた。いろとりどりのカラフルな模様のマスクが南米のお祭りみたいで楽しげなかんじさえした。

「全員外国人なので顔をさらすのは危険だとおもいましてね。とはいえこの人数じゃ手も足も出ませんな……」

爆発音がして広場に面した空きビルの窓ガラスがいっぺんに吹き飛んだ。ドブス署長たちはやれやれとため息をついてビルへと向かう。前後左右どちらを向いても黒い煙のあがっていない場所はない。空がかたむいていた。ななめになってこの街に落下してくるのではないかとおもった。だがかたむいているのは空ではなくて電柱や建物だ。爆風や震動でどれもななめになっていたのだ。

警官隊がいなくなったとたん、群衆のなかから極彩色の巨大な鳥が飛び出してきて、わたしの胸を鷲づかみにした。アラスカで暮らしていたころに森の奥の草むらに横たわるサンダーバードのトーテムポールを見つけたときの記憶が瞬時によみがえってきた。鳥はわたしの顔のまえでくちばしを大きくひらき、

「目障りなんだよ、このゲイが！」

と怒鳴った。鼓膜がやぶれるかとおもった。鳥は星形のサングラスをしていた。それがなければ、この鳥がウラジミーラだと気づくのにもう少し時間がかかったかもしれない。虹色の翼を背負っているうえ、カンムリヅルの冠羽のような飾りのついた西洋兜をかぶっていたので巨大な鳥のように見えたのだ。

ウラジミーラの黒塗りメイクはすっかり洗い流され、これといった特徴のないニホーン人らしい顔をむきだしにしていた。車いすにも乗らずに走りまわっていたのはいうまでもない。

わたしはなんといったものかわからず、あいまいにたずねた。

「ええと、ドクトーラさんはどうしたんです？」

「あんなまどろっこしいやつ知るかよ。それより見ろよ、この盛りあがり。最高じゃねえか。これからはな、気に入らないやつは正々堂々たたきのめしていいんだ。実力行使の時代なんだよ！」

　いいおわらないうちにウラジミーラの拳（こぶし）が飛んできて、わたしの顔にめりこんだ。おかしい、人間の拳がこんなに漫画みたいにめりこむはずがない。そうおもった。だがそれは〝体感殴度（おうど）〟みたいなもので、実際にめりこんだわけではないのだろう。わたしは咳（せ）きこみながら路上にうずくまる。

　ウラジミーラは激高したまま翼をおおきく広げて走り去っていった。

　わたしはもう顔が痛いのか痛くないのかもわからなくなっていた。手の甲で口もとをぬぐった。鼻血が出ていないのが不思議なくらいだった。体がずっしりと重くかんじられて立ちあがることができない。立ちあがる気にもなれなかった。わたしはそのまま路上にあおむけになった。建物のあいだの空を煙が横切っていく。わたしがこの暴動をひきおこすきっかけを作ったのだ。わたしは世界に平和をもたらすどころか、暴力と混乱を招き寄せてしまった。最悪だ。このまま火炎瓶でも転がってきて体に火が燃えうつればいいのにとおもった。実際に転がってきたのは自動車のタイヤ。エンジンが吠え、頭頂部ぎりぎりをかすめた。摩擦ではげるじゃないかとおもってむかついた。車が停止して人が降りてくる。むかついていたが相手をぼこぼこにする元気はない。

視界の隅に人影が映った。どんなやつがわたしを轢きそこねたのかとおもえばミス・モジュールだった。さかさまの顔が空から見おろしている。彼女は顔の半分をおおい隠すような大きな白縁のサングラスをしていた。少し間をおいてから彼女は「やあ」といった。寝転んだままわたしも「やあ」といってかえす。たがいにしばらく無表情で見つめあった。

「おきるなら手を貸してあげてもいいけど？」

「そうだな……おきるよ」

彼女に手を取ってもらい半身をおこす。わたしは路上に腰をおろしたまま「はげてるかい？」とたずねた。こたえは、歳のわりにはふさふさ。彼女が運転してきたのはリムジンだった。あのやたらと長い市長のリムジンだ。

「運転手が袋だたきにされてていそがしそうだったからちょっと借りてきた」

かわいそうに。テキサラホマ（いまだにそこがどこなのかわからないが――）から来たのならかっこうの標的だろう。

「チャンは乗ってなかったかい？」

「ない」

「どこへ行ったんだろう……」

「スパイのくせに標的を見失ったの？　もう街の外に逃げたんじゃないかな」

そうはおもえなかった。

「わざとあんな記事にしたんだね？」

わたしは地べたに座ったままミス・モジュールを見あげた。彼女はリムジンに寄りかかり、ぼんやりとした顔で暴動をながめていた。サングラスに日と火が反射していて表情は読めない。きこえていないのか、彼女はほんの少しだけ首をかしげただけでなにもいわなかった。

「おかげで街はぼろぼろだ。まあおおもとの原因はわたしにあるんだけどね……」

「もとからぼろぼろだったじゃん」

彼女は退屈そうに息をもらした。

「そういう意味じゃなくて、この騒ぎのことだよ」

「みんな密造酒を切らしていらいらしてたのかも」

「そういわれるとよけい責任をかんじるな……」

きつい酒でもなければやってられないだろうとワリダカ社長がいっていたのをおもいだした。

「わたしのせいでも、あなたのせいでもない。街のみんながばかなせい」

「えっと、もしかしてきみは自分のまちがいを認めないタイプの人間なのかな？」

ミス・モジュールはあまり関心のない調子で、そんなことないよとこたえ、それから少し考えるようにしてから、

「まだまちがえた経験がないからわからないけど。あなたはまちがえた経験あるの？」

とわたしの顔を見おろした。わたしはその視線から逃れるように道路の先で煙をあげている建物に目をやる。

「ああ、最近とくに多いな……」

わたしは疲れていた。もう帰りたかった。でもどこへ帰ればいいのかわからなかった。遠い昔に〈オーファン〉でハロルド・ホイを死なせた夜のことが脳裏をかすめた。

ミス・モジュールはサングラスをはずした。

「いったよね。帰属意識はわざわいのもとだって。ほんと簡単な人たち。人種ぐらいしかすがるものがないとかレベル低すぎ。そんなので寄り集まって壁を作るなんてさ。

死ぬほどみじめだとおもわない？」

「ホイは肺がわるかったんだ……」

「え、なに？」

「いや、すまない。あたまと顔をうって少しぼうっとしててね……」

わたしはこめかみのあたりを押さえる。彼女はどこか同情するような視線でわたしを見てなにかをいおうとした。だが、先に口をひらいたのはわたしのほうだった。

「ん、待てよ。きみは人種や民族によって世界を分裂させるのを望んでたんじゃなかったのか？」

「べつにこういうのは望んでないな」

「でも、きみがこの対立を煽ったんだろ？」

「いっぺんこうしないとリセットされないかなとおもって」

「ううん……」

「嘘くさいマジョリティをつぶしたいだけだったんだけど、うまくいかないもんだね。どうしてなのかな？」

彼女の声はどこかさびしそうに響いた。

「わからないよ……」

とわたしはこたえた。もうずっとまえからなにが正しいのかわからなくなっていた。アスファルトの路面に手をついてのろのろと立ちあがる。リムジンはあちこちへこんで傷だらけだった。

「車でどこへ行くんだい？」

「この街ももう終わりっぽいし。ここにいてもあぶないだけだし。どうしようかな」

どこかでまた爆発音がして空からガラスの降ってくる音がきこえた。油の燃えたにおいが街じゅうに漂っていた。

帰宅するほかなかった。いつものあの家に。できることはなにもない。チャン邸の裏に停めておいたキャレキシコはもともとぼこぼこだったおかげで略奪されずにすんだようだ。路上に散乱した瓦礫（がれき）やごみバケツやショッピングカートといった障害物を避けるために車をゆっくり走らせなければいけなかった。

どこへいっても街はぼろぼろに破壊されていた。午後も遅く、地を這うような低い太陽がアスファルトを白く染めていた。写真のようなハレーションがフロントガラスを突きぬける。まもなく日が沈み、ひとけのないガソリンスタンドや略奪された小さな家で、さびしくとぼしいクリスマスライトが狂ったように高速で明滅するのが目立ちはじめた。

住宅街もやはり荒れはてていた。自宅のある通りの角を曲がるとマダム・ステルスが歩道で大きな台車を押している姿が目にはいった。台車の車輪が遠い雷みたいな音をたてていた。台車には大きなエンジンらしきものが積まれてある。暴動のどさくさにまぎれてどこからか盗んできたのだろう。重くて運ぶのに手こずっているようすだった。手伝うべきかどうか迷ったあげく、わたしはそのまま車で通りすぎた。

ガレージに車を入れた。家の窓ガラスがわれているのに気づいた。部屋の電気をつけると床にガラスの破片が散乱していた。投げこまれたレンガが転がっている。盗られたものはなかった。盗る価値のあるものといえば拳銃ぐらいだろうが、それも暗殺実行指令を受けた直後にメルヴィル湖から流れる川に投げすてていた。そんなもので面と向かってチャンを殺すことはできないと、そのときにはもうわかっていたのだ。だがほんとうはその時点で、それ以上のことをわかっていたのかもしれない。

ミス・モジュールがいっていたように、この街も終わりだ。暴動がおきてからずっと不安定な状況がつづいている。火器の暴発と火薬の爆発がバスのように通りを決まった順番にめぐってくれるのならいいのだが、それはいつだって無作為だ。時間的にも空間的にも点在しつつ偏在している。一度砲弾が落ちた穴には二度は落ちないから安全だという戦場の話をきいたことがある。だがここではそれも通用しない。まったくおなじ場所で何度でも爆発がおきる。といって標的になりやすい地区や施設があるわけでもない。発生時刻も同様だ。灰色の雲の下で静けさがつづく。ようやく街に平穏がもどってきたのかと期待をもちはじめたところへ爆発が連鎖的におきて山の端まで空が赤く染まる——。予測不可能ということは、絶え間なく危険にさらされているのとおなじだ。時間は意味をうしなう。空間もまた。感覚がゆっくりと麻痺(まひ)していく。夢のなかを歩いているような心地になる。なにがいつどこでおきたのか、頼りになる記憶もあいまいだ。絶対時間も相対時間も把握できなくなり、ものごとがおきた順番にも確信がもてない……。

チャンの行方が気がかりだった。消息がまるでつかめていない。暴動以来、電話はどこにもつながらなかった。市庁舎は暴徒やホームレスの戦場かつ居住空間になっていた。暴動のあと再度チャン邸を訪れてみたが、盗掘にあった墳墓のように荒れはてていた。ステレオは引きはがされ、大量のレコードコレクションも消えた。自転車だってひとつも残っていない。迷いこんだネズミたち以外に生きているものの気配はない。街では新聞の発行が止まり、通信電波も途絶えがち。街がどうなっているかは自分の目で直接たしかめるほかない。でなければ頼りにならない伝聞で。

さっきもまた工場地帯で爆発があった。上空に煙が墨のようにたちのぼっている。炸裂(さくれつ)音と震動はすでに街の日常になっていた。日常は体積に際限のないスポンジだ。たとえどんなに異質なことであろうと——一度現実におきてしまえば——いとも簡単に日常に吸収される。非日常はあっというまに日常に飲み込まれ、たちまちその姿を消していく。それにしてもこの街によくもこんなに火薬やガソリンがあったものだ。

もしマダム・ステルスの裏庭で爆発がおきたら、大量のラ・パローマに引火して街は一瞬で火の海だ。いっそそうなってしまったほうが間断のない不規則性から解放されて気が休まるかもしれないが……。

マダム・ステルスの家がからっぽになっていた。彼女がいなくなっているのに気づかなかった。いることに気づく。いないことに気づく。いることに気づかない。いないことに気づかない。いついなくなったのかわからなかった。

気づいたのはラ・パローマがどうなっているのか不安になったときのこと。小さな雪が灰のように漂う午後（もしかしたらほんとうに灰だったかもしれない）、わたしはひっくりかえしたバケツを踏み台にし、こんにちはステルスさんと声をかけて板塀からとなりの裏庭に顔をのぞかせた。

地面に大きな穴が口をあけていた。光を拒む暗さが穴の奥に淀んでいた。まえよりも庭が広くかんじられた。すぐにあの大きな鋼のモグラがなくなっているのに気づいた。ずらりとならんでいたドラム缶もなくなっていた。そこにあるのに気づかなかった枝ばかりの庭木がひびの入ったガラスのように空を切り取っていた。

彼女は遠くへ行ってしまったのだとわたしは瞬時にさとった。まるでずっと昔から空き家だったみたいに見えた。裏庭に面したフランス窓があいている。冷たい風が吹きぬけ、直線的な木の枝をゆらす。モグラに乗って地面の下に消えたのだろうが、そんな音がきこえたおぼえもない。いつもの爆発だとおもって気にとめなかったのかもしれない。あのモグラがほんとうにうごくとは。これだけ動静が目立たないのなら、彼女は最高のスパイになれただろう。地下にある銀行の金庫を狙っている話をしていたが、この街の銀行に金なんてなさそうだ。それに考えてみれば彼女にはお金など必要ないのだ。レジにならんでも気づかれない人にどうして金がいる？　もっていたってなんの意味もない。なぜいままでそのことに気づかなかったのだろう。彼女はもっとどこか遠いところへ行ったのだ。きっと消えた家族を探しに行ったにちがいない。彼女は最初からそのつもりだったのだ。彼女はあいさつもなしにいなくなってしまった。裏庭にあいた穴がわたしの胸のあたりにもあいているようなかんじがした。

近所にだれも住んでいないような静けさ。もとからそうだがマダム・ステルスの不在に気づいてからよけいに静けさをかんじるようになった。だがだれもいないわけではない。完全なゴーストタウンというわけではない。少なくともマダム・ステルスが食糧をいただいてこられるだけのご近所さんは点在していた。それもどこかへ行ってしまったのかもしれないが。あるいはじっとうごかず息を潜めているか。しずかに潜伏している。わたしがこの街に来たときみたいに。だれもがスパイのように潜伏している。暴徒たちもしずかに潜伏している。いつどこから飛び出してきて発砲するか。略奪するか。炎を投げるか。たがいに潜伏しあって破裂のときを待っている。潜伏している暴徒の先手を打って攻撃を仕掛ける住民たちもいた。いや、どちらもたがいに住民であることに変わりはない。どちらがどちらということはだれにもいえない。

存在位置不明の〝臨時市庁舎〟から副市長のジェイ・ピーがラジオ中継で「なにか悪いことがおきそうです」というまるで具体性のない臨時ニュースを伝えて市民に注意を喚起していた。昼間なのに夜のAMラジオみたいに混線している。わたしは注意深く耳をそばだてたが、チャンのことはなにもわからずじまいだった。

あやしい影が近所にちらついていた。街灯がのきなみ破壊された暗い通りをこそこそ歩き、つぎの瞬間には姿をくらませる何者か。姿もないのに響いてくる男の咳払い。空から落ちてくるような口笛の音。暗がりを横切るあいまいなシルエットの四つ足動物。あるいは大きな鳥。無音で通りすぎていく黒塗りの車。そして金槌（かなづち）のように吠える冬の雷。どれも不可解だった。それともわたしの見まちがい（または、聞きちがい）だろうか。なにかに監視されているような。暴徒たちが略奪の機会を狙っているような。終始そんな気配がしておちつかなかった。

用心して家の周囲の見回りをしていたら、マダム・ステルスの物置小屋にラ・パローマが一缶残っているのに気づいた。モグラがいくら大きいとはいえ、全部積みこむのは無理だったのかもしれない。こんな物騒なものを空き家に置いておくわけにはいかない。わたしはハンドル付きの運搬カートにドラム缶をのせて自宅まで運んだ。

とりあえず裏庭に置いてみたが、少し考えなおして家のなかに移した。窓から火炎瓶でも投げこまれたら終わりだが裏庭にさらしておくよりはましだ。裏庭で引火してもどうせ家まで灰になるのだ。あやしい連中がこっそり盗み出して街にばらまく可能性だってある。こんなことなら拳銃を川にすてるのではなかった。さがしに行こうか。でもいまさら見つけたところで使い物にはならないだろう。

ツナの缶詰でてきとうに朝食をすませ、チャンを探す計画を練っていると、外に自動車の停まる音がした。わたしは段ボールで応急処置をした窓のすきまからそっとようすをうかがった。見覚えのない車だ。疲れきった主婦が運転しているようなステーションワゴン。つまり実用的。ということは武器と火薬をつめこんだ戦闘員の車という可能性もある。わたしは床に転がっていたマネキンの腕をひろいあげ臨戦態勢にはいった。選択の余地はない。闘争、逃走、あるいは死のいずれかだ。

だが運転席から降りてきたのはチェロキーだった。かれの姿を見てわたしはほっとした。ずっと会いたいとおもっていた。無事を確認したかったし、かれの助けを借りたいともおもっていた。

「暗殺は失敗に終わったよ」

わたしはキッチンでかれにコーヒーを出した。カップから白い湯気が漂う。最近あたまが朦朧(もうろう)としてしかたないので、中国のお茶をやめて香りのきついコーヒーばかり飲んでいた。それもまるで効果がなかったが。

「わかってるさ」

とチェロキーはいった。当局との連絡はいまだ途絶えたままらしい。街のなかでさえ連絡がつかないのだから外との連絡はもっとむずかしいだろう。じつはチャンが見つからなくてね、探すのを手伝ってもらえると助かるのだがとわたしがいうよりも先に、

「じつはおれ、ネイティブアメリカンなんだ」

とかれはいった。

「あー……。なに？」

ちょっとききとれなかったのだがという顔でわたしはかれを見た。実際はききとれた。もしかしたらなにかのききちがいではないかともおもったのだが、具体的にどんな言葉とまちがえたのか、言葉の響きをざっと検討してみてもそれらしい単語が浮かんでこない。かれにもそれがわかっているようで、だからいまいったとおりだよというようにまばたきをしてわたしを見つめかえす。わたしは目をくるりと回してからいった。

「そうは見えないけどね？」

「人は見かけによらないもんだろ。ほら、ザ・バンドのロビー・ロバートソンだってほんとうはモホークなんだ。つまりアメリカ人と見せかけたカナダ人のアメリカ先住

民ってわけ。なかなかややこしいよな。だからおれがネイティブアメリカンだって、べつに不思議はないだろ」

「それはそうだが……」

「正確にいうと三十二分の三だけネイティブアメリカンなんだよ。このことが街の連中にばれたら半殺しだ。ワンドロップルールっていうやつ。一滴でも黒人の血が混じっていれば黒人とみなされるみたいな。そう見られるのがいやっていうわけじゃない。そんなことが理由で迫害されるのがいやなんだ。もうここにはいられない。街を出るよ」

そういってかれは不安げに外のようすを気にかけた。

突然のことでわたしはなんといっていいかわからなかった。なんだ、そのままのコードネームだったんじゃないか。いまさらながらそんなことをおもったりもした。ぼんやりと視線をそらし、まだわれていない窓を見る。窓の外にはとぼしい枯れ葉を残した街路樹が等間隔に並んでいるはずだが、わたしの目にはなにも映らなかった。現実をたしかめるようにコーヒーをすする。なんの味もしない。べつにそんなことをしなくても、これが現実なのはわかっていた。マダム・ステルスがここを去り、チェロキーも去っていくのか。だんだん人が減っていく。ＪＢのかすれた歌声とともに〝プリーズプリーズドントゴー〟というコーラスがあたまのなかでこだまする。

「どこへ行くんだい？」

わたしが口をひらくと、

「決めてないんだ。ずいぶん長いことこの街で暮らしてきたからな。しばらくあちこち旅してみるのも悪くない気もするよ」

とかれはこたえた。

「あの車は？」

わたしは視線でチェロキーが乗ってきたステーションワゴンを指し示した。

「〈ラマダーン〉で貸してくれた。まえに借りたのとはちがう車種だったかな。どうせ暴動で店が標的になるから、だれかに預けておいたほうがまだ安心だってさ。ルーキーはどうするんだ？」

「当局からの連絡を待つよ――」

チャンのことはいわなかった。街を出るまえに会えてよかったよ。いつか仕事とは関係なしに会う日が来るかもしれないな。そのころにはきっとなにもかもよくなってるにちがいない――などとわたしたちはあいまいな言葉で別れのあいさつを交わした。

「そんなにさびしそうな顔するなよ」

といってチェロキーはやさしい笑顔を見せた。わたしは玄関へ出てかれを見送った。車に乗りこみ、笑っているのか泣いているのかわからないような顔で手をふるチェロキー。わたしも手をあげほほえもうとしたがうまくいかない。

そのとき裏庭のほうでガラスのわれる音がした。わたしは反射的にふりかえる。侵入者だろうか。どうしたものかと身がまえるひまもなく、大きな炸裂音がして地面がゆれた。首をちぢめ、おもわず尻もちをつく。爆発は家の裏ではなく表だった。チェロキーの乗ったステーションワゴンがオレンジ色に染まっていた。窓が吹き飛び、炎で包まれた車体。はずれたタイヤが路上を転がり、車は足を挫いた馬のようにうずくまる。後部座席のドアが炎を吐き出しながら崩れ落ちた。

助けなければ――。壁に手をつき立ちあがったものの足がうごかない。意志と体がのこぎりで切断されてしまったみたいだ。心臓がのどのあたりまで迫りあがっているかんじがした。視界がへんにざらついてしかたなかった。わかっていた。助けようがないと。即死だ。耳の奥で巨大な蟬のわめく音がする。通りがぐんぐんななめにかたむいていく。手足をひきつらせて空中にしがみつこうとするが見当ちがいの角度にからだがのめっていくばかり。そのまま空と地面が入れかわってしまいそうになる。ふいに蟬の声がやみ、静寂がおとずれた。それもつかのま、ステーションワゴンがふたたび爆発音を響かせ炎を吹きあげた。焼けたガソリンのにおい。耳もとでなわとびみたいな音がした。直後、大きな黒い円盤が道路から空中に飛びあがる。マンホールのふただ。ふたは回転しながらわたしの家の屋根を飛びこえていった。車からわきあがった黒い煙が空に吸いこまれていく。熱が空気を歪（ゆが）ませ、通りの家々がかげろうのように踊る。わたしは玄関のまえに横たわったまま、空気のゆらめきを凝視することしかできなかった。

8

雪が降っていたらしい。朝、窓をあけたらどっさりと雪の降り積もった街並みが飛びこんできた。雪はただの白ではなく、さまざまな色をふくんでいるように見えた。だがどんな色かと目をほそめてみると、それらの色はすっと姿を隠してしまう。ステーションワゴンの残骸(ざんがい)も雪に埋もれていた。荒野で白骨化したバッファローの骨みたいに路地にたたずんでいた。

わたしは昨日のことをおもいだそうとした。記憶がどれも断片的だ。爆発のあと気をうしなったが、どうやって部屋にもどったのか覚えていない。警官や消防士の姿を見たような気もする。でもそれが昨日のことなのかは自信がない。裏庭のガラスはわれていなかった。マンホールの蓋(ふた)は雪に埋もれているらしい。最後に見たチェロキーの顔がわたしのまぶたの裏にこびりついていた――。

体がふわふわしていた。体の芯(しん)をどこかに置き忘れてきたような感覚がする。ベッドの下か歩道にでも落としたのかもしれない。夢のなかに帽子とマフラーをしたスノーマンがあらわれ、いっしょに空を飛ぼうとさそわれた。わたしは高所恐怖症だから無理だ。それよりもダンスをしようじゃないかとわたしはいった。そんなことといってもぼくたちはみんな宙に浮いているようなものなんだよといわれた。気がついたらスノーマンと手をつないでミニチュア模型みたいな街を眼下に見おろしていた。

だれが雪かきをしたのか、家のまえの道路に一本のほそい道ができていた。わたしはそれをたどらなければならないとおもった。家にはいたくなかった。こうしてぼうぜんとしていたら、永遠にぼうぜんとしつづけることになるような気がした。

チャンはどこにいるのだろう。コーンフレークで朝食をすませたが、それだって二、三口食べただけ。なんの味もしなかった。コートを着こんで表へ出る。マフラーと手袋もした。外はおもいのほかあたたかくかんじられた。太陽の光が雪に反射してまぶしい。道は人ひとりが歩けるだけの幅しかなかった。だれかとすれちがうときは雪のなかへ入らなければいけない。ひざぐらいの深さだから入ってもかまわないが。

鳥が鳴いていない。ヒヨドリもスズメもツグミもいない。こんな朝にはいつもなにか鳴いていたとおもうのだが——。息を潜めてたたずむバッファロー。わたしは以前どんな気持ちですごしていたのかうまくおもいだせなくなっているのに気づいた。更地に建物があったことはおぼえているのに、なにが建っていたのかおもいだせないみたいに。声も車も爆発音もきこえない街は気味が悪かった。みんな死んで自分ひとりが取り残されているようなかんじがした。

　積もった雪で景色が変わったせいだろうか。郊外のほうへ歩いてきたとおもっていたのに、なぜか中心部のオフィス街へ迷いこんでいた。新聞社のビルは襲撃されて廃墟になっていた。窓ガラスはわれ、壁が黒く焼け焦げていた。足をふみいれ玄関のなかをのぞいてみたが人のいる気配はない。ミス・モジュールもいない。長い長いリムジンに乗って街を出たのだ。彼女は少数民族の集合体みたいな人だ。この街にはいられない。うまく逃げられていればいいが。

　外で銃声がした。わたしは通りをふりかえる。音はあちこちの壁にはねかえり方角がわからない。今度は連続してきこえてきた。通りの先にある公園からのようだ。わたしは公園へ足を向けた。いつもなら銃声には近づかないのだが、自分のほかにまだ街にだれかがいるのを確認したかった。もしかするとチャンが襲われているということもありえなくはないとおもった。

　ところどころ雪かきされていない箇所があり、何度か深い雪をこえていかなければならなかった。公園の入口にたどりついたころには靴がぬれてずっしりと重くなっていた。公園は雪をかぶった針葉樹が枝をしなわせていて視界が悪い。雪が等間隔にせりあがっているのはベンチが埋もれているせいだろう。銃声がしたのに人影が見あたらない。すでに戦闘が終わったのか。それとも膠着状態がつづいているのか。

警戒しながら公園の奥へ歩いていくと木立の陰から人が飛び出してきた。わたしは雪のうえにあおむけにひっくり返ってしまった。武器になるものをなにも持ってきていないことに気づいた。ライフル銃の台尻がわたしのあたまにふりおろされた。とおもったら骨ばった人間の腕だった。イエス・キリストだ。わたしに手をさしのべていた。

「おもいがけないときに来るといったでしょう?」

わたしは立ちあがって礼をいい、かれの顔を見た。

「髪がすっかりもとどおりじゃないか。こないだ剃ってから一週間も経っていないような気がするんだが……」なのにもうずっと昔のことのようにかんじられた。それからふいにおもいついた。「もしかして当局からわたし宛にメッセージは届いてないかな?」

「まさか。もうじきクリスマスです。誕生日ぐらい休ませてください。この時期はエージェント・ニコラウスに業務をまかせてあります。でもあなたのようなお年寄りのところにニコラウスは来ませんけどね」

イエス・キリストは相棒の白いロバを探しているのだという。爆発の音におびえてどこかへ行ってしまったらしい。こんなことならさっさと街を出てナザレに帰っていればよかったとかれはいった。

「このあたりで銃声がきこえなかったかい？」

とたずねると、

「なにもきこえませんでした。いたって平和なものです。ほら、ごらんなさい。ヘラジカだって歩いているでしょう」

といってイエス・キリストは木々の向こうを指さした。ふりかえったがヘラジカなど見あたらない。わたしは首をかがめて黒い木の幹のあいだに目をこらした。

「どこだい。もう行ってしまったのかな？」

キリストに向き直るとかれはいなくなっていた。かれが立っていた空間が寒々しく凍りついていた。雪かきされた道に足跡は残っていない。かれは靴を履いていただろうか。サンダルでは寒いだろう。

爆撃がはじまった。おおいかぶさる針葉樹や雲で機影は見えないが、巨大な熊ん蜂みたいな飛行音や爆撃音で接近しているのがわかった。いつから爆撃が行われるようになったのかははっきりとしない。だれかが混乱に乗じて軍事的要所となる街を制圧しようとたくらんでいるのだ。どこか遠くの街路で建物の崩れる音がした。気づいたらこんなことさえ日常になっていた。

わたしは公園内をぬける涸(か)れた用水路にもぐりこんだ。塹壕(ざんごう)のようになっていてちょうどいい。街の人びとの姿が見えないのは、みんなここを通路として行きかっているからかもしれない。付近に着弾する音がして頭上から土くれが降りそそいだ。どこへ通じているのか定かでないまま用水路をたどった。

暗いトンネルをくぐりぬけていくうちにいつのまにか爆撃はやんでいた。それほど長くすすんできたつもりはない。爆撃機のほうがどこかよそへ行ったのだろう。地面に顔を出すと、目の前に小高い丘がひろがっていた。街なかにこんな丘があっただろうかと首をかしげた。建物が雪におおわれているのかともおもったが、それらしい建造物にこころあたりはない。それとも建物が崩れ去ったせいで、もともとあった地形があらわになったのか。雪のうえに足跡が線を引いている。その先にオレンジ色の囚人服を着た男が歩いているのが見えた。男は丘のてっぺんで立ち止まり、こちらをふりかえった。ワリダカ社長だ。わたしに気づくとかれは手をふった。手首にこわれた手錠をぶらさげている。鋭いアロエみたいなあたまとサングラスは健在だった。

「だからいっただろ。おれの酒が必要だって——」

社長はわたしのとなりに腰をおろした。わたしのほうから丘をのぼっていこうとしたのだが、社長がそれを押しとどめてこちらまで降りてきたのだ。かれの足には大きな鉄の球が鎖でつながれていた。腹の傷はすっかり治ったらしい。

「酒があったからみんな現実から目をそらしていられたんだ。おれがこの街の平和を保っていたんだよ」

「脱獄してきたんですか」

「外の爆発で壁に穴があいたんだ。見ろよ」

といってアロエの先端で指しめす。丘のふもとに暗い穴があった。雪のせいか遠近感がなく、穴までの距離がつかめなかった。

「この丘は刑務所なんですか？」

「刑務所の屋根だ」

この街のことはだいたい把握したつもりでいたのだが、まだ知らないことがたくさんあるようだ。穴のあたりをながめていたら、ネズミが顔を出した。たぶんネズミだとおもう。ネズミは穴とおなじくらいの大きさに見えた。穴が小さいのかネズミが大きいのか。社長があそこから出てきたというならネズミが大きいのだろう。でなければ社長の髪がつかえて出られなかったはずだ。もしかしたら棺桶(かんおけ)工場の周辺で巨大化したネズミなのかもしれない。ネズミたちはぞくぞくと姿をあらわし、きれいな隊列を作って雪のうえを歩いていく。かれらもどこかよその街へ行くのだ。

「おれを捕まえにきたわけじゃないよな？」

わたしはチャン市長を探していることを話した。チャンがいまどこにいるのか、まだ生きているのか、なにもわからないのだと。ワリダカ社長はサングラスをはずした。

「チャンの居場所なら知ってるぞ。看守たちが話してるのをきいた。あれはたしか――」

近くでけたたましいサイレンの音が鳴りだした。

「きさま、おれを騙(だま)したな！」

といってワリダカ社長は立ちあがった。雪が空中にまぶしくはねる。サイレンのことは知らないとわたしはいったが、もうきく耳をもたなかった。かれはボールとチェインをざらざらいわせて、せっせと丘をのぼっていく。白い息がせわしなく口からはきだされ、蒸気船みたいだった。わたしはあとを追った。チャンの居場所を知りたかった。

「待ってくれ！」

雪が深くておもうようにすすめない。こっちは年寄りだが、それでも相手は重い鉄球を引きずっているのだ。なのに社長の足は速かった。厚紙でできた人形みたいに軽々とした足取りだ。逃げ足の速いやつだとドブス署長はいっていたが、いくらなんでも速すぎる。わたしは雪の深みに足をとられてうつぶせになった。腕をばたつかせて息継ぎするように顔をあげると、社長はすでに丘の尾根までたどりついていた。何度も雪に手をつっこみようやく立ちあがったときには、かれの姿は消えていた。

サイレンの音が雪上を漂っていた。太陽が雪に反射して目がちかちかした。サイレンはいつまでたってもやまない。近づくでもなく、遠ざかるでもなく。わたしはふいに胸をはっとつかれた。すぐそこだ。近くでだれかが救助されているのだ。チャンではないだろうか。そうおもいあたると自然と足がうごいた。

木立にかこまれた小さな橋を渡ると道路に出た。三階建ての建物が連なるひらけた通りだった。サイレンの音が街路をおおっている。音は通りの前後左右を回転しているようにきこえた。黒い街路樹がむきだしの枝を空におどらせ直列している。パトカーも救急車も見あたらない。かわりに背の高い男がファサードの装飾が崩れた廃墟のまえでサックスを吹いていた。あたまにターバンを巻いたインド人。ビンダルーだ。近づいていき声をかけると、かれはサックスを吹くのをやめた。とたんに街路から音が消える。残響がまだ耳の奥をぐるぐるまわっているような感覚がした。

「ルーキーさん、ナマステー」

かれはうれしそうな笑顔をこちらに向けた。袋だたきにあっていたとミス・モジュールからきいていたので、かれの無事な姿を見てわたしはほっとした。

「変わった奏法だね？」

「無国籍音楽をやるんですー。〈ラマダーン〉でモハンマド・ラフィのサイケーでファンキーでボリウドーなインドー歌謡のレコードーかけて踊ってたら、店が襲撃されましてねー。銃弾でターバーンに穴があいてしまいましたよー。あれ以来、街から音楽がきこえなくなりましたねー」

外国音楽を鳴らすのをみな自粛するようになったらしい。わたしはそれをきいて、海の向こうの合衆国でオレンジ大統領が音楽業界に〝ヒスパニック税〟を導入した結果、どこへいってもアパラチア山脈の白人民謡しかきこえてこなくなったという話をおもいだした。合衆国で生まれたあらゆるジャンルやヒットチャートの音楽には、ひとつのこらずラテン音楽の遺伝子が組み込まれていたのだからしかたがない。大衆音楽というのはどれも色んな色が混じりあっていて、その境界線はどこまでもあいまいだ――。ともあれ危険な兆候だ。それならきみも演奏は控えたほうがいいんじゃないか、今度はターバンだけではすまなくなるよとビンダルーを心配すると、街から音楽を絶やしてはいけませんねーとかれはこたえた。

「きみは自由と音楽を愛しているのだね！」

わたしはうれしくなり、ぜひともバグパイプで応援したくなった。

「いいえいいえ。ちがいますよー。音楽っていうのはガス抜きにちょうどいーんです。昔から一枚上手の権力者がよくやる手口ですよー？　音楽でばか騒ぎさせてうっぷん晴らしさせとけば、みんなそれで満足するんです。」

わたしは眉間にしわが寄ってしまった。

「きみの立ち位置がよくわからなくなってきたよ……」

「わたしはいつでも市長さんの味方です。ムーチョ・ムーチョ・ボリショイ・ナマステ・ボンソワール」

チャン市長の居場所を知らないかたずねると、

「市長さんにお会いになりたい？」

それならわたしがご案内しましょうとビンダルーはこたえた。チャンはメルヴィル湖畔の古い美術館跡に身を潜めているらしい。そこが臨時市庁舎になっているのだという。それをきいてわたしは、副市長のジェイ・ピーがチャンを幽閉しているのではないかとおもった。混乱に乗じて権力を掌握しようとしているのだ。いそがなければならない。

かれの運転する軽自動車に乗り、わたしたちはひとけのない街路を走った。路面が凍結していてあまりスピードが出せない。交差点の信号はどれも真っ暗だ。見かける車といえば、叩(たた)きのめされ焼きつくされたものばかり。わたしたちの車だっていつそうなるか知れたものではない。

軽自動車は円形交差点に進入した。車が輪のなかをぐるぐるまわる。二周三周四周五周——。何度も何度もぐるぐるまわる。わたしは助手席で目をまわしながら、とうとうじれったくなって、はやくメルヴィル湖へ行こうじゃないかとうながすと、

「車体が長くてカーブできないんですー」

とかれは口ひげをふるわせた。いまにも涙があふれだしそうな目をしていた。

「でも、これは軽自動車だよ？」

「気分はリムジーンでお願いします……」

視界の隅に人影が映った。交差点に面した建物の二階。壊れた窓から男が身をのりだしている。車が回転していて方向がわからない。男がなにかわめいた。直後、銃声がした。青ざめた顔で急ハンドルをきるビンダルー。車体がコントロールをうしない高速でスピンをはじめた。わたしはシートにしがみついた。ビンダルーは叫び声をあげた。

歩道に乗りあげ回転がとまる。それでも世界がまだわたしを軸に回転している感覚が消えなかった。再度銃声がして今度はボンネットに銃弾がはねた。ビンダルーはいそいでギアを入れ替えバックさせる。すぐに前進でアクセルをふみこみ縁石で車がバウンド。円形交差点をぬけだした。

車は幹線道路に乗った。ペンキで白塗りにされた看板が高架橋の上にのぞいていた。風雨にさらされ錆(さび)で縦縞(たてじま)模様を作っている。人なんてどこにも住んでいないように見えた。とっくの昔に死んでいる街をいまさら火薬で傷(いた)めつけてどうなるというのだろう――。

助手席で眠ってしまったらしい。

わたしはインド人の運転するリムジンにゆられていた。リムジンにしてはやけに狭かった。というか助手席だ。リムジンは三階建ての建物のまえで停まった。建物は背後を市街地に囲まれていながらメルヴィル湖をのぞむ高台にあった。ゆるやかに傾斜した屋根は壊れて穴があいている。美術館跡ですと運転手はいった。そこだけ時代に取り残されたような近代的な様式の建築だった。なぜだかなつかしいかんじがした。

正面玄関のまえに立つと、きゅうに記憶が洪水のようにおしよせ、そのなつかしさの意味がわかった。わたしはそこが〈オーファン〉だということをおもいだした。爆撃で崩れかけていたとはいえ、西洋的なアーチ型の破風(はふ)に当時のおもかげが見てとれた。こんなところにあったなんて気づかなかった。

なかがそっくり昔のまま残っていたのには感動さえおぼえた。古い建物特有の湿り気のある香り。子ども用の小さな机といすのならべられた教室。短いベッドが等間隔に整列している寄宿部屋。高い窓からさしこむ光が空中に漂う埃(ほこり)をきわだたせていた。板張りの廊下は記憶とちがってあっけないほど短く見えた。それもわたしがもう少し歳(とし)をとって歩くのもおっくうになれば、また長くかんじられるようになるのかもしれない。どこも手入れがいきとどいていて最近まで使われていたらしかった。子どもたちはどこかへ避難したのだろう。

ほかの教室よりひとまわりほど広いレクリエーション室に入ると、飾りつけが途中のまま置き去りにされたクリスマスツリーのまえに背の高い老人が立っていた。わたしは胸が鼓動を打つのをかんじた。うしろ姿は白髪で背中もいくぶん曲がっていたが、それでもわたしにはかれがハロルド・ホイだということがすぐにわかった。

足音に気づいたのか、かれはゆっくりとふりむいた。わたしを見て、かれは眉(まゆ)をあげておどろいた。それからすぐに笑顔になって目をうるませた。かれは生きていたのだ。わたしとおなじ七十三歳。生きていたらこんな顔だったろうという顔そのものだった。あまりにひさしぶりの再会にわたしたちは言葉が出てこない。口には出さなくてもおなじことを考えているのがわかった。沈黙とすすり泣きのまま、たがいに肩をよせあった。

どちらからはじめたことかはわからない。あいさつがわりのほんの冗談のつもりだったのだとおもう。いつのまにかフリースタイルのオクラホマミキサーがはじまっていた。家具調の古いレコードプレイヤーで回転している曲はジェイムズ・ブラウンの「サンタクロース・ゴー・ストレイト・トゥ・ザ・ゲットー」だ。なのになぜかリズムはハバネラだった。特徴的におおきくはねる二拍子のリズム。十九世紀にキューバで生まれ、世界じゅうに広まっていったダンス音楽だ。ホイはとても老人とはおもえないあざやかな身のこなしをしていた。子どものころとおなじ無邪気な笑みを浮かべて。わたしは懸命に応じた。だがだめだ。あしもとがおぼつかない。ステップがおくれて自分の足と足とがからみついてしまう。そんなわたしをホイはいたずらっぽい目で見る。まだいつもの本気を出してないだけなんだろう？　とでもいいたげな表情で。

わたしはだんだん息があがってきた。心臓があえいでいるのがわかった。視界の隅でなにかが白く明滅しはじめていた。ホイはわたしのようすに気づいていないらしく、ネブラスカ・ツイスターからテキサス・トルネードへとダンスを雪崩こませた。それはすぐにルイジアナ・ハリケーンへ移行し、不可避的にメキシコ湾を飛び出しカリビアンなトロピカル・ストームへ突入していくのだった。それをはずみに大西洋をわたりモロッコ・シロッコ・サンドストームへ。やがてムンバイ・サイクロン、タイペイ・タイフーンと東進し、ついにさいはてのアラスカン・ブリザードへ——。

レクリエーション室の壁がぐるぐるとまわっていた。レコードの針が回転する盤面でまばゆい赤と緑の火花を散らしている。板張りの床が波うつようにせりあがる。クリスマスツリーがプロペラのようなうなり声をあげはじめた。わたしは両足とも左足になってしまったみたいにステップがもつれた。こんなはずではない。もっと踊れるのだ。何度もくりかえし即席のあらたなステップをこころみる。うまくいかない。見えない蔦（つた）が床からのびてくる。蔦が脚にからみついているのか脚が蔦にからみついているのかわからなくなる。ホイの顔がチャンの顔と重なって見えた。錯覚だということはわかっていた。チャンとホイは別人なのだから。おちつかない気分になった。自分はいまこんなことをしている場合ではない。チャンを探しているのだ。いそがなければチャンが死んでしまう。調子にのって踊ったせいでホイを死なせてしまったように。はやくこの部屋を出なければ——。突然ひざが爆竹のような音をたてて破裂し、わたしはバランスをうしなった。そうしてとうとうその場にくずおれてしまった。あおむけになってもまだ世界は轟音をあげてまわっている。ホイの笑顔が回転している。わたしはそのまま気が遠のいていきそうになった。

雷みたいな爆撃の音がしてわたしははっと目をあけた。ぐらりとからだが横滑りする。自分がどこにいるのか理解するのに少し時間がかかった。わたしは軽自動車の助手席で汗をかいていた。道路に乗り捨てられたトラクターをよけるのにインド人の運転手がハンドルを切ったところだった。

いつのまに幹線道路を降りたのか、雪におおわれた田園地帯を走っていた。車が悪路にゆれている。雪の上にできたレールのような轍。木製の頼りない電柱が等間隔にならんでいることから、雪の下に本来の道が埋もれているらしかった。電線が鳥の波状飛行のような曲線を空に描いている。左右になだらかな丘が点在していた。景色には見おぼえがない。どうもメルヴィル湖に向かっているようにはおもえなかった。わたしはビンダルーにいった。

「もしかして方向が逆じゃないのかな。チャンはメルヴィル湖にいるんだろ？」

「ええ、そのとおりです」

そのとおりなんです……とかれはくりかえした。なにがそのとおりなのかいまひとつわからなかった。チャンの居場所のことか。それとも車が反対方向に向かっていることか。こちらの不安を察したのかビンダルーはいった。

「このあたりは知りつくしてますよ。自分の庭みたいなものですからー」

「メルヴィル湖に向かってるんだよね？」

「そうです」

「なんだか遠ざかっているような気がするのだけど……」

近道を知っていますのでというかれの横顔には余裕がかんじられなかった。ハンドルを握りしめ、まばたきもせずじっと前方に目をこらしている。ほんとうに近道なのだろうか。元工場長的な意味での近道でなければいいが。ヤッホー峠の崖（がけ）からダイブして真冬の湖に飛びこむ軽自動車の未来がわたしの脳裏をよぎった。

また爆撃だ。空から爆弾を落とすいかれた連中にはもううんざりだった。直撃を受けたらたいへんだなとわたしがいうと、ビンダルーはおかしそうに笑った。

「あれは花火ですよー」

なぜこんなときに花火などやっているのだとおもった。と同時に昼間に花火があがるとどんなふうに見えるのか気になった。車の窓から空をのぞいてみたが、いつまで待っても音はきこえてこない。

軽自動車がゆっくりと停止した。ようやく目的地に到着したのかと視線をもどし、すぐに停まった理由がわかった。あのやたらと長いリムジンが横向きに道をふさいでいたのだ。窓ガラスはわれ、屋根も大きくへこんでいた。はずれてどこかへいってしまったドアもある。見る影もない姿に運転手はなさけない声をもらした。かれは頼りない足どりで車を降り、リムジンの横で首を左右させる。前へいくべきか後ろへいくべきか決めかねているようすだった。

ミス・モジュールのことが心配になった。屋根には雪が積もっている。ドアのはずれた出入り口からなかをのぞくと腐った魚のようなにおいが鼻をついた。においは内部にすっかり染みこんでいるようだった。人の姿はない。空のボトルや食器が散乱している。瓶のラベルには炎に焼かれてとけだしているスノーマンが描かれていた。〈フライングスノーマン〉の類似品だろうか。シートの下にフレームのひしゃげた白縁のサングラスが落ちているのを見つけた。きっと彼女のだ。すぐ近くにカモノハシ形のペーパーナイフも転がっている。わたしは胸のあたりがざわざわしていた。彼女が生きているなら貴重な武器を置いていったりはしないのではないか——。

わたしとビンダルーは軽自動車を走らせてリムジンの側面を往復した。運転席もからっぽ。キーは挿されたままだったが、ガス欠でエンジンがかからなかった。ここまで走ってきてガソリンが切れたというよりは、略奪にあって抜き取られたようなかんじがした。この車に積んであるだけのガソリンがあれば、さぞかし大量の火炎瓶が作れただろう。積もった雪で周囲にはなんの痕跡も見あたらない。雪がとけたらなにか出てくるだろうか。もしかしたらなにも出てこないかもしれない。自分にできることがひとつも考えつかなかった。わたしは重い気持ちでチャンの捜索にもどるほかなかった。

われわれはリムジンを迂回して道をそれた。道ぞいに波を描いていた電線が遠ざかり丘の向こうへと消える。目の前の轍はさっきよりもずっと頼りなかった。一台か二台しか通過した車はないようだ。ビンダルーは不安げな顔で何度もバックミラーをのぞいていた。もうふりかえっても丘に阻まれリムジンの姿は見えない。雪が深くなり、轍をはずれたらタイヤが埋もれてうごかなくなりそうだった。方向転換もできず、かといって来た道をバックでたどるのもむずかしいだろう。ビンダルーはしずかに口ひげをふるわせていた。

「引き返さなくてもいいのかい？」

わたしがたずねると、しばらくの沈黙のあとかれはこたえた。

「もちろんですよ」

視線をそらして目をあわせようとはしない。

「もどったほうがいいような気もするけど……」

「もどってもかまいませんが、こっちのほうが近いですよー」

「さっきの道が近道じゃなかったの？」

「でも……カレーのにおいでわかるんです。人間てそういうものでしょう？」

あたりまえみたいにいわれて納得しそうになったが、そんな理屈はきいたことがない。だがわたしはかれのことが気の毒になってきていた。かれの口ひげはさっきよりも激しくふるえていた。そのまま羽ばたいて飛んでいってしまうのではないかとおもえた。突然かれは涙を流しはじめた。ぽろぽろとウクレレみたいな音をたててこぼれる涙。口ひげが涙をいきおいよく弾き、わたしのコートをぬらした。フロントガラスも涙にぬれて景色が波うった。ビンダルーはむせびながらワイパーを左右させたが、いくら高速でうごかしてもむだだ。ぬれているのは内側なのだから。ターバンがぐにゃりとくずおれる。かれは車をゆっくりと停止させハンドルにあたまをもたせた。うなだれたまま、しくしく泣いていた。わたしがなぐさめの言葉をかけると、かれは涙声でいった。

「ここからは歩いていってください。もうすぐですから。あの丘をこえればすぐです。そこが美術館跡なんです。ついこないだまではただの美術館だったんですけどね。いまは爆破されたので美術館跡です。そこが臨時の市庁舎になってるんです。わたしは近づけません。危険ですから。この街では外国人はいつまでたっても外国人でしかないんです。わたしは生きて女房にナンを買って帰らなければいけないんです――……」

家族はテキサラホマで待っているとおもっていたのだが、そうではないらしかった。街のどこかで息を潜め、かれの帰りを待っているのだ。無理をいってかれを引き回したようで悪いことをしてしまったとおもった。わたしはかれに向かって両手をあわせ、

「運転手さん、ナマステー」

といって満面の笑みを浮かべてみた。しかしかれはつまらなそうな顔をしてハンドルをくりかえし指で叩いた。ナンを買う足しにでもしてもらえたらとガソリン代を出したが、かれは受け取ろうとしなかった。チャン市長によろしくお伝えくださいといってかれは鼻をすすった。わたしは車をあとにして、かれが指さした丘のほうへ歩いていった。轍をはずれ、深い雪に足をふみいれる。

丘の中腹まで来るとカレーのにおいがしてきた。ビンダルーのいっていたのはほんとうだったのだ。わたしのおなかが鳴った。朝食にコーンフレークを食べたきり、なにも口にしていないのをおもいだした。雪に足を取られながらもなんとか丘をこえることができた。ふりかえるとその丘は刑務所の屋根だとわかった。大きいネズミとワ

リダカ社長が出てきた穴がぽかりと口をあけているのを見つけたのだ。

ずいぶん車で走ったはずなのに、どういうわけかもとの場所へもどってきていた。影の向きと長さからするともう午後を過ぎている。太陽がやけに白っぽく見えた。すっかり時間をむだにしてしまった。笑顔でナマステーなどというのではなかった。とおもったら丘のふもとに美術館がある。美術館は魚のような形をしていた。クジラのようでもあるしイルカのようでもある。どちらも魚ではないが。こんなところに建物があったとは。カレーのにおいはそこから漂ってきていた。

美術館の一階は食堂のようになっていて、長く曲線を描いたテーブルと簡素な丸いすが奥のほうまでずらりとならんでいた。照明はなく、薄暗かった。そのいちばん奥の席にジュードと元工場長がいた。わたしたちは再会をよろこんだ。ふたりはカレーを食べていた。行く場所がなくてここに隠れていたのだという。わたしもカレーをごちそうになった。テーブルの上の古いモノラルのラジカセからは音量をしぼった「ホワイトクリスマス」がきこえていた。ビング・クロスビーだ。ほんとうに夢のなかにいるみたいに眠たい声で歌う古い録音のほうだ。元工場長に酒をもっていないかときかれた。あいにく持ち歩いていないとこたえると、かれはがっかりしたようすを隠そうとしなかった。

「わたしもこの曲が好きだよ」

とラジカセを見て元工場長にいうと、

「ジュードの趣味さ。おれはもっと陽気なのがいいな」

とかれはこたえた。わたしはジュードに向き直った。

「でもこれクリスマスソングだよね」

「それがなにか？」

ジュードは目をまるくしてわたしの顔を見た。

「ユダヤ教ではクリスマスはやらないとおもって……」

「この曲を書いたアーヴィング・バーリンはユダヤ人ですよ」

「それは知らなかったな」

「わりと多いんですけどね。ガーシュインとかもそうですし。ユダヤ人が書いたミュージカルやジャズのスタンダードはたくさんありますよ。ジャズはもともと多様な文化が共存する音楽でしたからね」

世界でいちばん人気のあるクリスマスソングがユダヤ人の作詞作曲だったときいて、この曲を憎む人がいるだろうか。わたしにはちょっと想像がつかない。だがいまのこの街では、それもどうかわからなかった。元工場長も多くの外国人労働者を正式な待遇で雇っていたことがあるからという理由で襲撃されたのだという。

「ここは美術館じゃないぞ?」

チャンの話をしたら元工場長がいった。それなら美術館跡はいったいどこにあるのだろうと首をかしげると、通りをはさんだ向かいの建物ですよとジュードが教えてくれた。カセットテープが絡まってでもいるのか、きゅるきゅるとこすれるような音がかすかにきこえた。口笛かともおもったがちがうようだ。とにかくチャンはすぐそこにいるのだ。わたしがスプーンを置いて立ちあがると、ジュードと元工場長も立ちあがった。なぜかふたりはスプーンとカレーの皿を持っていた。んん、もしかしておかわりかな? とおもったがふたりの顔にはただならぬ緊張が走っていた。

甲高い巨鳥の鳴き声みたいな音が耳をつんざき建物がゆれた。怪訝におもうまもなく衝突音。すぐまぢかの壁が乱暴者のパンチを食らった積み木のように砕ける。巨大なスヌーピーみたいな形をした車のボンネットが壁から顔を突き出しアメリカンないきおいでわたしをはねとばした。大型トラックが胴間声をあげてなかに飛びこんできたのだ。わたしはぬいぐるみのパンダみたいに宙に投げ出された。体感距離一〇〇メートルぐらい先の床に落下する。はねられて痛いのか、床にたたきつけられて痛いのかわからない。というか気が遠くなりそう。でもならない。奇跡的に打ちどころがよかったのだろうか。死ぬんじゃないかと覚悟していながら死んでないのが、なんだかみょうにつらくかんじられた。

トラックは後ろに大きなトレーラーをひいていた。武装警官がぞろぞろと姿をあらわし、わたしたちに手錠をかけた。警官隊は水色の制服を着て、なぜかみな口ひげを生やしていた。ドブス署長の姿はない。ほんものの警官かどうかあやしいものだ。ラジカセが銃の台尻で叩きつぶされ音楽はやんだ。どこかに連行されるらしかった。そのまえに病院に連れていってほしい。それか教会でもいい。

「わたしたちはなにもしていない。ただカレーを食べていただけだ」

口から血を吐きながら警官のひとりにうったえてみたが、

「カツが入っていませんね」

といわれた。それがどうしたのかわからないがとりあえず、

「質素だろ？」

と慎ましさをアピールすると、

「カツカレーならけっこうですが、それ以外のカレーはだめです。インド人疑惑を払拭（ふっしょく）するため、取り調べを受けていただかなくてはなりません」

「そんなにインド風味な顔をしているつもりはないのだがね……」

「見た目で人は判断できませんよ」

「DNA検査でもするのかい?」

「いえ、笛でコブラをあやつってもらいます。うまくあやつれたらインド人確定。あやつれずに嚙まれたら釈放です」

「嚙まれたら死にそうだよね……」

「話は署でゆっくりおうかがいしましょう」

警官隊のリーダーらしき男がわたしたちを怒鳴りつけた。

「無駄口はそこまでだ。遊びは終わり。いますぐ家族の待つ国へ帰るんだ。全員一列にならんでトレーラーに乗れ。さあはやくしろ!」

どこにいたのかキョリスも手錠でつながれ連行されてきた。口をもぐもぐさせてふてぶてしい目で警官隊をにらみつけていた。薄暗いトレーラーのなかにはすでに何人もの人が乗せられていた。機械油のにおいが充満するなかに窮屈そうに押しこめられている。みないちように暗い顔でうつむいていた。きっとひとりのこらず殺されるのだ。こうなったら〈オーファン〉で鍛えあげたバグパイプの腕前をいかし、うまく笛を吹いてコブラをあやつり、警官隊全員を嚙み殺させて脱出するしかなさそうだが、肺活量に自信がない。あの瓢簞のようなインドの笛でたえずドローンを鳴らしつづけながらエキゾチックなメロディを奏でるのはけっこう難儀だ。元工場長ぐらいの巨体ならあるいは——とおもって手錠につながれたかれの手に視線を落としたが、この太い指では運指がうまくいかないだろうとおもい暗い気持ちになった。やはりみんなとおなじく暗い顔でうつむきトラックにゆられるほかなかった。

トラックが停止する先々で人の数は増え、トレーラーはぎゅうぎゅう詰めになった。立っていても窮屈になると二手にわけられ、べつのトレーラーにうつされた。うつしかえはたいていうちすてられた倉庫のような場所で行われた。うつされた先のトレーラーもいっぱいになると、またふたつにわけられる。そんなことが何度もくりかえされた。トラックはみなおなじ方向へ向かっているものとおもっていたが、それぞれちがう場所を目指しているみたいだった。

「あんたとは送り先がちがうようだ。さよなら、元気でな！」

元工場長とトレーラーがべつになった。ジュードとはもっとまえからべつになっていた。知っている人がいなくなり、わたしはこころぼそくなった。また倉庫でトラックが停まり、べつのトレーラーに乗せられる。いいかげんコブラのまえで笛を吹かせてくれ。さっさと噛まれてインド人でないことを証明してやるから。疲れがたまっていたのか、わたしはいつのまにか眠っていた。

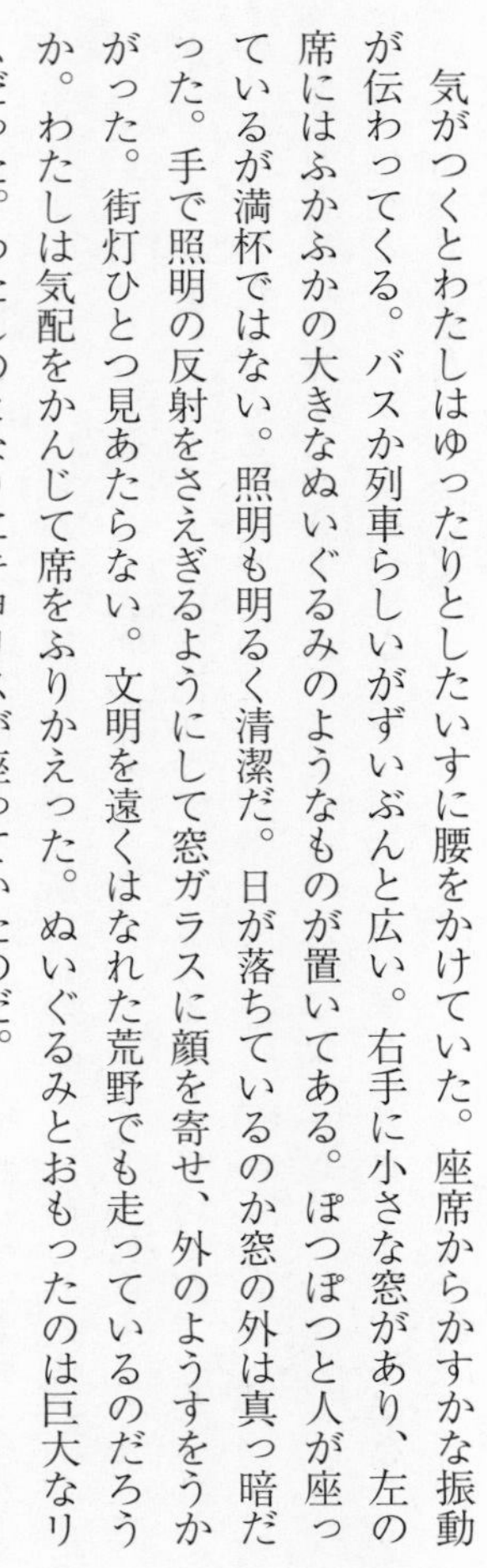

気がつくとわたしはゆったりとしたいすに腰をかけていた。座席からかすかな振動が伝わってくる。バスか列車らしいがずいぶんと広い。右手に小さな窓があり、左の席にはふかふかの大きなぬいぐるみのようなものが置いてある。ぽつぽつと人が座っているが満杯ではない。照明も明るく清潔だ。日が落ちているのか窓の外は真っ暗だった。手で照明の反射をさえぎるようにして窓ガラスに顔を寄せ、外のようすをうかがった。街灯ひとつ見あたらない。文明を遠くはなれた荒野でも走っているのだろうか。わたしは気配をかんじて席をふりかえった。ぬいぐるみとおもったのは巨大なリスだった。わたしのとなりにキョリスが座っていたのだ。

「んんん……わたしはリスといっしょなのか？」

ジュードや元工場長とわかれわかれになったことから、まずは人種、それから職業または年齢によってわけられたのだとおもっていた。なのにわたしとリスがいっしょということはないだろう……。分類のしかたが不可解だ。もしかしたら、なんの規則性もなく無作為に選り分けられていたのだろうか。わたしがぽかんとしていると、キヨリスは背中を浮かせて太いしっぽを向こう側の席へよせてくれた。

それにしてもこれまでのトレーラーとは比べものにならないほど居心地がよかった。どこからかかすかに音楽がきこえていた。音がゆらいではっきりとはききとれないがたぶん「浪路はるかに」の旋律だ。暖房がきいていて、すきま風でふるえることもない。とてものどかな気持ちになった。

わたしはふとおもった。いままで夢を見ていたのではないかと。もうすでになにもかもが終わり、アラスカへ向けて旅をしているところなのだと。そして、わたしは船に乗っているのだと気づいた。街灯がひとつも見あたらないのもそれで納得がいく。窓の外に銀色の月光が波にゆれているのが見えた。月は空にステンシルで描かれたみたいにくっきりと浮かんでいた。そうか。すべてうまくいったのだ。

となりでがさごそしているなとおもったら、キヨリスがアルコールのボトルをらっぱ飲みしながら口をもぐもぐさせていた。不作で木の実が少なかったというわりにはまるまると太っている。街へ降りてきていろんなごちそうを食べていたのだろう。いまだって餅を手づかみにしてほおばっている。だがそれはふつうの餅ではないようだった。わたしはなんとなしにたずねた。

「なんだいそれは？」

しゃべった。べつにリスに返事を期待していたわけでもなかったのだが。

「もち」

「たぶん……鳥もちだよね？」

というと、

「ふーん」

と鼻を鳴らしてキョリスは鳥もちを酒で流しこんだ。酒は独特のあまい香りがした。瓶のラベルが気になり首をのばした。そのとき船がななめにかたむいた。体がぐらりとしてキョリスの腹に顔がうまった。毛並みがなめらかだった。失礼なことをしてしまった。だがキョリスは怒ったようすもなくわたしの肩をつかんで座席にもどしてくれた。わたしはすまないありがとうとあたまをさげ、ずいぶんゆれる船だね。前方に氷山でも見つかったのかなと冗談まじりにいった。

「これ飛行機だぞ」

とキョリスがぽかんとした表情でこたえた。

「いや……船だよ。ほら、海が見えているじゃないか」

「そりゃ飛行機のなかの海のなかに浮かぶ船のなかだからな」

「は？」

なにをいっているのだ。飛行機のなかの海？　ばかな。いくらなんでも飛行機が大きすぎる。不可能だ。たとえ可能であったとしても、そんなものを作る理由がない。

また船がかたむいた。シートの肘掛(ひじか)けを握りしめ、窓の外に目を向けた。巨大なトビウオみたいな生き物の影が群れをなして水面をびゅんびゅんはねているのが不気味だった。星のない空に、まるい月が見えた。だがそれは月ではなかった。空にあいた巨大な窓。飛行機の側面にあいた採光窓だ。そこから白い光がさしている。〝外の外〟はまだ明るいらしい。波の音やエンジンの音にまじり、プロペラの音がきこえた。飛行場できいたチャンのジェファーソン号のプロペラ音とおなじ。なんてこった。こいつは巨大な巨大な飛行機の内部なのだ。リスが大きくなってキョリスになるなら、飛行機だってとてつもなく巨大化しても不思議ではない。きっとラ・パローマの影響が無機物にまでおよんだのだ――。

ということはつまり、この船は空を飛んでいる。宙に浮いているわけだ。ならばいつ墜落するか知れたものではない。船が浮かんだ海ごと地面に落下して大破だ。わたしは顔が青ざめていくのをかんじた。キョリスがわたしの顔をのぞきこんでいた。

「あんた。だいじょうぶか？」

「なんていうか、ちょっと不安なだけだよ……」

「おいおい待ってくれよ。安心しろって。あんたを食べるつもりはないからさ。なんといってもあんたは木の実の王だもんな」

「そうじゃなくてね、高所恐怖症なんだよ」

というかなんだ、〝木の実の王〟というのは。

「なに恐怖症だって?」

「高所恐怖症。苦手なんだ。落ちるのを想像すると怖くてね」

「なんだそれ?」

「高いところから落ちるのが怖いんだ」

「冗談いうなよ。木の実なら木から落ちてもぜんぜん平気だろ」

「わたしは木の実じゃないよ……」

「謙遜(けんそん)するなって」

してない。リスとの会話は意外とむずかしい。

「きみだって足を滑らせて木から落っこちたら怖いとおもわないかい?」

というと、

「木登りなんかしないからわかんねえな」とリスはまた酒をあおり「それよりあんた、いい車に乗ってるよな。おれもあんな車ほしいよ」

と話を変えた。わたしはシートからはみ出た毛深い肉に視線を落とした。肘掛けから窮屈そうにあふれた腹。たしかにこの体格では木登りは無理そうだ。枝がばきばき悲鳴をあげて折れてしまうだろう。とはいえ垂直方向に対する恐怖の度合いというのは、動物によってまちまちなのかもしれない。リスは自分の背丈よりもずっと高い木の梢（こずえ）から落ちても、けがひとつなく地面に着地できるだろう。それならなにも高い場所を怖がる理由もないわけだ。でもこのキョリスの場合は落ちたら大けがしそうだな。それともぶあつい肉がクッションになって衝撃を吸収するのか……。

さっきまで船の振動とおもっていたのが、もうプロペラの振動にしかきこえなくなっていた。手が汗ばんでいる。気をおちつかせるためなるべくべつのことを考えようとおもった。だがべつのことを考えようとすると、べつのことを考えられなくてこまる。自分が空を飛んでいるという事実ばかりがあたまにこびりついて離れない。

よかろう。ならばこう考えようではないか。考えてみれば地球というのも宇宙空間に浮かんでいるのだ。そんなことはふだん意識しないで生活している。それでなんの問題もない。飛行機だってそれとおなじ。おそれることはない。なにも特別なことではないのだから。わたしは背筋をしゃんとのばし窓の外に目をやった。〝月〟が上下左右にぐらついているのが見えた。

ちがうぞ……。飛行機が地球みたいなのではない。地球が飛行機みたいなのだ。それならその地球というやつも、いつかどこかに落下するということになる。重力に引っぱられて。おそらく墜落先は太陽だ。地球は太陽のはるか上空を飛んでいる飛行機なのだ。地球から太陽までの距離はどれくらい？　距離というのはつまり高度だけど――。高所恐怖症どころの話ではない。でもその太陽はどこへ落下していくのだろう？　考えれば考えるほど恐ろしかった。だれもがみな恐ろしい高さからどこかへ落下していく。わたしは肘掛けにしがみつき、まわりのようすをうかがった。みんな平気な顔でくつろいでいた。なんておろかなのだ。はやく地球から降りなければ危険だぞ。だがどこへ降りる？　太陽のヒューストンはどこだ？

　身をこわばらせて前の座席のヘッドレストを見つめているわたしにキヨリスはボトルを差し出してくれた。こうなったら酒でごまかすしかない。わたしは生唾（なまつば）を飲みこみリスからボトルを受け取ったが、手汗ですべり落としてしまった。ボトルはひゅーんという甲高い声をあげながら落下し、あしもとの床に衝突。大きな爆発音をたてた。機内全体がびりびりとふるえた。なかの酒がこぼれたもののボトルはわれずに床に転がっている。きこえた音との落差にわたしは首をかしげた。

「また爆撃をはじめたようだな」

とキョリスが短い腕をのばして器用にボトルをひろった。しっぽが座席の上でふわりとゆれる。

「爆撃？」

この飛行機は巨大爆撃機なのだとキョリスはいった。それでは全員死んでしまうのではないかという。爆弾を大量に投下して街を壊滅させる計画が進行しているらしい。それではなかった。われわれ〝ニホーン種族〟はすべてこの飛行機に避難させられている。街に残っているのはそうじゃない連中だけ。そいつらをまとめて一掃するには、まるごと街をつぶしたほうが効率的だ。機内にはこの先一〇〇年は生きていける〝人工の自然空間〟が用意されているから、街が焼け野原になっても問題はないと。かれらってだれなのか。だれがそんな計画を進めているのかたずねたが、キョリスは返事をあいまいにした。隠しているというより、ほんとうに知らないみたいだった。

「ということはきみはニホーンリスってこと？」

「みたいだな。ニホーンリスってのがなんなのかは知らねえけど」

といってキョリスはボトルに口をつけてさかさまにした。そして目をほそめてため息をつく。瓶は空になっていた。機内にアナウンスが流れた。男の声で年齢はよくわからない。

「こちら、機長です。乗客のみなさんに非常に残念なおしらせをしなければなりません。調査の結果、われわれ乗客乗務員全員にニホーン種族以外の血が混入していることがあきらかになりました。そうです。われわれはうすぎたないくろんぼなのです。あるいはあかにまみれたしろんぼなのです。大陸由来の下賤なDNAが混じりこんでいるのです。われわれのような混じりものなど生きていてもしかたがありません。みなさん、死にましょう。この国を〝汚染〟から守るため、われわれは死ななければなりません。というわけでこれより飛行機を墜落させます……」

乱暴な雑音とハウリングで耳がきいんとなった。アナウンスが切れる。乗客のあいだにざわめきがおこった。おもに当惑や疑問の声だったが、機内が大きくかたむき座席から投げ出されそうになると、すぐに狼狽や恐怖の声に変わった。

なんなんだこれは。むちゃくちゃじゃないか――。やいのやいのと騒いだ結果、いつだってむちゃくちゃになるのだ。大事なことなんかなんにも学ばない。まったく。ふざけているのかと怒鳴りたくなったが、人間なんてみんなふざけているのだ。いつもふざけていないような顔をしてごまかしているだけで、ほんとうは生まれてから死ぬまでひとりのこらずふざけているのだ。人間というのはどこまでいってもばかなのだ。そんなこともわからないやつは救いがたいばかだ。無論わたしもばかだ。ばかだからばかを治す薬もおもいつかない。

というか、わたしもニホーン人ではなかったのか。自覚はないがどこか外国の人間の血が入っているらしい。いつかチェロキーがいっていたように、わたしはアラスカ人なのかもしれない。それならそれでかまわない。むしろそれでよかったような気さえした。するとアラスカに帰りたいという気持ちが急激に高まってきた。

待てよ。ということはキョリスもニホーンリスではないということ？　となりのキョリスにきこうとしたが、そんなことはどうでもよくおもえた。どうせリスとしゃべれるなら、もっとほかにききたいことがあるような気がした。リスと会話ができる機会なんてめったにない。まあこれから墜落して死ぬのだから、これがだれかと交わす最後の会話になるわけだが。

「ねえ、リスが地面に木の実を埋めて育てるというのはほんとうかい？」

そうたずねるとキョリスはリスっぽい笑顔を破裂させた。そして太い腹を抱えてしばらく笑い、ひーひーと息をついてから、

「傑作だな！　いかにも木の実の王が考えそうなことだぜ！」

とうれしそうにボトルに口をつけた。からっぽなのに。

「べつにわたしが考えたわけじゃないけどね……」

ドブス署長からきいた話だ。かれだって木の実の王ではない。いやじつはそうなのかもしれないが。なんだかなにもかもどうでもよくなってきた。まわりの乗客たちもあれこれ騒ぐわりには、だれひとりシートから立ちあがろうとしない。立ちあがったところでなにをすればいいのかわからないのはわたしもおなじだ。みんなで途方に暮れていた。機内ではヴェラ・リンの「また会いましょう」という曲がかかっていた。もう会いたくないとおもった。外国音楽をかけていていいのか。

曲がぷつりと途切れ、またハウリングがした。音がスピーカーとマイクをループしている。なにかアナウンスが流れているようだった。じょじょに雑音がひいていき、それと入れかわるようにして声がききとれた。

「……そうです。ジェイ・ピー副市長。おめでとうございます。あなただけは完全完璧正確無比で厳密厳正厳格なニホーン種族なのだそうです。詳細については精密なDNA検査の結果が出ないとわかりませんが、よかった！　あなたが乗っているなら飛行機を墜落させるわけにはいきません。検査の結果を待ちましょう」

乗客たちから安堵のため息がもれた。ジェイ・ピーが後ろのほうの席で機内食のカツカレーを食べているのがわかると、みんなかれを賞賛した。立ちあがって拍手を送る人たちもいた。わたしは立ちあがりこそしなかったが、となりのキョリスと笑みを交わした。ほっと胸をなでおろしてシートに体を沈みこませる。と、ふたたびアナウンスが流れてきた。

「みなさん、残念なおしらせです。やはりわれわれは死ななければなりません。ジェイ・ピー副市長のDNA検査の結果が出ました。正確にはジェイ・油食む・ピー副市長ですが。外人野郎の血が混じっていることが判明しました。じつに残念です。かれには六十四億分の一だけ、ネアンデルタール人の血が混じっていたのです――」

客席のほうぼうから重苦しいうめき声があがった。さっきから全員情緒不安定だ。舌打ちをして、死ね、この野蛮なカツカレー野郎が、てめえなんか生きてる価値がねえんだよ、洞窟で石でも砕いてろ！　などと罵声を浴びせる人たちもいた。後ろのほうで騒々しい音がしてふりかえると、衣服の乱れたジェイ・ピーが目をまるくして通路をかけてくるところだった。長い長いリムジンのなかを走ってきたときよりもスピード感があった。通路をはさむ両側の座席から手や足や怒り顔やナイフなどが飛び出してきて、副市長を殴る蹴る刺す引っ摑む狂った笑顔で頭突きするなどの暴行がくわえられた。わたしはキョリスに手を貸してもらい、ジェイ・ピーを窓際の席に引き入れた。このままでは袋だたきにされて死んでしまうとおもった。

「でもどうせみんな死ぬんだろ?」

とキョリスがいった。そうだが見殺しにするのはつらい。副市長は体をふるわせながら礼をいった。わたしはかれにたずねた。

「臨時市庁舎ってどこなんです。チャンはそこにいるんですか?」

「チャン市長を探しながら場所をあちこち移動していたんですよ」

わたしはふいにミス・モジュールがいっていたことをおもいだした。

「じつは……あなたがチャン市長をあまり好ましくおもっていなかったというような噂を耳にしたことがあるのですが」

「まさか、大好きですよ。かれを尊敬しているから副市長を引き受けたんです。かれが見つからなかったら、この仕事を辞めますよ——」

通路を通りかかった男が立ち止まり、こちらに顔を向けた。ボウリングのピンをさかさまにしたような体格の男だ。かれは隠れていた副市長に気づき眉をつりあげた。

「きさま、こっちへ来るんだ!」

男は乱暴に座席に入りこんできた。なんてしつこいやつだ。わたしはさっと立ちあがり、その男の顔面にパンチを食らわせてやった。軽くやったつもりだったが、男はぎゃんといってうずくまった。われながらあざやかな右ストレートでおどろいた。男はうめきながら、まさか自分を殴る人がいるなんて想像もしていなかったという意味のことをいった。自分が殴られるのを想像したこともないとは、よほどのまぬけかしあわせものだとおもったが、かれが何者なのかを知って納得した。わたしのパンチなどあざやかでもなんでもなかったのだ。だってかれはステルスなのだから。だれにもその存在が気づかれないなら、パンチをされる心配もないしパンチをかわす用心もなかった。

「どうも、機長のムッシュ・ステルスです。よくこのわたしに気づきましたね。ふつうは気づきませんよ。この巨大爆撃機だって、わたしが操縦桿を握ると機体が見えなくなるんです。それで雇われたというのに。盗みを働いて生きていくのに疲れましてね——。え、だれに雇われたって？　たしかアメリカですよ。ユーエスエーとかなんとかいってました。だれだっていいですよ、そんなの。お金がもらえて食べていければ。え、操縦はどうしたって？　副機長？　そんなのいません。いまは自動操縦モードにしてあります」

かれはわたしのハンカチで鼻頭をおさえながらそんな話をした。こまかい経緯はよくわからないが、かれが空の上ならマダム・ステルスはまったく見当ちがいのところに家族を探しに行ったことになる。そのことを伝えると、

「彼女には人生をまるごと返してやらないといけないとおもっています。そのためにはわたしがいなくなったほうがよかったんですよ。それよりその男をこちらへ引き渡してください」

とムッシュ・ステルスは手をのばしてジェイ・ピーをつかもうとした。

「待ってくれ。どうせみんな死ぬんだろ？」

とわたしがいうと、

「おれの名言盗むなよ」

とキョリスが口をはさむので、

「どうせ死ぬなら、そっとしておいてやればいいじゃないか」

とつけくわえた。

「でもだれかを血祭りにあげないと機内の怒りはおさまりません。乗客たちには気持ちをすっきりさせて安らかに死んでもらいたい。それが機長であるわたしの最後の願いなのです」

ムッシュ・ステルスはそんなよくわからない理屈をいった。

「みなさんもそうおもいますよね？」

かれはポケットから取り出したトランシーバーのような装置に向かって呼びかけた。

ハウリングが機内を支配する。声でなら存在を示せるんです、これまでのところそれでうまくいっていますとかれはわたしにいった。かれの意見に賛同する声が座席のあちこちであがった。

「だけどジェイ・ピー副市長がこのなかではいちばんその、ニホーン的——なんだろ。きみたちはそれを大切にしているんじゃないのかい？」

とわたしはいった。

「そんなの純血でなけりゃ意味ないですね」

「ううん、いったいそんな人間がほんとうにこの世界に存在するのか、わたしにはわからないよ……」

するとムッシュ・ステルスは口をへの字に曲げて眉間にしわを寄せた。ジェイ・ピー副市長は涙目でカレーを食べている。よくこんな状況で食べられるなとおもったが、死ぬまえに好きなものを食べたいという気持ちもわからなくもない。もちろんカツカレー職人が死ぬのではなく副市長が死ぬのだ。カツカレー職人も飛行機に乗っているなら死ぬだろうけど。わたしはおなかが鳴った。いつもより大きくきこえた。かすかにハウリングがした。わたしは疲れた声でいった。

「だってここにいるみんなもなにかしらの血が混じってるんだろう？　こんなにお

ぜいるのにね。純血のニホーン種族なんてほんとうはどこにもいないんじゃないのかな。つまり全員〝外国人〟なんだ。地球上どこへいってもね。人類は一〇〇パーセント混血。そんなものをどうやって区別するんだ？　暴動なんてばかばかしいよ。はじめからなんの意味もなかったんだから。さあ、ステルスさん。さっさと飛行機を墜落させてくれ。わたしはほとほといやになったよ……」

わたしは人類なんてもう絶滅したほうがいいような気がしていた。するとキョリスが食べかけの鳥もちをわたしにあずけ、ぬっと立ちあがった。そしてぐるりと客席を見渡す。かれは太いしっぽをあたまの後ろに立て、身ぶり手ぶりをまじえて熱く語りはじめた。

「おい、みんな。いまの話をきいたか。さすがは木の実の王だぜ。つまりおれたちはみんなおなじなんだ。みんな何百万年もまえのアフリカ大陸からやってきた〝移民〟の子孫ってことじゃねえのか。昔はみんなひとつだった。それが世界じゅうに散らばっていろんな顔の人間になったんだ。環境に応じて多様化していったってわけさ。そいつが今度は飛行機とか船とかのせいで距離がちぢまってさ。再会する機会が爆発的に増えた。でもってまたみんなが交流したり対立したりしていっしょに混じりあったんだよ。ぐるっと一周してみんなおなじになったのさ。みんな混血の〝雑種〟になったってこと。つまりおれたちは雑種仲間なんだ。なあどうだいみんな。雑種同士なかよくやろうじゃねえか？」

なるほどそいつはいえてるな、みんな雑種か、わんちゃんやねこちゃんみたいなものね、みんな仲間だったんだな、などという声があがった。そうしてたがいにそばにいる人をハグしはじめた。爆撃なんてもうやめにしよう、まちがってるよ、街の仲間たちがかわいそうだという声。なんだかわからないが一連の騒動が急激に収束していった。みんなわたしを〝ゲイでセレブなおかま野郎のトンチキなスパイの暗殺者の人殺しのひとでなしのマネキン狂いのアル中の連続爆弾犯の木の実の王のアフリカン雑種〟として賞賛した。べつにかまわないが、ずいぶん簡単に納得するものだ。いままでの騒ぎが嘘（うそ）のようだった。だがそれは悪いことではない。今日は大事なことを学んだ。自分のつごうにあわせて考えをころころ変えるのも考えものだが、考えをまったく変えようとしないのも考えものだ。だってばかというのは決して考えを改めようとしない人間のことだから。いつかだれかがいっていたのをおもいだした。人はまちがいを認めないものだと。でもここにいるみんなは認めたのだ。よかったじゃないか。これってだれがいってたんだっけ？　まあいいか。

「ちょっと待ってくれ。おれはこのミスター毛だるまデブにひとつききてえことがあんだよ」

と赤紫の派手なシャツを着た男が立ちあがった。ずいぶんまえにどこかで見たおぼえのある男だ。老いた記憶をたぐりよせるようにしてようやく男の名前をおもいだす。モンクだ。うちの庭にごみバケツをひっくりかえしていったやつ。また会うとはおもってなかった。モンクはキョリスを指さして歯の抜けたような声でいった。

「おめえ、おれたちのことを〝おれたち〟っていうけどよ、おめえはおれたちの仲間じゃねえよな？　だってそうだろ。おれたちはサル。でもおめえらはリス——ネズミの仲間だ。つまりおれたちはサノバビッチで、おめえはサノバラット。おなじアフリカで生まれたわけじゃあねえ。それにこれまでの人間の歴史で、リスと結婚して子どもを産んだなんてやつは、ひとりもいねえぞ。だからおめえはおれたち雑種の仲間とはいえねえ。おれたちとはあいいれないうすぎたねえ穢(けが)れた異種族ってやつさ。到底なかよくなんてできるわけがねえ。いいかよくきけ。このへんじゃおめえみてえな巨大なリスは歓迎しねえんだよ！」

少し間があってから乗客たちからささやき声がきこえはじめた。そういわれてみればそうだ、おれたちサノバビッチの誇りにかけて断固戦おうなどとうなずきあっている。キョリスはあごに手をあてしばらく考えてから、おれの母ちゃんはラットかつビッチなんだよと小声で反論した。だがもうだれも耳を貸すものはいなかった。よくない雰囲気だ。またやいのやいのと騒ぎがはじまりそうな気配がした。せっかくおさまりかけていたのにかんべんしてほしかった。わたしは腰を浮かせてみんなにいった。

「まあそんなに目くじらを立てることでもないんじゃないですか。リスも人間もそう変わりませんよ。だいたい似たようなものです。そう厳密に区別する必要はないとおもいますがね？」

するとべつの男が目をまるくしてわたしにいった。

「おい、待ってくれ。それ冗談だよな。あんたまさか……リスといやらしいことするのかい？」

乗客たちがどよめいた。なんておぞましいのかしらとだれかが大声で叫んだ。デブリスを吊るせ、デブリスを吊るせというかけ声がひたひたと機内を侵食していった。わたしはおろおろとした顔で反論した。

「みなさん、きいてください。まあたしかにリスと人間はちがう生き物かもしれません。でも元をたどれば祖先はおなじ。たぶん——なにか毛むくじゃらの哺乳類です。つまりわれわれは〝哺乳類の雑種〟だと考えられるのではないでしょうか？　もっとさかのぼれば、脊椎動物です。もっともっとさかのぼればバクテリアです。わたしもリスも〝バクテリアの雑種〟なんじゃないですかね……？」

自分でもかなり無理があるようにきこえた。

「えーと、それはかまわないけど。あんた、リスといやらしいことするのかい？」

とさっきの男からまた質問があった。男はきわめてまじめな表情でまばたきをして、興味深そうにわたしを見つめていた。わたしはもうやけになってきていた。

「ええ、しますよ。するに決まってるじゃないですか。わたしをなんだとおもってるんです？　女装した男のマネキンを愛しているクレイジースパイですよ。いいですか。マネキンはそれでも人間の形をしているから、リスよりはまだわからなくもないと考えているんでしょう？　それはまったくまちがっています。だってマネキンは無機物なのですから。そっちのほうがよっぽどいかれているとはおもいませんか？　もしあなたがたのお子さんがペットに鉄アレイを飼いたいなんていって、にこにこしながら鉄アレイにほおずりしたり、首輪をつけて街を散歩したりしはじめたらどうです。あたまがどうかしてしまったのではないかと心配になるのではないですか？」

やはり無理がある。無理していったのだから当然だ。だが意外にも乗客たちはおとなしくなった。そしてさっきの男がぽつりといった。

「悪かったよ。そんなに本気で愛してたなんて知らなかったんだ。ごめんよ。しあわせになってかわいいリスの子どもを産んでくれ。結婚式には招待してくれよな」

わたしはみんなから拍手で祝福された。トンチキ野郎には負けたぜなどといって笑いながら、わたしのあたまをもみくしゃにするのだ。いろいろとおかしいのではないかといいかえしたい衝動にかられたが、誤解されるのには慣れきっていた。どうおもわれようとどうでもいいのだ。機内はふたたびわきあいあいとした雰囲気で満たされた。わたしはほっと息をついてシートに腰をおろした。

そのときフロアが大きくかたむいた。後部座席がななめにせりあがってくる。窓に激しい波しぶきが打ちつけた。ステルス機長が座席から投げ出されて床にひっくり返る。ジェイ・ピー副市長がカツカレーといっしょに通路の前方へ飛ばされていく。わたしはシートの肘掛けを握りしめてふんばるのでせいいっぱいだった。キョリスは大あわてで手足をふりまわしていたが、腹がきっちり座席にはまっていて飛びだす心配はなかった。

飛行機が旋回しながら地球の中心めがけて落下しているのだ。自動操縦の変更はまにあいそうにないとムッシュ・ステルスがいった。かれによるとメルヴィル湖めがけて墜落するようプログラムしてあるらしい。客室乗務員たちが背もたれにしがみつきながら声をはりあげ「みなさん、なんとかしてここから逃げてください!」とアバウトな指示を出す。出入り口に人びとが殺到した。みんなあわてて救命胴衣とパラシュートに体を通す。飛行機のなかの海に浮かぶ船から脱出するのは容易ではない。ボートに飛び乗って海の上を漕いで巨大な飛行機の側面のハッチをあけ滑るように空へ飛び出し頃合いを見計らってパラシュートをひらかなければならない。とにかく湖面に激突するまえに逃げなければとおもった。が、わたしは席から立ちあがれなかった。キョリスがなかばうろたえた調子でわたしにいった。

「おい、おれのもちを返してくれよ?」

　こんなときになんだよとおもったが、もっとこまった問題があった。

「ああ。返したいんだが肘掛けにくっついて取れないんだ。わたしの手もくっついてしまった……」

　おいおい、そんなのってないだろとキョリスは鳥もちに手をのばした。当然かれの手もぴたりとくっついてしまった。

「ちくしょう、捕まっちまった!」

　キョリスが地団駄をふむ。

「森のなかでわたしを助けたときみたいにかじってくれないか。肘掛けぐらい嚙み砕けるだろ?」

「この体勢じゃ無理だ。おれは体が固いんだ」

「そんな。やわらかそうに見えるのは腹の肉だけか」

「おい、おれがリスだからって侮辱してるのか。いくら木の実の王でもいっていいこととわるいことがあるんだぞ！」

「見ろ、墜ちるぞ！」

窓の外に浮かぶ月の形をした窓の向こうに湖が見えた。クジラの形をしたメルヴィル湖だ。天国への近道。あるいは地獄。どっちにしろおしまいだ。そのときふと、あの湖もまたべつの〝窓〟なら？　そしてその窓の向こうにもまたべつの窓があって——という奇妙な考えがあたまに浮かんだ。直後、墜落していく機体の音が鼓膜をつんざいた。わたしもキョリスもなにか叫んでいたが、なにも耳に入らなかった。終わりだ。飛行機はクジラの腹にのみこまれてこなごなになった。

どこか機械的な響きのするスズメの鳴き声で目がさめた。黒い板張りのがらんとした広間でわたしは長いすに横になっていた。ならんだ窓が空を青く切りとっている。

部屋の向こうで男が自転車の曲乗りをしている。後輪だけでコマのように回転したり、サドルのうえにさかだちしたり。きこえていたのはスズメの声ではなく、自転車のベルが振動でふるえる音だった。男の背格好からわたしはかれが大人になったハロルド・ホイかとおもったが、そうではなかった。チャン市長だった。まるで自転車とペアになって踊っているみたいに見えた。チャンはわたしが目覚めたのに気づき、自転車に乗ったままこちらへやってきた。

「やあルーキ、だいじょうぶ？」

笑顔を見せてわたしの顔をのぞきこんだ。四階のベランダから爆弾を投げたあとにチャンの部屋で目が覚めた日にもどったのかとかんちがいしそうになった。ずっと夢でも見ていて、暴動なんてはじめからなかったのだと。だがここはチャン邸ではない。見覚えのない広間だ。手に鳥もちはついていなかった。飛行機が墜落し、キョリスたちはどうしたのだろう。リスがしゃべる？　ほんとうにそんなことがあったのだろうか。だがリスが話す声の響きは耳のなかにはっきりと残っていた。わたしはなにがほんとうにあったことで、なにがそうではないのか自信がもてなかった。

「ここはどこだい？」

「メルヴィル湖畔の美術館ネ」

　チャンは自転車でバランスを取り一度も床に足をつけずにいた。広間の壁にはいくつもの写真が飾られてある——雑然とテーブルにならんだ食器、ムクドリの群れ、煤けた壁のコンセント、半壊した家の正面、俯瞰した駐車場、かたむいた鉄塔、風車小屋、船、顕微鏡で拡大されたコルクなどが写されていた。なんの意味があるのかわからない。だがぼんやりとながめているうちにどの写真にも目と鼻と口になるパーツがあって、偶然顔に見えるようになっていることに気づいた。

　湖畔に漂着した木造の小舟にわたしがあおむけに寝かされていたのをチャンが見つけてくれたらしい。龍を象った北欧の船みたいだったという。チャンは手放し運転で自転車を行ったり来たりさせて水差しとグラスをもってきてくれた。暴動でレコード全部もってかれちゃったネ……とチャンは水をつぎながらつぶやいた。なにか食べたらどうかときかれたが、まだ食べたくはなかった。

「チャンはずっとここにいたのかい？」

　そうたずねるとかれは自転車を降りてわたしのとなりに腰をかけた。どこか疲れたような顔をしていた。

「だれも市長が自転車乗ってるなんておもわなかったみたいネ。みんなワタシだって気づかなかった。知らないやつに襲われたことあったけど、自転車でかわすの簡単だったヨ。ダンスの要領ネ。昼も夜も毎日自転車で走った。街のようす見てきたネ。どこまでもどこまでも。走りながら考えたヨ。それで決めた。ワタシ市長辞めるネ……」

とかれはいった。

「でも、暴動はもう終わったんじゃないのかい？」

あの巨大飛行機であったことが現実なら市民たちの対立は解消したはずだ。

「終わったけど街まるごと廃墟（はいきょ）にしたのワタシのせいネ。だれか責任取らないとネ」

チャンはソファにぐったりと体をあずけた。すっかり打ちのめされているようすだった。権力はわざわいのもとネ。ハードワキングマン？　もうこりごりネー……。

窓の向こうにはしずかに波うつ湖面が広がっていた。はるかかなたに飛行機があたまから水面に突きささっているシルエットが見えた。胴体から矩形（くけい）の尾翼が左右にのび、かたむいた十字架みたいに見えた。実際のところ、あまりに遠くてそれが飛行機なのか十字架なのかはっきりしない。近くでほんもののスズメが鳴いているのがきこえた。鳥たちがもどってきたのだ。翌日、チャン市長は市庁舎へもどり、おおやけに辞意を表明した。ダンスはしなかった。これでようやく故郷へ帰れるのだ。かれにとってはそれがしあわせなことなのだとわたしはおもった。

暴動は終わった。暴動以上のものが終わったようにおもえた。けっきょく最後にはみんないなくなるのだ。チェロキーはもう永遠にもどってこない。マダム・ステルスは家族を探しに遠くへ行ってしまった。ジュードも元工場長もトレーラーでわかれわかれになって以来ゆくえ知れずだ。ミス・モジュールの安否も不明。ほかのみんなもどこへ行ったのか……。わたしがこの街へ来てから知りあった人たちはみんなどこかへいなくなった。いまとなってはワリダカ社長でさえなつかしい。いちばん年寄りのわたしがひとり取り残されてしまった。胸のあたりに大きな穴があいているようなかんじがした。なのに体はずっしりと重い。夜風が冷たい街路をかけぬけていった。わたしはどうやって家に帰ったのかさえおもいだせなかった。

9

わたしは市長になってしまった。暴動が終息して一週間。副市長も代理の市長もおらず、異例の速度でわたしの就任が決まった。残った市民千六百五十六人がかってに選んだのだ。立候補する人なんていなかった。わたしだって立候補したわけじゃない。この街の市長をやりたがる人間などいないというのはほんとうだった。そこで街にいる全員が候補者ということになった。あとは簡単だ。街に残った人間のなかでは、よくもわるくも（ほとんどわるい）わたしがいちばんの有名人だったから。所在のわからなくなったウラジミーラ・ガーランドに代わってドクトル・ドクトーラが代表を務める市民団体からの推薦もあった。ようするにていよく押しつけられたのだ。

わたしは市長室のいすに腰かけ、この部屋を歩いていたチャンの姿をおもいだしていた。いつでもリズムが流れているような足どりだった。壁の一部は爆発で崩れ、道路をはさんだ向かい側にチャン邸が見えた。その建物もいまではからっぽ。曇り空を背にして巨大な墓標のように無言で立ちつくしている。冷たい風が吹きこんできてわたしは身震いした。わたしの目的はこの街の市長を暗殺することだった。だがその市長はもう存在しない。本部からの連絡はいまだにない。もしかしたらこのままずっと、いつまで待ってもこないというパターンではないだろうか。あるいは音信不通になっているのはこちらのほうで、わたしは計画にしくじり死んだものと見なされ、新たな暗殺者が送りこまれているところなのかもしれない。その場合、殺されるのは現市長のわたしということになるのか？　あれこれ考えるとゆううつになった。やがてドアがひらき、インド人運転手のビンダルーが市長室に顔を見せた。

「ルーキー市長、ナマステー。選ばれた人はたいへんです。選んだ人たちのいいなりにならなければならないですからねー」

わたしはため息をついた。

「それ何度もいわなくていいよ。もう人は集まってるのかい？」

「わんさかです。新市長のダンスをひと目見たいっていうもの好きたちがお待ちかねですよー」

今日、正式な就任式があるのだ。

昨日、ビンダルーにいわれた。

「明日、登場するときのテーマ曲を選んでください。なるたけファンキーなやつでお願いしますねー」

「みんなのまえで踊るなんていやだよ」

「でも規則なんです。〈ファンキー・プレジデント条例〉がまだ改正されてませんからー」

しかたないので、あてつけにパーシー・メイフィールドの「大統領にはなりたくない」という歌を選んだ。これでわたしが好きで市長になったのではないことをはっきりと伝えることができる。ひと踊りしたら、さっそく辞意を表明するつもりだ。準備は万端だった。

ビンダルーに案内される形で会場に入った。わたしとチャンが初めて出会った、あの祝賀会のときとおなじ大型集会場だ。暴動で屋根が崩れ、街の人口もだいぶ減っていたにもかかわらず、会場はおおぜいの人でにぎわい熱気であふれていた。来客用に奮発して中華料理をたくさん手配したのをききつけたせいかもしれない。

わたしは女装した男のマネキンの肩をかかえてステージにあがった。そのマネキンが〝ファーストレディ〟ということにされていた。上半身がワリダカ社長の銃弾で砕けていたため、マダム・ステルスの家にあった西洋の甲冑や楽器、スノードームやバッファローの頭蓋骨などありあわせの盗品でつぎはぎしてあった。ぼろぼろのカーディガンから垣間見えるメタリックでメカニカルでオーガニックでサタニカルな臓器がはっきりいって不気味だ。

ステージにあがると間髪をいれず曲がかかった。意外にもそこそこファンキーな曲調だった。というかむしろけっこうファンキー。わたしはつい本気で踊ってしまった。自然と体がうごいたのだ。ファーストマネキンとペアで踊るようにしていたのだが、はやばやと彼女はばらばらになってしまった。彼女の首がステージの中央へ転がる。わたしはあせってそのあたまを蹴りとばしてしまい、マネキンの首はびゅーんとカーブを描いて会場の後ろまで飛んでいった。愉快な出し物だとおもったのか観客はみょうに盛りあがり、わたしは踊りながら眉がハの字になった。

しかも歌詞がいけなかった。「大統領にはなりたくない。ノーノー、ごめんだね。ひとりでものおもいにふけるのにも許可を取らなければいけないし、ブランデーを飲むのにも毒味してもらわないといけない。まるで刑務所暮らしじゃないか。そんなのおれには耐えられないよ――」と語ってきかせるようなかんじで歌われていたのだが、最後の最後で「まあでも、市長ぐらいならなってもいいかな！」としめくくられたのだ。選曲を誤った。ダンスもみごとに決まってしまい拍手喝采がおきた。冬なのに冷房が必要におもわれるほどの人いきれ。市長に選ばれてすごくうれしいみたいなかんじになり、辞めるだなんていいだせなかった……。

そのうえおどろいたのが、副市長の登場だ。

不本意ながらもファンキーなダンスで喝采を浴びてしまったわたしがステージ上でまごついていると休む間もなく次のレコードがかかった。気が狂わんばかりのアップビート。インドでサーフでロックンロール。けたたましいホーンセクションがこれでもかというぐらい濃厚なカレーの風味で畳みかけてくる。モハンマド・ラフィのボリウッドな歌声。ビンダルーの選曲だろうか。その曲にのって、ミス・モジュールが踊りながらステージに姿をあらわした。彼女はきらきら光るシークインをちりばめたドレスで着飾っていた。

わたしはまず彼女が無事だったことにほっとした。それからすぐになぜこんなに派手なあらわれかたをするのだろうと首をかしげた。そして彼女が新しい副市長だというビンダルーのアナウンスをきき、口をあけてかたまってしまった。

わたしは観客にそそのかされるようにして彼女とダンスをした。愉快に攻撃的で無茶苦茶なダンスの応酬だった。どうしてこんなことになったのかさっぱりわからない。わたしはビンダルーを副市長に任命しようかと考えはじめていたところだったのに。

彼女が踊っている姿はそれまで見たことがなかった。はっきりいっていきおいばかりのでたらめなダンスだ。体の芯（しん）からあたまや手足まで——それどころかまつげの先までぱたぱたフラップさせる。彼女の髪がオーロラのようにひるがえりゆれた。いきおいが先行していたとはいえ、なかなかの腕前と素質をもっているのがかんじられた。

わりと息があっていたとおもう。だがわたしは疲れてふらふらだった。うっかりなにかにけつまずいてステージにがくりとひざをつくと、ビンダルーがかけよってきて肩を貸してくれた。もう限界だった。わたしはいやな予感がして、マントショーはやらないよと耳打ちしたのだがきこえなかったらしい。このままステージからおろしてくれるのを期待していたのに、かれはぐいぐいわたしを引っ張っていき、垂直に立てられた円盤のようなものにわたしの体を大の字に固定させた。なぜこんなことをするのだろう。どうやらこれはマントショーではないみたいだなと気づいた。だがもう手遅れだった。円盤がぐるぐる回転しはじめた。重力がわたしを上下左右にかきまわし、胃袋が無言で悲鳴をあげた。ミス・モジュールが踊りながら楽しそうにナイフを投げる。わたしは反射的に目をほそめた。銀色の火花がわたしの頰をかすめて円盤に突き刺さる。客席から激しい拍手と歓声があがった。ミス・モジュールはつぎつぎナイフを投げた。わたしはもうそれらがどこにどう刺さったのかわからない。重力を無視して何度も何度も回転しつづける彼女の姿が脳裏に焼きついて離れなかった。

「市長と副市長が対立する組織のスパイだなんておかしいじゃないか……」

就任式のあと、モジュール新副市長と市長室で話をした。わたしたちはいすには座らず広いデスクの両端に腰をかけていた。ふたりのあいだには中華料理のテイクアウトボックスが無造作にならべられている。ミス・モジュールは焼きそばやオレンジチキンなどの入った四角い箱をしきりに箸でつついていた。わたしはあまり食欲がなかったが冷めたテイクアウトにしてはなかなかいい味だとおもった。

「気にすることないじゃん」

と彼女は烏龍茶で料理を流しこみながらこたえた。

「新聞社のほうはどうしたんだい？」

「もうあきた」

わたしは箸をおろして彼女の横顔を見た。

「今度はなにが狙いなんだ」

「なにが？」

彼女は意外そうな顔をした。

「なにか目的があって副市長になったんだろう？」

「ないけど。そっちの箱とって」

わたしは彼女の意図をはかりかね、かすかなうめき声をもらした。

「ずっとわたしを欺いてきたわけだろ。どうやってきみを信じればいい？」

「あーごめん。あやまる」

箱を受け取りながら彼女は軽く首をちぢめた。

「権力が欲しいのなら、きみが市長に立候補すればよかったじゃないか。候補者がいないから当選確実だ」

「トップはめんどくさいな」

「ん……。あ、わかったぞ。黒幕になって裏から直接的に街を独立させることにしたとか？」

「興味ない」

「しかしきみは以前――」

「使い捨て要員なの」

と彼女はチキンを食べながらいった。

「なんだって?」

わたしは彼女の顔をのぞきこんだ。彼女は箸を持ったまま手の甲で口のまわりを拭き、べつの箱に手をのばす。

「USのスパイなのは事実だけど、わたし使い捨て要員だから。おちこぼれの使いっ走り。ぼんくらへっぽこお調子者。ぽんこつがらくた余計者。貧弱脆弱不良品。重要な任務をまかされたことなんて一度もない」

「でもこの街ではずいぶん――」

「全部てきとうに無茶苦茶やっただけ。おとりとして攪乱するのが目的だったから。あなたもおなじでしょ。これもういいや」

彼女はこちらに箱を渡す。わたしは手にした箱を見つめた。頭上に大きな疑問符が浮かぶ。おとり? ん、というかわたしもおなじ? 顔をあげて彼女を見た。

「どうもきみの話が読めないのだが……」

「ストレートに話してるんだけどな」彼女は箸をテイクアウトの箱にさして烏龍茶を飲む。ひと息ついてから「あなたもわたしもおとりとしてこの街に送りこまれたんだから」

「わたしの任務は市長の暗殺だ。街の独立を阻止するためにね。きみも知ってるだろ？」

「それ本気にしてるの？」

わたしの視線が宙を漂った。ゆっくりと彼女に向き直る。

「どういう意味だい？」

ひとしきり食べて満足したのか彼女は本腰を入れて話しはじめた。

「暗殺なんていまどき流行らないでしょ。そんな非効率的なことやってるスパイ組織あるわけないじゃん。わざわざ人を殺すリスクを犯すくらいなら、あれこれ調べあげてターゲットの弱みを握る。で、それを暴露すると脅して騙しておとなしくさせたほうが、はるかに効率的で効果的。世間からの評判をおとすのも簡単だしね。それだってわざわざ手間をかけて調べなくったって、日ごろから情報が自動的に収集される仕組みができあがってるから。気にいらないやつがひょっこり顔を出したら、蓄積したデータをささっと検索するだけ。だれもがいつでも丸裸。あらかじめきんたま握られてるの。だれも抵抗なんてできないよ？」

わたしは彼女の話をききながら、その話のまちがいを見つけようとしていた。あたまを最高速度で回転させて否定する根拠をさがした。だがだめだ。ぐるぐるまわって考えがまとまらない。なにをいっても苦しまぎれにしかならないようにおもえた。

「だけど……チャンにはまるで後ろ暗いところがなかっただろ？」

やっとひねりだした反論がそれだ。だからチャンに脅しは通用しない。だから旧来の手法にのっとってかれを暗殺する必要があった。だからオールドスクールなスパイの資質を備えたわたしが、その重大な任務に抜擢（ばってき）されたのだ。

「まあね。でもこっちはそっちの任務を妨害してるふりしないといけなかったから、あなたのことをあれこれ記事に書いたの。ゲイということにしてみたりとかさ」

「わたしの行動をうまく邪魔したってわけだ」

「うん。それ自体が目的だったからね」

「目的は暗殺の阻止と街の独立だろ？」

「ちがう。目的はあなた。騒動をおこして混乱させて、こっちがそっちの組織のもくろみどおり、えさにかかってあたふたしているように見せかけたっていうだけ。できるだけ時間を引き延ばしてね。おとりにかかったおとりとしての役目は、それでじゅうぶんてわけ」

「いや、待ってくれよ。だって……わたしがおとりのわけないだろう？」

わたしは自分で眉がハの字になっているのをかんじていた。彼女は少し同情的なまなざしになり、声のトーンを落とした。

「USの諜報部員をこの街に引きつけておくためにあなたはここへ派遣されたの。市長暗殺という〝偽の目的〟をでっちあげてね。まったくべつの街で重大な作戦がすすめられてたから。その作戦からUSの注意をそらすのがほんとうの目的。だからこの街の独立なんて、あなたたちの組織にとってどうでもいいの。軍事的要所でもなんでもない――取るに足りないありふれた田舎町だもの」

そんなことをいってわたしを罠にはめようとしているのではないかとも考えた。だがほんとうはわかっていた。彼女のいっていることが正しいのだと。冷静に考えてみれば、わたしみたいな老いぼれを重要な任務に使うわけがない。わたしは浮かれていたのだ。考えるまでもない。わたしは諜報活動にまるで向いていない、おちこぼれの清掃作業員なのだから――。それにしても彼女もおちこぼれのスパイだったとは。つまりわたしは〝おとりとしての役目〟も果たせなかったということになるのか……。

「じゃあ、あのワリダカ社長の一件もきみが仕組んだのかい？」

「わたしそんなに有能じゃないんですけど」

「無能か……」

「低能」

「なんていうか、無能よりも低能のほうがだめっぽい響きがするんだがね……」

「え、そうなの？」

彼女は本気でおどろいた顔をした。

「気にしないでくれ。きみのことじゃなくて自分のことをいったんだから。でも暴動をおこしたのはわざとだったろ？」

「うん」

「ウラジミーラの件は？」

「副産物。わたし無能だから」どこかなげやりな調子で彼女はいった。「あ、なんか説明するの疲れてきた。わたしスパイやめたんだし、もうどうでもいいよ。それよりもっとまえむきに市長と副市長としてこれからのことを話そうよ？」

わたしは手のひらをあげ、彼女が話すのを押しとどめた。考えをまとめる必要があった。しかしもうなにを考えても無意味なことにおもえた。視線をもどすと彼女はわたしがなにかいうのを真剣な表情で待っていた。浮かんだ疑問はひとつだけ。

「なぜいまになって、わたしにそんなことをいうんだい？」

ミス・モジュールはしずかにまばたきをして、しばらくわたしの顔を見つめた。それから小さくため息をもらし、ゆっくりと窓の外に目をそらした。

「あなたが——。あまりに混乱してるみたいだったから」

かわいそうになってきたっていうか……と彼女は口ごもった。わたしたちは絵画的な距離でかたまったまま沈黙がつづいた。やがてわたしの視線は空中へ分解していく。彼女はかすかにこまったような笑みを浮かべ、さっと立ちあがった。それから、あーそうだと彼女はおもいだしたかのようにいった。

「たぶん興味あるとおもうんだけど。この中華料理、チャンが作ったの」

ひとり〈ラマダーン〉でおそい夕食をとり、そのまま酒を片手に薄暗いカウンターに貼(は)りついていた。深夜をまわり客は数えるほどしかいなくなっていた。むきだしになった天井の梁(はり)。疲れたような照明が黄色く点在し、壁のあちこちに残された暴動の傷跡を照らしている。
チャンはティンパン横町に〈ハバネラ飯店〉という中華料理店を出していた。座るいすもないくらいにぎわった店内でチャンはいそがしそうに立ち働いていた。ジェイ・ピーが店を手伝い、混雑した客席のテーブルにはドブス署長やキョリスの姿もあった。署長は警官を辞めてなかったのだ。みんなおちつくべき場所におちついている

ように見えた。わたしはお祝いに用意していた古いキューバ音楽のレコードをテーブルに置き、あいさつもそこそこにそっと店を出た。なぜだかチャンの店で食事をする気にはなれなかった。

市長の肩書なんて窮屈でしかたなかった。刑務所みたいにすべてが見張られているだけではない。みんなに命令して看守みたいに見張らなければいけないのだ。いつ眠り、いつ遊ぶのか。いつ食べて、どう料理するのか——。

わたしは長年スパイとして当局に忠誠を誓ってきた。しかしこうして市長になってみると、職員に忠誠を要求することはできなかった。したくなかった。わたしはジェイムズ・ブラウンではないのだ。ＪＢはあまりに厳しすぎた。大編成のバックバンドを給料制で雇っていたのだが、演奏をまちがえるたびに罰金を取る。遅刻や衣装のしわにも罰金を取る。そのくせ金払いは悪い。文句をいうやつは即解雇。気に入らなければ平気で殴るし銃も向ける。バンドメンバーなんて道具としてしか見ていない。まるでマフィアのボスだ。いきつくさきはきわめてファンキーなファンク。そんなのおもしろくもなんともない。どこがいけないかって？　だめに決まってる。ジャジーなジャズ。ブルージーなブルーズ。いかにもロックにふるまうロック歌手——。どれも見事なまでに退屈なごみじゃないか。ＪＢは七十三歳のときにクリスマスの夜に肺炎で死んだ。いまのわたしとおなじ歳だ。だがかれはそれよりずっとまえから死んだも同然。ディスコに飲みこまれ、ヒップホップに切り刻まれて死んだのだ。どれもかれの子や孫みたいなものだが。

キャンドルみたいに頼りない照明のフロアで黒い帽子をかぶった無口な男がふたり、ゆらゆら体をゆらして踊っている。さびしく弦をふるわせるウードの響きをききながら。カウンターの向こうでうつむいた男が電子機器の青い光にひげとめがねを浮かびあがらせている。いつかこうしたすべてのものがなつかしくおもえる日が来るのだろうか。

カウンターにグラスを意図せずたたきつけるようにおき、よろめきながらダンスにまざろうとしたがうまくまざれない。おもうように足が運べなかった。わたしは足がもつれてふたりのうちの年老いたほうの男にもたれかかる。男はわたしの体をささえる。わたしはうなだれていた。あしもとで板張りの床がブランコみたいにゆれている。そのままどこかへ沈みこんでいってしまいそうな気がした。

うまく踊れたためしなんて一度もなかった。十歳のときにホイをなくして以来、わたしはちっとも踊れていなかった。この街へ来て、みんなからずいぶんといろんな呼びかたをされたものだが、だれもわたしのことを〝ダンサー〟とは呼ばなかった。調子よく踊れたような気がしていたのだってどれも錯覚。さぞかしぶざまにもがいているように見えていたことだろう。

あまりに疲れていたせいか、夢のなかで夢のない眠りについた夢を見ているような心地になった。明滅するグリーンライト。そしてレッドライト。信号ではない。もうすぐクリスマスだ。わたしは疲れていた。家に帰りたいのだけど、それはもう現実には存在しないあのころの家だ。でもそれだって過去に存在していたのかどうかあやしいものだ。だれもが酒に酔っぱらって車を走らせ、ひと晩じゅう自分の帰る家を探しつづけている。そんな家などどこにもないのに。

翌日、目が覚めたときには午後もだいぶ過ぎていた。食料を切らしていてスーパーへ買いに行かなければならなかった。

わたしのショッピングカートのなかはコーンフレークや缶詰に逆もどりしていた。昨夜の酒がまだ胃袋とこめかみのあたりをうろついている感覚がしてだるかった。レジで会計を済ませたころにはすっかりばてていて、フードコートのテーブル席に座ってしばらく休憩を取る必要があった。こんなさびれきった街でも土曜日だけあってそこそこ客がいた。それでもみんなひとりのこらずさびれた顔をしていた。

「ダイエットコーラのLください――」

わたしははっとしておもわず店のカウンターをふりかえる。田舎くさいアウトドアなベストに帽子。男は店員から受け取ったカップを大事そうにかかえてこちらを向いた。チェロキーだった。かれはすぐにわたしが座っているのに気づいた。するといつも待ちあわせをしていたときみたいに、わたしの顔を見てにっこりと笑い、こちらへ歩いてくるのだった。

わたしは幽霊でも見ているのだろうか。くすんだ色のコートを着た女の子がよそ見をしてチェロキーの脚にぶつかる。おどろいた顔で見あげる彼女にチェロキーはごめんよという。子どもは親のいる席へ走っていった。わたしはまばたきもせずにかれの姿を見つめていた。

「スパイは二度死ぬもんだろ?」

わたしとチェロキーはキャレキシコで幹線道路を走っていた。日がかたむいて街が青く染まりかけていた。あちこちの建物が崩れて街全体ががらんとして見えた。そこらに瓦礫(がれき)の広場ができている。並走していた狭い路地は、あいだにはさまれていた建物がなくなり、瓦礫の敷きつめられた大通りのようになっていた。

「待てよ、九回死ぬんだっけ？」

とチェロキーがまるで猫みたいなことをいうので、100万回じゃなかったかなとてきとうにこたえた。あのときかれはマンホールの下に潜りこみ、車に積んだ爆弾を起爆させたのだという。

「きみがそんなに機敏だったとは知らなかったよ」

といいながらわたしはカーチェイスをしたときのかれの身のこなしをおもいだしていた。

「ミス・モジュールに監視されているような気がしてさ。あとをつけられたらこまるだろ。本部のほんとうの場所は国家機密だからな。ばれたら偽の場所を公表している意味がなくなる。だから偽装工作をして死んだことにしたんだ」

連絡をとるために本部へもどったのだという。

「しかし大胆だね。わたしよりもはるかに特殊諜報部員に向いている気がするよ。きみはもっとなんていうか……」

「のろま？」

「いや……のんびりとしていて、正直スパイらしくないタイプだとおもっていたんだ」

「人は見かけによらないものさ。ほんもののスパイならなおさらだろ？」

それについてはこの街へ来ていやというほどおもいしった。助手席でコーラを飲んでいるチェロキー。わたしはゆっくりとハンドルを切りながら幹線道路のゆるいカーブを曲がり、ぽつりといった。

「でも死ぬ予定があったのなら、先にいってくれればよかったのに……」

「ごめん。悪かったよ。だけどルーキーに話したら街じゅうのみんなに知られてしまいそうでさ」

たしかにそれは否定できない。ともあれ生きていてよかった。もう永遠にチェロキーには会えないとおもっていた。わたしは助手席のほうに一瞥(いちべつ)をくれた。

「で？」

「で、なに？」

「で、なんていってたんだい。当局の連中は」

「あーそれか……」

チェロキーは口ごもった。日が落ちて暗くなり、ときおり通りすぎる対向車のライトがまぶしくかんじられるようになっていた。

「わたしがこの街へ来てからあまりにいろいろあってごたごたしたからね。大事な任務をおろそかにしてしまったという反省はあるよ」

「作戦は終了だよ——」

かれの返事はミス・モジュールからきいた話とほぼおなじだった。今回の任務がほかの都市ですすめられていた重大な作戦から敵の目をそらすためのカモフラージュでしかなかったということ。送りこまれた敵のミス・モジュールもちっとも有能なスパイではなかったということ。そして、それ以上に最悪なことを知らされた。わたしがこの街に敵の目をじゅうぶんひきつけることができなかったために〝重大な作戦〟のほうも失敗に終わってしまったというのだ……。

道路沿いの街灯がフェンダーにちらちらと反射して背後に流れ落ちていく。モジュール副市長が嘘(うそ)をついているのではないかというごくかすかな期待も、こうしてはっきりついえてしまうとわたしはやりきれない気持ちになった。どうにか気を取り直すようにして大きくため息をつき、かれにたずねた。

「いったいどんな作戦が秘密裡(ひみつり)に行われていたんだい？」

「おれたちみたいな〝したっぱ〟には知るよしもないよ。それにもしそいつを知ったら情報が漏れないよう、それこそ当局に命を狙われるはめになるかもしれない。教えてくれないのは、ある意味温情だろうな」

「なら、これでいよいよすべてが終わったってわけか。帰還命令が出たんだろ」

「いや、それもないよ」かれはいいにくそうな顔をしていた。「帰らなくていいらしい。ていうか、その……正確にいうとさ。おれたちはくびなんだ」

「ええと。ちょっといってる意味がわからないのだがね？」

「処分にならないだけましだとおもえばいいさ。まあ処分する価値もないっておもわれたんだろうけど」

わたしは言葉が出てこなかった。なんか暑いなといってチェロキーがハンカチで顔をふいていたような気がする。車の窓は穴だらけで冷たい夜風が吹きつけているというのに。わたしはしばらく押し黙ったまま運転をつづけた。自分が黙っているのを忘れてしまいそうになるくらいに。不自然なほど長い沈黙のあと、わたしは口をひらいた。

「きいてもいいかな」

「なんだい？」

助手席の暗がりでチェロキーが身がまえるのをかんじた。

「わたしはどこへ帰ればいいいんだろうね？」

「家に帰ればいいさ」

「家というと……？」

「当局から支給された家があるだろ。あれはいらないっていってたから、もらっていいんだとおもう。まあこの街は空き家だらけでどこも無料みたいなもんだけどさ」

でもおれはあの家なんとなく好きだなというチェロキーの言葉があたまのなかを素通りしていく。わたしはハンドルを握り道路の先を見つめていた。とぼしい照明に浮かびあがる亡霊のような白い看板。降りる予定だった出口車線が背後に遠ざかっていく。しずかなしずかなため息がもれた。とにかくわたしは最初にして最後の任務に失敗し、帰るところもうしなったというわけか。

「アラスカは？」

だめもとできいた。

「なしだよ……」

チェロキーの声はかすれていた。きくまでもなかった。引退ではなくて〝解雇〟なのだから。コーラが空になったのかチェロキーは氷をかじりはじめた。ざくざくといそがしい音がした。食べたくないのに食べているような食べかただった。それからふいにかれは、

「そうだ、忘れるところだったよ」

とベストのポケットに手をつっこみ、カセットテープを取り出した。約束だったからなといって、テープを車のデッキに入れた。ゆっくりとしたテンポで星のまたたくようなピアノがきこえてくる。それが頼りのない声とリズムを導き出し、背後では終始おもちゃのオルガンの音が影のようにふるえていた。そして〝もうじき、おれは自由になるんだ〟と歌うちひしがれたかぼそい声。いつかチェロキーが話をしていた、ザ・バンドの「アイ・シャル・ビー・リリースト」だった。

「自由を求める歌みたいに歌われることもおおいけど、もともと囚人の歌なんだ。伝統的なプリズンソングだよ。曲を書いたディランがそのころ、ザ・バンドといっしょに『オールド・トライアングル』とか『フォルサム・プリズン・ブルース』とかをカバーしてたからね。でもなんか気持ちがわかるよな。みんな目に見えないボールとチエインにつながれてるようなもんだからさ。いろんなものにからめとられて。どこまでいってもほんとうの意味では逃れられないもんな――」

チェロキーはそんなことをいった。わたしは歌をききながらぼんやりと考えごとをしていた。ヘッドライトに照らされたアスファルトの路面。あらゆる組織が牢獄(ろうごく)みたいなものなら、孤独もまたひとつの牢獄みたいなものかもしれない。わたしは市長を辞めたかった。いままで組織に忠誠を誓って生きてきたが、もうそんなものに縛られるのはうんざりだった。なにかに所属していることなんて、なんの助けにもならない。ここから逃げ出したかった。わたしはアラスカに帰りたい。

☙

「キャレキシコいらないかい？」

副市長室に書類を提出しにいったとき、わたしはミス・モジュールにきいた。

「あんなぼろ車ほしいわけないじゃん」

と彼女はこたえた。

「チェロキーにもそういわれたよ」

いいエンジンなのになとつぶやく。

「ねえ、知ってた。この国もそろそろ終わりかもよ」

　彼女はパーソナルコンピュータの画面を見つめながらいった。彼女のデスクにはコンピュータや携帯型情報通信端末といったデジタル機器がいくつもならんでいた。わたしはついいいたくなった。

「スパイとしてそういう道具を使うことにためらいみたいなのはかんじないのかい？」

「元スパイ」

「ああ、元スパイね。どっちにしろ気になるだろ。なにもかもつつぬけだ」

「べつに弱みないからいい」

「ああ、そう……」

　彼女はわたしの提出した書類に目を落とした。

「なにこれ？」

「辞表」

「字は読めるけど」

「市長を辞めることにしたんだ」

「は？」

「給料は全部返したよ。きみが代理を務めればいいんじゃないかな。悪くないだろ」

「なに考えてるの？」

「わかるだろ。アラスカに帰るんだ」

「へー……」

「組織に対する帰属意識なんかないって、きみもまえにいってただろ。わたしももうなくなったんだよ」

「うーん……。なんか悪い影響あたえたってかんじ？」

けっきょく車は〈ラマダーン〉でケバブサンドを食べていたキョリスにあげた。巨大飛行機で同席したときにキャレキシコを欲しがっていたのをおもいだしたのだ。キョリスはにっと顔をにやつかせてキーを受け取った。そういえば飛行機以来しゃべっているのを見たことがない。あれはほんとうに人間の言葉を話していたのだろうか。キョリスはまえよりもさらに太ったように見えた。シートベルトがしまるといいのだが。

これで地位も財産もきれいさっぱりかたづけた。わたしには計画があった。ジェファーソン号でアラスカへ行くのだ。チャンにその話をすると、かれは「おーけいネ！」と二つ返事で引き受けてくれた。高いところは苦手だが、船旅というわけにはいかなかった。市長の給料でも予算が足りなかったし、そんな金を使う気にはなれない。暴動のときに一度、空の旅を経験していたからなんとかなるのではないかとわたしは考えていた。それになにより〝チャンが操縦してくれるのなら〟耐えられるとおもった。わたしはわずかな貯金をはたいてアラスカ行きの旅支度をした。マダム・ステルスの裏庭に一缶だけ残っていたラ・パローマを燃料にすれば、燃料タンクを増設する必要もなさそうだった。

当日、雪がちらついていた。それもすぐにやむ予報だし、飛行ルートの天候もおだやかだから心配ないとチャンが確認してくれた。目が覚めるようにと香りの強いコーヒーをすすめられたが、わたしはいやというほど意識がはっきりしていた。

「暗殺しないでネ？」

飛行機に乗りこむときにチャンは冗談をいった。

「そのつもりはないよ。今日はクリスマスだからね」

「ＪＢの命日だしネ！」

「それもある」

ほんとうはJBもJCもどうでもよかった。わたしにとってその日はハロルド・ホイの命日としか考えられなかった。

パスポートはもったし、飛行機の出入国許可は取ってある。まだ街に残っている数少ない友人たちにもお別れをいった。いよいよアラスカへ帰るのだ。わたしのほんとうの故郷に。もちろんそれは事実ではないかもしれない。だがそんなことは自分で自由に決めればいい。そもそも故郷なんていう言葉も伸縮自在。スケール次第で故郷がアラスカになったり地球になったり太陽系になったりするものだ。明確な境界線などどこにもない。

「ずっとお店いそがしかったから飛行機ひさしぶりネ。わくわくしてきたヨー!」

わたしがシートベルトをしめると、チャンは操縦桿(かん)やラダーペダルを確認し計器をいじりはじめた。

「バッテリスイッチ、オン。フライトコントロル、チェック。燃料タンク、チェック――」

通信機の周波数をあわせ、風、視界、空の状態を復唱し、地上管制塔にエンジン始動の許可を取った。ビーコンライトをオン。プロペラの周囲や後方をふりかえり、人がいないのを確認する。

「クリア！」

いよいよだった。わたしは心臓の鼓動がはやまるのをかんじた。緊張と高揚がいりまじり、自分でもその区別がつけられなかった。チャンはスロットルを開き、スターースイッチを入れた――。

が、飛行機はなにもいわない。チャンは目をしばたたかせる。

「アイヤー、エンジンかからないネ。おかしいナ……？」

何度も手順をくりかえしたがエンジンがかかる気配はなかった。チャンはちょっと待ってネー……こうなったら手動でイナーシャまわしてくるネといって飛行機を降りてどこかへ行ってしまった。なにがおきているのかわたしにはわからなかった。とにかく席に座ったままおとなしく待つことにした。

だんだん手持ちぶさたになってきて操縦席の上部にくりつけられてある旧式のラジカセのスイッチを入れた。ラジオから「音楽が死んだ日、音楽が死んだ日……」というせわしない歌声が流れてきた。縁起でもない。飛行機が墜落してロックンロールもろとも死んでしまうぞ。わたしは選局ダイヤルを回した。クロード・ソーンヒル楽団の「スノーフォール」がきこえてきて、そのおちついた音色に少しほっとした気持ちになった。

チャンはどこへ行ったのだろう。首をのばして窓から外をのぞいてみると、かれはいつのまにか飛行機の側部にまわりこんでいた。なにやら直角に折れ曲がった工具をプロペラの下部に挿して回転させている。あれでエンジンを始動させるつもりらしい。チャンは全身で力をこめてクランクを回していた。だがそれでもエンジンはうんともすんともいわなかった。

操縦席にもどってきたチャンの顔は汗でだらだらになっていた。ひどく消沈している。

「ルーキ、飛行機のエンジンなくなってたヨー……」

「なんだって？」

ききかえさずにはいられなかった。

「ううん、グレムリンのしわざかもネ……」

クリスマスはいいことないネーとチャンはつぶやいた。わたしはすぐに犯人がわかった。グレムリンじゃない。飛行機にいたずらをする妖精(ようせい)などいてたまるか。マダム・ステルスだ。暴動の日、どこからかばかでかいエンジンを盗んできたとおもっていたら、あれはジェファーソン号のエンジンだったのか——。わたしがマダムからラ・パローマのドラム缶をいただき、それをチャンにあげ、マダムがチャンからエンジンを盗んだ。おあいこ？　そんなばかな。チャンは額に手をあて操縦席のシートに身を投げた。わたしはぼうぜんとした顔で雪のちらつく空のかなたを見つめた。

エンジンがないのでは飛行機は飛ばない。けっきょくわたしはこの街から脱出することができないらしい。帰る場所もなく、帰る手段もなく、ここで暮らしていくほかないらしい。飛行機のエンジンと船の切符ではどちらが安いだろうか？　だけどもう仕事も金もうしなった。こんなことなら市長を辞めなければよかった。ばか正直に金を返したりしなければよかった。車もリスにあげてしまった。なにもかもすてたりするのではなかった。残っているのはただ同然のぼろ家だけだ……。

滑走路のライトが消える。わたしはチャンにいった。

「飛行機はほかにないのかい？」

「ないよネー……」

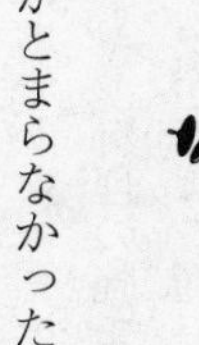

涙がとまらなかった。ふいてもふいてもあふれだしてくる。目をあけていてもつらいし、とじていてもつらい。もう永遠にとまらないのではないかとおもった。背後で

は餃子をじゅうじゅう焼いている音がしている。わたしは湯気と炎が煙る中華料理店の調理場でタマネギを切っていた。

「ルーキ、料理の腕ますます上達したネ！」

チャンがそばを通りかかり、わたしに声をかけた。わたしはチャンの店で働いていた。貯金も年金もないわたしは働く必要があった。中華料理なら以前チャンに教わっていたおかげで、たいていのメニューはこなすことができた。チャンの店も人手不足でこまっていたのだ。

ジェイ・ピーがカウンターから調理場に顔を出していった。小籠包と春巻はまだですか、キョリスが注文を待っています。わたしはジェイ・ピーに耳打ちした。

「なぜかれからお金を取らないんだい？」

「だって、リスですよ？」

それをいいことに毎日入り浸って無銭飲食だ。キョリスはテーブル席に陣取り、ふてぶてしい顔つきでふてぶてしく腹をゆらしている。ためしにいってみたが、キャレキシコは返してくれなかった。なんてふとい野郎だ。ぜひともドブス署長に逮捕してもらいたい。

入り口の鈴が鳴り、店のドアがあいた。露地が日に照らされ明るく浮かびあがっているのが見えた。〈ワリダカマート〉のエプロンをした元工場長が四角いケースをかかえて入ってきた。

「チャン店長、酒もってきたよ」

暴動がおきたあと目撃して以来、ワリダカ社長の行方はわからなくなっていた。かわりにジュードが街へ帰ってきて、また店長を務めることになった。それでかれは元工場長を酒の販売と配達の仕事で雇ったのだった。配達の途中で飲んでしまうのではないかとわたしは心配したが、職を得ると元工場長はとてもまじめに働きはじめた。酒もまえほど飲まなくなったらしい。

ドブス署長はといえば、どこかの時点で気持ちにおりあいがついたのか、すっかり気のぬけた炭酸みたいな警官になっていた。ワリダカ社長のこともう捜すつもりはないらしかった。それがいいのかどうかわからないが、張りつめていたものがほどけたような調子で穏やかな表情を見せることが多くなった。

「ツバメというのは人間よりもずっとりこうです。この時期になると玄関先にカラスの模型をぶらさげて、巣作りするツバメを追いはらう人をちらほら見かけますね。あれでうまくツバメを騙せたとおもっているようですが、そうじゃないんです。騙されてなんかいませんよ。ほんもののカラスとまちがえているのではないんです。ツバメたちはね、そんな意地悪な人間が住んでいる家になんか、大切な巣を作りたくないと考えているんですよ。まったくかしこい生きものですな――」

会うたびに署長はそんな話をした。そろそろ海を渡ってツバメが来る季節だった。

このあいだはビンダルーを連れてチェロキーが店に来た。

「ルーキーさん、ナマステー。いつもの激辛麻婆（マーボー）くださーい」

かれはチェロキーのお抱え運転手。チェロキーは新市長になっていた。立候補したのはかれひとりだったから無投票で当選だ。就任式のダンスはやらなかった。そのかわり〈ハバネラ飯店〉の中華料理と〈ラマダーン〉のケバブサンドと〈ライジングサン〉のカツカレーを街のみんなにふるまった。チェロキーは席につくとあれやこれやと一〇品ほど頼んだ。

「どうだい調子は？」

わたしとチェロキーはほぼ同時にたずねた。

「悪くないよ」

とこたえたのも同時だ。わたしは注文伝票をジェイ・ピーにあずけてチェロキーに向き直った。

「いいスーツだね、チェロキー」

かれはいつものアウトドアっぽいベストと帽子をやめていた。

「まあね。でもネクタイを結ぶのがむずかしくてさ。いまだに慣れないよ」

「なかなかにあってるじゃないか」

「ルーキーもな」

とチェロキーはわたしの七分袖の白いコック服を見てほほえんだ。

モジュール副市長もよく店に来る。彼女以外に副市長をやりたがる人はいなかった。なにか裏があるのではないかとしばらくあやしんでいたが、なんのうごきも見られなかった。なにはともあれ彼女がおちこぼれのスパイでよかったと、わたしはいまになっておもう。はじめて会ったときは欠点なんてどこにもない人のように見えたのだが、実際はいろいろとまがぬけていた。コンビニエンスストアでお金だけ払って買った物をレジに忘れてくる。夜間のＡＴＭで手数料がかかるかどうかわからず〝試しに千円だけ〟おろしてみる。エシュロンとミシュランをしょっちゅういいまちがえる――。

そんなことがざらだった。まあわたしはそれ以上にまぬけだったというわけだが。

わたしが任務に失敗したせいで――というか、わたしがまともなおとりとして機能しなかったせいで、政府は〝重大な作戦〟に失敗した。なにがあったのかはわからない。わたしだけでなく国民みんながわからないのだ。とにかく取り返しのつかない失敗がおきた。その影響でこの国は終わった。国としての体裁はのこっているが事実上崩壊だ。今日も国のあちらこちらで暴動やテロや紛争がおきている。いまではそれが日常になってしまった。伝わってくる情報はあらゆる角度からゆがめられ、なにがおきているのか把握できる人はいない。だがこの街は国家が崩壊してもたいして変わるところがなかった。ここは軍事的要所ではないことはもちろん、ほかのあらゆる事象の拠点でもない。この街に興味をもつ人間などいない。独立するまでもなく孤立していた。疎外（そがい）され見放された街。国を挙げての熱狂にも、国を挙げての混乱にもまどわされることがない。おかげで今日も平和に暮らしていける——。

タマネギを切り終え、わたしは短い袖で涙をふいた。焼きあがった餃子を客席へ運んだ。壁際（かべぎわ）のパンダのぬいぐるみのとなりにはアラスカン・マラミュートのぬいぐるみがおすわりをしている。チャンが見つけてきたのだ。もちろん爆弾は仕掛けられていない。いつかフランチャイズでアラスカにも店を出すとチャンはいっていた。店で働きはじめてから数か月がたつ。なぜだかわたしは以前ほどアラスカに興味をかんじなくなっていた。

少し休憩しようと表へ出た。日がさした街路樹の葉がまぶしかった。チャンが店のまえに立って空をながめていた。わたしに気づくとかれは「ルーキ、見て」とうれしそうに目をほそめて電線のほうを指さした。顔をあげると二羽のツバメがきれいな弧を描いて店の軒先をかすめていった。

サウンドトラック

＊上の数字は登場頁数（初出）をあらわしています。

5 『Orphans: Brawlers, Bawlers & Bastards』 Tom Waits
7 『Weasels Ripped My Flesh』 The Mothers Of Invention
14 「Macarena」 Los del Rio
14 「恋はメレンゲ」 大瀧詠一
19 「Turkey in the Straw」 Vess L. Ossman
21 「Rockin' Pneumonia and the Boogie Woogie Flu」 Huey 'Piano' Smith
23 「Jesus' Blood Never Failed Me Yet」 Gavin Bryars
23 「Amazing Grace」 Mahalia Jackson
28 「Cherokee」 Ray Noble and his Orchestra
35 Calexico
36 「V-2 Schneider」 David Bowie
44 「La Paloma」 Sousa's Band
53 「The House of the Rising Sun」 Lead Belly
55 「Hey Jude」 The Beatles
58 「Eight Days a Week」 The Beatles
63 『AOXOMOXOA』 Grateful Dead

63 Esso Trinidad Steel Band
69 John Lennon
69 Sam Cooke
69 Prince
69 Michael Jackson
74 「The Weight」The Band
75 「I Shall Be Released」The Band
75 Robbie Robertson
76 「Love Minus Zero/No Limit」Bob Dylan
77 Leningrad Cowboys
94 Thelonious Monk
121 「Funky President (People It's Bad)」James Brown
121 「Please, Please, Please」James Brown with The Famous Flames
123 Arthur Lyman
126 「Miss Modular」Stereolab
127 Isaac Hayes
131 Pérez Prado and his Orchestra
132 Jefferson Airplane
134 Johann Sebastian Bach

139 「South Park Theme」Primus
144 Little Richard
155 「Sail Along Silvery Moon」Bing Crosby with Lani McIntire and his Hawaiians
169 Buddy Holly
169 The Big Bopper
169 Ritchie Valens
180 「I Wanna Be Loved by You」Marilyn Monroe
184 「Top Hat, White Tie and Tails」Fred Astaire
184 「No Strings (I'm Fancy Free)」Fred Astaire
190 「Us and Them」Pink Floyd
215 「Things Have Changed」Bob Dylan
245 「北京ダック」細野晴臣
276 「The Grunt」The J.B.'s
276 「Rebel Without a Pause」Public Enemy
277 「Jaan Pehechaan Ho」Mohammed Rafi
277 「We the People....」A Tribe Called Quest
282 「Santa Claus Go Straight to the Ghetto」James Brown
290 「White Christmas」Bing Crosby
291 Irving Berlin

291 George Gershwin
293 「Take Me to Church」Hozier
306 「We'll Meet Again」Vera Lynn
326 「I Don't Want to Be the President」Percy Mayfield
340 「Drunk Drivers/Killer Whales」Car Seat Headrest
341 「You Only Live Twice」Nancy Sinatra
347 「The Auld Triangle」Brendan Behan
347 「Folsom Prison Blues」Johnny Cash
353 「American Pie」Don McLean
353 「Snowfall」Claude Thornhill and his Orchestra

〈対談　伊坂幸太郎×一条次郎〉

最高にふざけた、最高に面白い小説

伊坂　『ざんねんなスパイ』、読みました。めちゃくちゃ面白いですね！　一行目から最高でした。「市長を暗殺しにこの街へやってきたのに、そのかれと友だちになってしまった……」。

一条　ありがとうございます。もう、そこで終わっとけばよかったです。

伊坂　それはだめです（笑）。最初、二作目が出ると知ったときに「最終兵器として温存されてきたスパイが、市長を暗殺しにいく話」と聞いて、「え、一条さんがそんなアクションエンタメを」とドキドキしていたんですけど、編集者から、「あらすじだけ聞くとそう思いますけど、まあ一条さんですから、そうはならないですよ」って返されて（笑）。「ですよね？」と答えつつ、とにかく、すごく楽しみで。拝読したら、期待以上でした。百点満点中、五十万点！　みたいな気持ちで。もちろん、欠点とかまずいところとかあるとは思うんですけど、そういう減点がどうでもいいような気持ちになるので、百点満点というより五十万点という気分で。

一條　五十万点ていうのがよくわからないですが（笑）、うれしいです。

伊坂　エンタメっぽくはないですけどかといって世界観だけを面白がらせるだけじゃなくて、スパイものとしての筋書の面白さはちゃんとありますよね。飄々（ひょうひょう）としているのに、読者を引っ張っていく力がちゃんとあって。ちょっとしたユーモアとか、ふざけてる部分とか、『レプリカたちの夜』のときのよかった部分も全部残っている。こんな面白い作品を二作目で読めるなんて、新潮ミステリー大賞の選考会で推した僕、えらいぞ、と思いました（笑）。

一條　あ、それ、ほっとしました。「こんなはずじゃなかったんだけどな」ってなるかもと思ったりもしたので。

伊坂　このお話はどこから発想されたんですか？

一條　なんていうか……静かにしなければいけないのに、うるさくなってしまってこまる、みたいなイメージが最初だと思います。

伊坂　何ですかそれは、そこが既にめちゃくちゃ面白いですね。

一條　そこからいろんな方向に話を考えていくんですけど、以前書いた短編で、主人公の預かった猫が、音がうるさいとどんどん大きくなってしまう――というのがあって（編集部注：新潮文庫『動物たちのまーまー』収録「テノリネコ」）。それとスタート地点はいっしょです。

伊坂　なにそれ。それも読んでみたい（笑）。静かにしてないとダメな状況なのに、外的圧力とか不可抗力によって、何かが起こってしまうということですか。

一條　はい。周りがうるさかったり、騒動が起きたり。今回は、そのときにどういう状況が一番大変かなと考えて、スパイだったら大変だろうなと思い、主人公をスパイにしました。

伊坂　そのスパイが、73歳の自称「最終兵器」という設定はどこから？

一條　いちばんスパイに向いてなさそうな人にしようと。

伊坂　あ、でも、たとえば僕がおじいちゃんスパイを書こうとしたら、昔は活躍してたっていう設定にしそうな気がするんです。でも今回の主人公は、今まで一度もチャンスが巡ってこなかったっていう設定ですよね。そこは何か理由があるんですか？

一條　引退したスパイということにする案もあるにはあったんですけど。なんとなく、やめました。

伊坂　なんとなくなんだ（笑）。すごいなあ。僕、結局、小説の書き方って作者の勘で作られていると思っちゃうんですけど、その「なんとなく」の判断が、一條さんのセンスなんですよね。事前のプロットは書かれるんですか。

一條　一応、プロットみたいなものは書きました。大まかに決めておかないと、自分でもどこへ行ってしまうかわからないので。

伊坂　その段階で、登場人物とかも決めてますか。

一條　そうですね。まず、世界全体というか、そこにどういう人や物がいて、それらがたがいにどういう関係性があって、一つが動くとどういうふうに影響するかということを、なんとなく紙にメモして、線とか矢印とかでつなげたり並べたりしています。話の筋ではなく、その世界の設計図みたいなものを考えるというか。

伊坂　あ、僕もだいぶ近いです。いつも、まず人がいて、その人同士の関係がどうなっているのかっていうのを、アイディアノートに書いていっています。そのあとはどうされるんですか？

一條　その世界の人たちがそれぞれどういうふうに関係しているのかがわかってくると、あとは何か一つが動けば他もどう動くのかが見えてくるので、それを辿(たど)っていきます。ぜんぶを頭の中だけでやっているとわけがわからなくなるので、スケッチブックとか、そのへんの紙とかにいろいろ書き出してみて……。

伊坂　何だかそれ聞いているだけで面白いですね。箱庭の町みたいなものをつくっている感覚でしょうか。

一條　ええ、まあ。そこでいろいろなことが起こるんですけど、その中から、話に関係あるところだけを拾っていくみたいな感じです。いつもやりかたは決まってないんですが、今回はそういうやりかたになりました。

人間なんてみんなふざけている

伊坂　ゲラを拝読しながら、あちこちに僕、「ふざけてる！」とか「うそだろ」とかいろいろツッコミというか、喜びを（笑）書きこんでいたんですけど、とにかくそういう箇所がたくさんあって、最高でした。相当、ふざけてますよね。

一條　そうですね、ふざけてます。

伊坂　お話の中でも「人間なんてみんなふざけている」っていう一文が出てきますし。「ふざけやがって！　いいぞ、もっとやれ！」っていう、ネットで見る文章みたいな心境でした（笑）。物語のはじめのほうから、いきなりイエス・キリストが主人公のスパイの家を訪ねてきて、「福音を届けにまいりました」って言うの、すごくないですか？　しかも、「福音ならまにあってます」って真面目（まじめ）に答えてるし（笑）。このやりとりだけでとても面白いんですけど、出落ちじゃなくて、彼がイエス・キリストであるということが物語の後半でも重要な意味をもってきますよね。

一條　あ、はい。関係してきますね。

伊坂　あれも、やられた、って思いましたし、あと、スパイに暗殺指令がくだる方法もすごく面白かったです。あれはどうやって考えられたんですか？

一條　あの部分は、『数字の国のミステリー』（マーカス・デュ・ソートイ／著、冨永星／訳、新潮文庫）という本に出てきた話をもとにしました。なんかものすごい昔に、そういう暗号の伝え方があったらしいです。

伊坂　元ネタがあったんですね。いや、でもだからって、このエピソードには結びつかないですよ。思いついたとき、「やった！」ってなりませんでした？（笑）僕なら絶対なるなあ。

一條　うーん、「これで大丈夫かなあ」という感じでした。

伊坂　あははは（笑）。「用心するのを忘れないように用心しよう」っていう表現は？　これ思いついたら嬉しいですよね。

一條　うーん……。

伊坂　えっとそれじゃあ、主人公が踊るダンスのネーミングが「フリースタイルオクラホマミキサースペシャル」っていうのは？　これはさすがに「やったー！」ってなりません？　これ出てきたら僕、うれしくてその日は仕事やめちゃうと思います。

一条　はい、うれしかったです（笑）。

伊坂　これは元ネタないですもんね。

一条　聞いたことないですね。

伊坂　このダンスも後半、再登場するんですよね。そこも含めて完璧だなあ、って感動しました。ダンスといえば、「ロッキン肺炎ブギウギ流感」っていう病名も出てきますけど、これは医学的に実際にあるんですか？

一条　医学的にはないです（笑）。アメリカにそういうタイトルの曲があって、その邦題をそのまま使いました。

伊坂　あ、こういう曲があるんですか。全然知らなかったです。じゃあ、ショッピングモールの名前がワリダカっていうのは？

一条　ないです。勝手につけました。

伊坂　（笑）。あと、「手数料がかかるかどうかわからず〝試しに千円だけ〟おろしてみる」っていうくだりも笑いました。

一条　あ、それは、自分で実際にやったことです。

伊坂　これ元ネタは自分なんだ（笑）。

一條　ＡＴＭでお金をおろすとき、「土日は手数料かかるんだったかな？」と思って、試しに少額おろしてみたら、一回分の手数料をとられました。それならふつうに必要な額をおろせばよかったです。自分でもなにをやってるんだろうと思いました。

小説ならではの面白さ

伊坂　一條さんの作品には、小説ならではの面白さが鏤められていますよね。『みなさん、なんとかしてここから逃げてください！』とアバウトな指示を出す」とか。「アバウトな指示」と言ってしまうおかしみは、映像ではまず表現できないと思います。

一條　あ、そのアバウトっていうのは、伊坂さんの担当編集者のＯさんからきているんです。

伊坂　えっ、そうなの？

一條　第三回の新潮ミステリー大賞の授賞式で、花束を贈呈するときの段取りがよくわからなくて、担当の編集者さんに聞いたら、「取り仕切っているＯさんがすごくアバウトな人なので、わたしもよくわかりません」って言われたのがなんか面白くて、記憶に残っていて……。

伊坂　まさかOさんがそんなかたちで貢献しているとは（笑）。他にも挙げていったらキリがないほど好きな表現がたくさんあるんですけど、元ネタがあったり、実体験だったり、かと思えば完全なる創作だったり、いろいろ混在しているのがすごいですよね。面白いなあ。しかも、そうやってふざけているんだけど、作品を読み進めていくと、差別とか分断みたいなことが、大きなテーマになっていることにも気づきます。後半になるにつれ、帰属意識とか、「わたしたち」と「かれら」という区別がどこから来るのか、という話も出てきて、どきどきしました。

一條　テーマから考えるということはしないので、段々そうなったというか、テーマみたいなものは後からついてきた感じです。そのほうがいいかなと。

伊坂　絶対そのほうがいいと思います。

一條　テーマが先にあると、自分の場合、たぶん書けない気がします。

伊坂　そうですよね。僕も面白い話を書きたいだけなんですけど、書いているうちに、普段「いやだな」と思っていることとかが、なんとなく入ってきちゃうんですよね。それがテーマと勘違いされがちなんですけど。

一條　あ、やっぱりそれありますよね。今日は伊坂さんのサインもいただけてうれしかったです。生まれて初めて人からサインをもらいました。だいすきな『ＰＫ』のサイン本、宝物にします。

伊坂　僕も一條さんのサインがほしいな。

一條　いえ、それは大丈夫です。

伊坂　えっ、サインってそういうシステムだっけ？　頼まれた側が「大丈夫です」っていうのＯＫなの？（笑）この本は僕にとっての小説の希望なんですよね。この小説が好きな人、たくさんいると思うんですよ。これを読んで、小説って面白いってみんなに思ってほしいんですよね。これからもどんどん書いてください。次も勝手に楽しみにしています。

（「波」二〇一八年九月号より再録）

この作品は平成三十年八月、新潮社より刊行された。

遠藤周作著

キリストの誕生

読売文学賞受賞

十字架上で無力に死んだイエスは死後〝救い主〟と呼ばれ始める……。残された人々の心の痕跡を探り、人間の魂の深奥のドラマを描く。

坂口安吾著

不良少年とキリスト

圧巻の追悼太宰治論「不良少年とキリスト」、織田作之助の喪われた才能を惜しむ「大阪の反逆」他、戦後の著者絶頂期の評論9編。

塩野七生著

ローマ人の物語 38・39・40

キリストの勝利（上・中・下）

ローマ帝国はついにキリスト教に呑込まれる。帝国繁栄の基礎だった「寛容の精神」は消え、異教を認めぬキリスト教が国教となる――。

朝井リョウ・あさのあつこ
伊坂幸太郎・恩田陸著
白河三兎・三浦しをん

X'mas Stories

―一年でいちばん奇跡が起きる日―

これぞ、自分史上最高の12月24日。大人気作家6名が腕を競って描いた奇跡とは。真冬の新定番、煌めくクリスマス・アンソロジー！

ディケンズ
村岡花子訳

クリスマス・キャロル

貧しいけれど心の暖かい人々、孤独で寂しい自分の未来……亡霊たちに見せられた光景が、ケチで冷酷なスクルージの心を変えさせた。

安部公房著

水中都市・デンドロカカリヤ

突然現れた父親と名のる男が奇怪な魚に生れ変り、何の変哲もなかった街が水中の世界に変ってゆく……。「水中都市」など初期作品集。

道尾秀介著 向日葵の咲かない夏

終業式の日に自殺したはずのS君の声が聞こえる。「僕は殺されたんだ」。夏の冒険の結末は。最注目の新鋭作家が描く、新たな神話。

道尾秀介著 片眼の猿 ―One-eyed monkeys―

盗聴専門の私立探偵。俺の職業だ。今回の仕事は産業スパイを突き止めること、だったはずだが……。道尾マジックから目が離せない！

道尾秀介著 龍神の雨

血のつながらない父を憎む蓮。実母を殺したのは自分だと秘かに苦しむ圭介。降りやまぬ雨、ひとつの死が幾重にも波紋を広げてゆく。

道尾秀介著 ノエル ―a story of stories―

暴力に苦しむ圭介は、級友の弥生と絵本作りを始める。切実に紡ぐ〈物語〉は現実を、世界を変え――。極上の技が輝く長編ミステリー。

道尾秀介著 貘(ばく)の檻(おり)

離婚した辰男は息子との面会の帰り、32年前に死んだと思っていた女の姿を見かける――。昏い迷宮を彷徨う最驚の長編ミステリー！

片岡翔著 ひとでちゃんに殺される

怪死事件の相次ぐ呪われた教室に謎の転校生「縦島ひとで」がやって来た。悪魔のように美しい彼女の正体は!? 学園サスペンスホラー。

森見登美彦著
太陽の塔
日本ファンタジーノベル大賞受賞

巨大な妄想力以外、何も持たぬフラレ大学生が京都の街を無闇に駆け巡る。失恋に枕を濡らした全ての男たちに捧ぐ、爆笑青春巨篇！

森見登美彦著
きつねのはなし

古道具屋から品物を託された青年が訪れた奇妙な屋敷。彼はそこで魔に魅入られたのか。美しく怖しくて愛おしい、漆黒の京都奇譚集。

森見登美彦著
四畳半王国見聞録

その大学生は、まだ見ぬ恋人の実在を数式で証明しようと日夜苦闘していた。四畳半から生れた7つの妄想が京都を塗り替えてゆく。

森見登美彦著
太陽と乙女

我が青春の四畳半時代、愛する小説。鉄道旅。のほほんとした日常から創作秘話まで、登美彦氏が綴ってきたエッセイをまるごと収録。

安部公房著
カンガルー・ノート

突然〈かいわれ大根〉が脛に生えてきた男を載せて、自走ベッドが辿り着く先はいかなる場所か――。現代文学の巨星、最後の長編。

安部公房著
けものたちは故郷をめざす

ソ連軍が侵攻し、国府・八路両軍が跳梁する敗戦前夜の満州――政治の渦に巻きこまれた人間にとって脅迫の中の〝自由〟とは何か？

浅田次郎著
赤猫異聞
三人共に戻れば無罪、一人でも逃げれば全員死罪の条件で、火の手の迫る牢屋敷から解き放ちとなった訳ありの重罪人。傑作時代長編。

安東みきえ著
頭のうちどころが悪かった熊の話
これって私たち？　動物たちの世間話に生き物世界の不条理を知る。ユーモラスでスパイシーな七つの寓話集。イラスト全14点収録。

彩瀬まる著
あのひとは蜘蛛を潰せない
28歳。恋をし、実家を出た。母の〝正しさ〟からも、離れたい。「かわいそう」を抱えて生きる人々の、狡さも弱さも余さず描く物語。

井上靖著
蒼き狼
全蒙古を統一し、ヨーロッパへの大遠征をも企てたアジアの英雄チンギスカン。闘争に明け暮れた彼のあくなき征服欲の秘密を探る。

池波正太郎著
あほうがらす
人間のふしぎさ、運命のおそろしさ……市井もの、剣豪もの、武士道ものなど、著者の多彩な小説世界の粋を精選した11編収録。

池谷裕二
糸井重里著
海馬
―脳は疲れない―
脳と記憶に関する、目からウロコの集中対談。「物忘れは老化のせいではない」「30歳から頭はよくなる」など、人間賛歌に満ちた一冊。

吉村昭著　海（トド）馬

羅臼の町でトド撃ちに執念を燃やす老人と町を捨てた娘との確執を捉えた表題作など、動物を仲立ちにして生きる人びとを描く短編集。

植木理恵著　シロクマのことだけは考えるな！　―人生が急にオモシロくなる心理術―

恋愛、仕事、あらゆるシチュエーションを気鋭の学者が分析。ベストの対処法を紹介します。現代人必読の心理学エッセイ。

江國香織著　犬とハモニカ　川端康成文学賞受賞

恋をしても結婚しても、わたしたちは、孤独だ。川端賞受賞の表題作を始め、あたたかい淋しさに十全に満たされる、六つの旅路。

窪美澄著　晴天の迷いクジラ　山田風太郎賞受賞

どれほどもがいても好転しない人生に絶望し、死を願う三人がたどり着いた風景は――。命のありようを迫力の筆致で描き出す長編小説。

小林多喜二著　蟹工船・党生活者

すべての人権を剝奪された未組織労働者のストライキを描いて、帝国主義日本の断面を抉る「蟹工船」等、プロレタリア文学の名作2編。

さくらももこ著　さくらえび

父ヒロシに幼い息子、ももこのすっとこどっこいな日常のオールスターが勢揃い！　奇跡の爆笑雑誌「富士山」からの粒よりエッセイ。

ざんねんなスパイ

新潮文庫　い－133－3

令和三年八月一日発行
令和五年二月十日七刷

著者　一條次郎（いちじょうじろう）
発行者　佐藤隆信
発行所　株式会社新潮社
郵便番号　一六二―八七一一
東京都新宿区矢来町七一
電話　編集部(〇三)三二六六―五四四〇
　　　読者係(〇三)三二六六―五一一一
https://www.shinchosha.co.jp

価格はカバーに表示してあります。

乱丁・落丁本は、ご面倒ですが小社読者係宛ご送付ください。送料小社負担にてお取替えいたします。

印刷・株式会社光邦　製本・株式会社大進堂

ISBN978-4-10-121653-9 C0193